모든 자녀들에게는 꿈이 있다

―행복과 성공으로 이끌어 주자―

김 형 석 지음

철학과현실사

책머리에

나는 50 평생을 교육계에서 보냈다. 초등학교와 중고등학교에서 10여 년을 가르쳤고 대학에서도 30년이 넘는 기간 동안 교편을 잡았으니 누구보다도 교육 경험을 많이 쌓아 온 셈이다. 그리고 지금도 10여 년 동안 사회교육에 관여하고 있다.

우리는 지금 국가의 경제 문제를 크게 우려하고 있다. 그러나 더 잘못되어 있는 것은 경제보다도 정치적 침체성이다. 경제는 중진 국가의 위상을 견지하고 있으나 정치는 후진국의 위치를 벗어나지 못하고 있다.

그런데 교육은 이러한 정치보다도 더 잘못되어 가고 있다. 지금까지 교육을 모르는 정치인들이 교육 개혁을 시도해 보았으나 오히려 개악의 불행한 결과를 초래하고 말았다. 많은 학부모들이 자녀들의 교육 문제 때문에 이민을 가고 싶다는 호소를 해오고 있을 정도이다.

이 불행스러운 병폐를 치유하는 데 있어 정부나 교육부의 노력에 한계가 드러난 지 이미 오래다. 집을 다시 지어야 할 정도로 잘못되어 있는데 집안의 내부 수리만 계속하고 있는 실정이다.

그렇다고 교육 문제가 1, 2년 동안에 해결될 과제는 아니다. 백년대계란 말이 바로 그것을 말해 준다. 건전한 방향

으로 10년 또는 20년쯤 개선해 가면 바람직스러운 미래상
이 나타날 것이다.

　더 중요한 것은 교육을 정부의 책임으로 국한시키거나
지나치게 의존해서는 안 된다는 점이다. 그러한 폐단이 오
늘의 결과를 만들었기 때문이다.

　교육을 바로세우기 위해서는 교육부보다도 교육 당사자
인 교육자에게 일차적 책임이 있으며, 이에 못지않게 학부
모들의 교육관이 바뀌지 않으면 안 된다. 교육 개혁안이
발표된 지 얼마의 시간이 지났다. 개혁안은 집을 짓기 위
한 설계도인 셈이다. 그러나 청사진만 만들었다고 해서 집
이 되는 것은 아니다. 누가 집을 짓느냐가 문제인 것이다.

　이 집을 지을 사람이 바로 교사이고 학부모인 것이다.
그런데 선생님들이 진취적인 바른 교육관을 갖지 못하고
있으며, 학부모들은 자녀들에 대한 주관적인 욕심을 교육
적인 사랑으로 착각하고 있다. 그런 상황에서는 개혁안이
아무리 좋다고 하더라도 소망스러운 방향으로 교육이 개선
될 가능성이 없다.

　이런 서글픈 현실을 오랫동안 보아 왔고, 주변에서 벌어
지고 있는 과외 공부와 사교육비의 엄청난 지출 등을 지켜
보면서 교육 개혁은 아래서부터 이루어져야 하겠다는 생각
을 굳히게 된 것이다.

　우리들의 자녀와 제자들은 올바른 교육과 지도만 받을
수 있으면 모두가 행복해지고 인생을 성공으로 이어갈 수
가 있다. 그런데 지금 우리는 그들의 행복과 꿈을 짓밟거
나 빼앗아 버리는 잘못된 교육을 계속하고 있는 것이다.

　이것은 당장의 시급한 과제가 아닐 수 없다.

그 책임을 감당할 수 있는 사람이 건전한 교육관을 지닌 초중고등학교의 교사들이며 학부모들인 것이다. 학부모들은 사랑하는 자녀들의 바른 성장을 위해 무엇이 필요한지 알아야 하며, 교사들은 국민 교육의 장래를 위임맡기 위해 교육적 자각을 높이지 않으면 안 된다.

　그 막중한 의무와 책임의 일부분이라도 돕자는 뜻에서 꾸며진 것이 바로 이 책자이다. 여섯 자녀를 키웠고 열 명이 넘는 손자녀들이 한국과 미국에서 교육을 받고 있는 나로서, 무엇을 버려야 하며 어떤 길을 택해야 할 것인가를 학부모와 선생님들께 제안해 보고 싶었던 것이다.

　오늘 우리 자녀와 제자들을 이렇게 키워 후일에 우리 민족 전체가 선하고 행복한 사회에 살게 될 것이라는 생각을 한다면 이보다 더 뜻깊은 일이 어디에 있겠는가.

　누구나 읽어서 쉽게 알 수 있는 내용이며 실제적인 문제들을 다루었기 때문에 자녀와 제자를 사랑하는 부모와 선생들에게 도움이 될 것으로 믿고 있다.

1998년 3월 10일
저자 씀

차 례

제1장
유년 시절을 중심으로

교육은 언제부터 시작되는가

교육에 대해 관심을 갖는 이들은 성년이다. 따라서 자기 중심의 교육관을 갖고 자녀들을 대하며, 제자들을 가르치는 일에 임하게 된다.

그러는 동안에 청소년들에 대한 교육보다는 유년과 소년들의 교육이 더 중요하다는 사실을 알게 되었고, 그것이 유아기의 교육 문제로 발전했는가 하면, 요사이는 태아 교육에까지 상당히 큰 비중을 두는 사람들이 늘어나고 있다.

동양의 오랜 고전인 『소학』을 보면 그 옛날에도 태아 교육이 상당히 연구되었음을 알 수가 있다. 그리고 태아 교육에 대한 책임은 부모 중에서도 어머니의 분담이 더 큰 비중을 차지하도록 되어 있다. 모태 안의 교육이기 때문이다.

사실 모태 교육이 가능하며 그 한계가 어느 정도까지인가는 학자들간에도 여러 견해가 있다. 그러나 다음의 몇 가지 과제는 받아들여서 좋을 것 같다.

모태 교육의 중심이 되는 것은 태아의 건강 문제일 것이다. 건강한 아기로 태어난다는 것은 인간의 최초의 권리이며 부모는 그 의무를 다하지 않으면 안 된다.

여성들 특히 태모에게 있어서는 금연이 절대적 조건이 된다는 것은 재론의 여지가 없겠다. 태모가 흡연을 한다는 것은 태어날 아기에게 범죄 행위가 된다고 의사들은 단언하고 있다.

술을 마시는 것도 삼가야 하며 지나치게 되면 태아에게 피해를 주게 된다는 것이 상식으로 되어 있다. 신체적인 피해와 더불어 정서적인 자극을 줄 수도 있을 것이다.

약물의 복용도 가려야 한다. 태모 자신이 10개월 동안 최선의 건강을 지켜야 함은 물론 가급적 약물을 쓰지 않고 치료를 받도록 하는 것이 보통이다.

태아에게 치료약은 좋지 않으나, 보약은 도움이 될 것이라는 생각이 한약계에서 권고하는 사항이다. 그러나 보약도 많은 것보다는 적은 편이 좋을 것 같으며 편식없는 식사와 적당한 운동이면 족할 것 같다.

모태 교육의 새로운 과제는 태아의 정서적 안정과 증진에 있다고 말한다. 물론 직접적인 영향보다는 간접적인 것이기는 하나 어머니의 정서적 역할이 태아에게도 미칠 수 있다는 주장을 하는 이들이 있다.

심리학자나 일부 철학자들은 다른 예술보다도 음악이 동물들의 정서에도 자극을 주며 태아에게도 영향을 주게 된다고 말한다. 운동 경기나 전쟁터로 나가는 말에게는 흥분과 투지를 돋울 수 있는 행진곡 같은 것을 들려준다. 뚜렷이 자극을 줄 수 있기 때문이다. 연못에 있는 물고기들에게 슬픈 음악을 들려주면 바위 밑으로 들어가 움직이기를 싫어하지만 명랑하고 밝은 음악을 들려주면 쌍을 지어 나와 다닌다는 보고가 있다.

미술이나 다른 예술은 모르지만 음악은 직접 동물들에게
도 정서적 변화를 준다고 보는 것이다.

그렇다면 음악과 같은 예술적 작용이 태아에게도 정서적
영향을 줄 수 있다고 보는 것은 지나친 평이 아닐 것이다.
물론 어머니를 통한 간접적인 것이기는 해도.

그래서 우리는 모태에 있는 어린아기를 위해서라도 태모
가 화를 낸다든지, 큰소리를 지르는 것 같은 행위는 삼가
는 편이 좋으며, 가급적 안정된 정서와 평화롭고 즐거운
감정을 갖도록 하는 것이 소망스러운 태아 교육의 하나라
고 보아 잘못이 아니다.

최근에는 우리 주변에서도 영아 교육과 유아 교육에 대
한 관심과 교육적 평가가 활발해지고 있다. 유치원 교육의
제도적 연구가 요청되는가 하면 탁아 시설과 같은 영아 보
호와 교육에 대해서도 제도적인 연구와 시설이 크게 거론
되고 있다.

얼마 전까지는 초등 교육부터 정부가 책임을 맡는 것으
로 되어 있었으나 유치원 교육의 의미와 필요성이 보편화
되고 있는 추세에 이르고 있다. 어린이들의 성격과 인간적
바탕은 초등학교 이전에 형성된다고 주장하는 학자들의 견
해가 수정없이 받아들여지고 있기도 하다.

그러나 이 시기에 해당하는 교육은 전문가들의 자문을
받는 것이 좋을 것 같다. 오직 문제가 되는 것은 영·유아
교육에 무관심한 것도 잘못된 일이나 지나친 기술적 관심
도 좋지는 않을 것이다. 대나무가 자랄 때는 마디마디가
질고없이 자라야 하듯이 어렸을 때는 적절한 보호와 사랑

을 받으면 되는 것이다. 한 마디에만 치중해서 전체의 성장이 잘못되어도 좋지 않으며, 한 마디라도 병들게 되면 대나무 전체가 못쓰게 되는 것 같은 실수를 해도 안 되는 것이다.

오직 우리가 지적하고 싶은 것은 영·유아기의 어린이들은 자연스러운 보호와 사랑을 받으면서 자라면 된다는 원칙을 제시해 주고 싶은 것이다.

자연스러움과 대치되는 생각은 인위적인 것이다. 영아기와 유아기에는 70%가 자연스러운 보호와 사랑이며 인위적인 것은 30% 정도로 그쳐 좋을 것 같다. 자녀들에 대한 욕심을 사랑으로 착각하는 부모 특히 어머니들에게 있어서는 더욱 그렇다.

얼마 전 TV를 보다가 놀란 일이 있었다.

일본 학자들의 주장이라고 하면서 소개되는 내용이었다.

사람에게는 대뇌의 양측 부분이 있는데 그 한쪽은 지적인 기능을 담당하는 부분에 해당한다. 그 기능 작용은 일찍부터 개발되며 발달하는 것이기 때문에 언어 기능보다 먼저 발달시켜야 한다는 것이다.

그래서 아직 말도 못 하는 아기들에게 강아지의 그림을 보여 주면서 왕왕 하는 강아지 소리를 내게 하고, 고양이 그림을 보여 주면서는 야옹야옹 하는 고양이 흉내를 내 보여 주는 것이다.

여러 차례 강아지 그림을 되풀이해 보여 준 후에는 어린 아기에게 '왕왕' 소리를 내게 한다. 또 고양이 소리를 내면 아기가 고양이 그림을 찾아내도록 훈련을 시키는 것이었다.

그 흉내를 잘 내는 아기들은 다른 아기들보다 지능이 앞섰다고 말하며, 못 하는 아기들은 더 많이 훈련을 시켜 두뇌를 개발하는 교육을 시킨다는 것이었다.

나는 그런 장면을 보면서, 저것은 인간 교육이 아니라 동물의 훈련인데 어머니들이 얼마나 철이 없으면 저런 데 따라다니는지 모르겠다는 탄식을 해본 일이 있었다.

방송국에서는 그 훈련에 앞섰던 아기들이 유치원에 가고 초등학교에 진학했을 때 과연 남보다 앞선 지능을 갖고 있었는가 살펴보았지만 전연 그 흔적이 없었다는 것이다. 오히려 나타나지는 않으나 피해가 더 컸음에 틀림이 없다.

자녀 교육을 동물의 훈련과 동일시할 정도로 인위적인 교육을 한다면 그 결과는 어떻게 되겠는가. 그래서 어리석은 사람들이 사이비 종교나 미신에 빠지듯이 교육을 모르는 어머니들이 비교육적인 훈련이나 행사에 추종하는 경우를 자주 보게 되는 것이다.

최근에는 미국에서 어머니들이 갓난아기들을 물 속에 넣어 배우지 않고도 저절로 수영을 하도록 이끌어 준다. 그렇게 하는 데는 이유가 있다. 모든 동물은 배우지 않고도 태어날 때부터 수영을 하게 되어 있는데 사람만은 그 기회를 만들어 주지 못했기 때문에 나이가 들어서 수영을 배우게 된다는 것이다.

강아지가 헤엄을 치고, 송아지가 수영을 하듯이 아기들도 자연스러이 헤엄을 습득케 한다는 것이다.

그럴 수 있을 것이다. 사람도 동물의 일종이니까. 그러나 그 헤엄치기로 인해 정서적 충격이나 불안 의식을 만들어 준다면 헤엄치기의 신체적 소득보다도 정신적 피해가 크지 않을지 우려스럽기도 하다.

그렇게 일찍 헤엄을 치게 했다고 해서 이 다음에 더 좋은 수영 선수가 되는 것도 아니다. 나이들면서 물에서 노는 것을 즐기며 수영을 배우게 되었다고 해서 크게 손해볼 것도 없지 않은가. 조금 늦게 배웠다고 해서 후일에도 수영에 뒤지라는 법은 없는 것이다. 동물들은 헤엄 방법이 다 같다. 그러나 인간의 수영 방법과 자질은 사람에 따라 천차만별이 있는 것이다. 일찍 시작해야 수영 선수가 된다는 원칙은 어디에도 없지 않은가.

사람은 기어다니다가 일어서고, 일어서다가는 걷고, 걷다가는 뛰어다니는 것이 자연스러운 성장 과정이다. 그러는 동안에 수영도 배우고, 공놀이도 하게 된다고 해서 큰 잘못은 없을 것이라고 생각한다.

동물들은 빨리 자라고는 그 성장이 그치고 만다. 본능적 성장이기 때문이다. 그러나 인간은 서서히 자라면서 오래 발전이 계속된다. 지능적 성장이 변화하기 때문이다.

우리가 걱정하는 것은 영·유아기에 지나치게 인위적인 교육을 요청하거나 강요하는 일이다. 지성이 발달하고 판단력이 생긴 후에는 자각적인 성장과 교육이 가능해진다. 노력도 해야 하며 어느 정도 선의의 경쟁이 필요해진다. 그러나 어렸을 때는 모지지 않은 자연스러운 자람이 무엇보다도 중요하다는 사실을 잊어서는 안 될 것이다.

벼농사를 짓는 농부들은 못자리를 장만하고 모를 심은 뒤에는 필요한 정도의 비료를 제공하며 잡초를 제거해 준

다. 비료도 필요 이상을 주게 되면 모가 말라 버린다. 잡
초가 없는데도 모의 뿌리를 들추어대면 잘 자라지 못한다.
필요한 것은 충분한 수분이며 태양빛이다. 만일 남의 벼보
다 빨리 자라게 하기 위해 벼줄기를 잡아 빼는 농부가 있
다면 그 결과는 어떻게 되겠는가.

영·유아기의 자녀들을 위해 무엇보다도 소중한 것은 자
연스러운 보호와 사랑이다. 어린아기들의 위치에서 본다면
자연스러운 성장이다. 사랑이 있는 인간적 성장인 것이다.
오래오래 자랄 수 있는…….

과잉 보호와 자립심

오래 전 일이다.

미국 보스톤에 있는 한 한국 가정을 방문하게 되었다.

저녁 8시쯤이었던 것 같다. 문은 잠겨 있었고 초인종에 반응은 없는데 안에서는 어린아기 우는 소리가 계속 들려 오고 있었다.

아기가 우는 것으로 보아서는 누군가가 있을 것 같은데 인기척은 없었다. 한참을 기다려 보다가 돌아서고 말았다. 아기 울음소리가 귀에서 사라지지 않는 것 같아 몹시 불안 해졌다. 혹시 어떤 사고라도 있었던 것이 아닌가 싶기도 했다. 한 시간쯤 후에 다시 방문하기로 했다. 전화 번호를 모르고 있었기 때문에 직접 찾아갈 수밖에 없었다.

초인종을 눌렀더니 부인의 목소리가 들리고 이어 남편이 문을 열고 나와 반겨 주었다. 방안에 들어가 보니 어린아 기는 잠들어 있었다.

몇 가지 얘기를 하다가, 사실은 얼마 전에 왔었는데 아 기가 우는 소리만 들리고 반응이 없어 걱정하면서 돌아갔 다고 했다.

내 얘기를 들은 부인은, "아마 그랬을 것입니다. 아기를 재워 놓고 영화 구경을 갔다 왔습니다"라는 것이었다.

"그러다가 아기에게 무슨 일이라도 생기면 어떡하지
요?"라고 물었더니, 육아법에 관한 책을 읽어 보았더니
아기들이 우는 것은 자연 현상이기 때문에 내버려두는 것
이 좋다고 씌어 있었다는 대답이었다.

미국식 육아법이어서 그런지 그 부인은 자신만만한 대답
이었다.

그러고 보면 미국에 사는 젊은 부부들은 대개가 그런 육
아법에 따르는 것 같았다.

그런데 아기들에 대한 교육적 문제가 여기에 있는 것이
다.

전통적인 한국 가정에서는 아기들을 과잉 보호해서 자립
심을 약화시킨다. 그러나 미국과 같은 나라에서는 아이들
을 일찍부터 자립시키기 위해 부모의 품에서 가급적 떼어
놓는다.

나는 나보다 두 살 아래였던 내 친구가 초등학교 5학년
때까지 어머니의 젖을 빨고 있는 것을 보았다. 어머니는
베틀에 앉아 베를 짜는데 학교에서 돌아온 친구가 어머니
젖을 빨고 있었던 것이다.

우리 어머니들은 아기들을 딴 방에서 자게 한다든지 옆
에서 떼어놓는 일이 없었다. 손이 닿는 곳에 있어야 마음
이 놓이는 것 같았다.

그런데 미국 부모들은 그렇지 않다. 옆자리나 한방에서
재우는 일이 없다. 아기들이 울면서 떨어지지 않으려고 해
도 딴 방에서 자도록 한다. 어떤 아기들은 부모가 자는 방

문 앞까지 왔다가 되돌아가기도 하고 홀로 자는 것이 싫으니까 인형을 껴안고 자는 모습을 어디서나 볼 수 있다.

어떤 때는 옆방에서 아기가 우는 소리를 들으면서도 부모는 태연하게 TV를 본다. 울음소리가 그치면 방문을 열어 보고 잠든 것을 확인하고 돌아가곤 한다.

우리 노인네들이 보면 자식들을 저렇게 귀찮아할 바에야 무엇 때문에 낳아 키우나?고 반문하고 싶어질 것이다. 그러나 그것은 자식들을 사랑하기 때문에 취하는 길인 것이다. 우리는 온정에 치우쳐 아이들의 자립심을 약화시키곤 하나 저들은 정보다도 합리적으로 키우는 것이 아이들의 장래를 위한 것이라고 생각하는 것이다.

우리 어머니들은 어린애가 뛰어가다가 넘어지면 달려가 일으키면서 아이보다 먼저 감정을 토로한다. "이걸 어쩌지, 입술이 터져 피가 흐르는구나"라고 걱정한다. 그렇게 해서 대단치 않다고 생각하고 있던 어린애가 "으앙"하고 소리를 지르면서 울게 만든다.

그러나 생각이 있는 부모들은 넘어진 어린애 옆으로 가, "어서 일어나 봐. 그래, 옷의 먼지를 털고 신발을 바로 신어야지. 여기 휴지가 있으니까 피를 닦고, 다른 데는 다친 데가 없지? 그런데 왜 넘어졌을까? 돌아서서 살펴보기로 하자. 응, 여기 돌부리에 걸린 모양이다. 이 다음부터는 달리는 것은 좋은데, 돌부리는 조심해야겠다"라면서 데리고 간다.

아무래도 그 편이 어린애로 하여금 생각할 여유도 주고 스스로 개선하는 자립심을 갖도록 돕는 데 부모다운 처사가 될 것 같다.

앞으로도 과잉 보호와 자립심의 문제는 언제 어디서나 취급될 교육의 과제가 되리라고 생각한다.

내가 보기에는 서구인들, 특히 미국 부모들은 자립심과 능력 개발에 치우쳐 어린애들의 정서적인 안정과 신뢰심을 약화시키는 것 같다. 그런 아이들이 자라 남을 믿거나 협력하려는 자세를 놓치며, 온정이 있는 가정을 이끌어 갈지 우려되기도 한다. 서구인들이 동양 사람들보다 노이로제 환자가 더 많으며 동성 연애자들이 늘어나는 이유도 거기에 있지 않을까. 외롭게 자란다는 것은 반드시 자립심을 키워 주는 것과 일치되지 않는다.

나같이 어렸을 때부터 병약했고 정서적 안정을 잃고 자란 사람은 동양에 태어난 것을 감사하고 싶은 마음이 든다. 서구식 가정에서 자랐다면 폐인이 되었을지도 모른다. 어머니의 품이 있고 따뜻한 가정이 있다는 생각은 병아리들이 엄마의 날개 밑이 있고, 새들이 둥지가 있어 안심되는 것 같은 느낌이 아니었을까.

그렇다고 해서 많은 한국의 어머니들과 같이 자립하려는 의지를 약화시키며 독립심을 키워 주지 못한다면 그 폐단은 더욱 두려운 것이다. 자식들이 실수를 할 것 같아, 늦도록 경제적 활동을 거머쥐고 있는 부모들을 볼 때는 답답스러울 정도이기도 하다.

어쨌든 의존심에서 독립심에의 과정은 필수적인 교육적 과제의 하나이다. 획일적인 견해나 판단은 있을 수 없다.

아들들은 딸보다 약간 일찍 독립심을 갖도록 키워 주는 것
이 좋으리라는 생각은 누구나 하고 있다. 건강이 좋지 못
한 어린애들은 건강한 아이들보다 좀더 따뜻한 보호가 필
요할 것 같다. 어떻게 보면 어머니는 보살핌을 더하고 아
버지는 자립 정신을 키우도록 배려함도 좋을 것이다.

가장 어려운 문제는 의존심에서 자립심으로 가는 과정이
다. 너무 일러도 좋지는 않고 너무 늦어도 자녀들에게 피
해를 주게 된다. 아이들이 자란다는 것은 자주적인 판단과
독립적인 사고를 하도록 도와주는 일이다.

한때 우리 나라에서 '새 교육'이라는 말이 유행한 일이
있었다.

그러나 따져 보면 그 내용은 간단한 것이었다.

우리들이 어렸을 때는 부모를 위하거나 따르는 것이 교
육의 기본이었다. "부모의 말씀을 잘 들어야 해요"라는 가
르침은 언제 어디서나 옳은 것으로 여겨졌다. 지금 우리가
강조하고 있는 '효'가 바로 그런 것이다.

학교에 가면 "선생님 말씀을 잘 들어야 해요!"라는 가
르침은 너무나 당연했다. 교육의 주체는 가정에서는 부모,
학교에서는 선생이었다. 자녀들과 제자들은 그 뒤를 따르
면 되는 것이었다.

그렇게 키워 가지고서는 부모보다 앞서는 자녀들이 되지
못하며 선생보다 유능한 제자는 자랄 길이 막혀 버리고 만
다.

그래서 소망스러운 교육은 부모와 자녀들이 같이 가며,
선생과 제자들이 함께 자라는 교육으로 바뀌게 된 것이다.
서로 대화를 할 수 있으며 의견을 나누어 성장을 빠르게

하는 책임이 교육의 길이 된 것이다.

나 같은 세대의 사람들이 어렸을 때는 뒤따르는 위치에서 자랐으나 내가 선생이 되고 아버지가 되었을 때는 함께 가는 교육으로 바뀐 셈이 되었다.

그러던 것이 지금에는 자녀와 제자가 앞에 서고 부모와 선생이 그 뒤에서 돌보아 주며 도움이 필요할 때 협조해 주는 교육으로 바뀌어진 것이다. 그래서 부모보다 앞서는 자녀들이 되며 선생보다 훌륭한 제자를 키우자는 교육의 목표로 바뀌게 된 것이다.

그런데 여기에 문제가 있다.

부모와 스승의 뒤를 따르는 옛날식 교육은 사라져야 한다는 요청이며, 함께 가는 시기와 앞서가게 하는 때가 언제쯤이 적절한가 함이다. 항상 같이 갈 수도 없고, 너무 일찍부터 앞세우는 것도 지혜롭지 못하며 비교육적인 경우가 생기기 때문이다.

경험을 해본 사람들은 딸보다는 아들의 경우가 일찍 독립심을 갖도록 해야 한다는 생각을 하게 된다. 그렇다고 일률적인 것은 못 된다. 치진성이 있는 아들은 늦도록 보호를 받아야 하기도 한다.

나는 딸 넷을 키워 보았다. 둘째는 유달리 부모의 도움을 필요로 하는 편이었고 넷째는 아들들보다도 자립심이 강하게 자라는 편이었다. 물론 다 자란 후에는 마찬가지가 되었으나 자랄 때는 그러했다. 또 그런 차이가 있어 개성이 생기며 유능성의 방향이 다르기 때문에 색다른 인생을 살게 되는 것이 아니겠는가.

이렇게 본다면 보호를 받으면서 자라야 할 기간과 자립심을 갖고 앞서가야 할 시기를 지혜롭게 가리며 이끌어 주고 협조해 주는 것이 부모와 스승의 귀중한 과제가 되는 것이다.

자녀들과 제자들이 성장한다는 것은 부모와 스승의 보호 밑에서 자립해 나가며 독립된 인격을 형성해 가는 과정이라고 보아야 하겠다. 오직 우리가 걱정하는 것은 동양에서는 지나치게 오래 과잉 보호를 하며 서구에서는 너무 일찍 자립심과 독립심을 강조하는 것 같은 생각이다.

거기에는 일률적이거나 획일적인 원칙이 있을 수 없다. 어떻게 하는 것이 한 독립된 인간으로 굳세고 유능하게 자랄 수 있도록 돕는가 함이 문제인 것이다. 자립심과 독립 정신을 충분히 갖춘 자녀와 제자들에게까지 간섭을 가하는 것은 지혜롭지 못하다. 한국의 부모들과 스승들은 그 점에서 깊은 배려를 해야 할 것이다.

누구나 아는 것 같으면서도
모르는 것이 교육이다

언제쯤 되면 교육이 무엇인지 알게 되는가.

학창 생활을 할 때는 교육이 어떤 것인지 알기 어렵다. 교육을 받기만 하는 기간이기 때문이다. 그렇다고 해서 학창 생활을 제대로 해보지 못한 사람도 교육을 알기 어렵다. 받은 사람이 주도록 되어 있는 것이 교육이기 때문이다. 어떤 청소년들은 머리가 우수하기 때문에 검정 고시나 자격 시험을 통해 진학하기도 한다. 지적 성장에는 지장이 없을지 모른다. 그러나 교육다운 교육에는 결함이 있을 수 있다. 요사이는 사법 고시와 대학원 교육 중 어느편이 법관으로서의 자질을 갖추는가 하는 논란이 벌어지고 있다. 교육적 의미에서 본다면 대학원 제도가 소망스럽다. 풍부한 교육이 기억력 위주의 재능보다는 폭넓은 인간성을 갖출 수 있기 때문이다.

때로는 걱정스러운 사태에 접하는 경우도 있다. 교육학자가 교육을 잘 모른다면 말이 안 될 것이다. 그런데 부분적인 기술성에 치우쳐 교육을 전체적으로 이해하지 못하는 때가 자주 생긴다.

두 가지 경우를 소개해 보자.

공화당 정권 때, 전주에서 전국 교육학자 대회가 열린 일이 있었다. 그때 채택된 교육 과제가 '과학하는 교육'과 학하는 마음'이었다. 그 다음에는 어디에 가든지 그런 구호가 나붙곤 한 일이 있었다.

그때, 약간 놀라운 소식이 전해져 왔다. 거기에 모였던 교육학자의 80% 정도가 사립 초등학교를 없애는 데 찬성했다는 뉴스였다.

나 자신도 그 뜻을 도저히 이해할 수가 없었다. 그래서 거기에 다녀온 선배 교수에게 어떻게 그런 여론이 형성되었는가고 물어 보았다. 그의 대답은 뜻밖이었다. "아마 스쿨 버스 때문이었을 것이다"는 말이었다. 공립 학교에는 스쿨 버스가 없으니 위화감 같은 것이 작용할 것 같아 없애자는 얘기였던 것 같다.

앞으로는 필요하면 공립 학교도 학교 버스를 이용하게 될 것이며, 먼 거리에서 다니는 사립 학교 어린이들이 학교 버스를 이용한다고 해서 학교 자체를 없앨 필요가 있는지는 이해할 수가 없었다. 그들의 적지 않은 수는 미국에서 민주주의 교육을 연구하고 온 사람들이었다.

지금 생각해 보면 그들이 한국 교육을 오늘의 상태로 만들어 놓았을 것 같기도 하다.

노태우 대통령이 취임하고 나서 얼마 안 되었을 때 일이다.

교육부 장관이 지방의 두 국립 대학의 학장을 임명하기 위해 대통령의 재가를 받게 되었다.

대통령은 대학의 총학장을 교육부에서 임명한다면 6·29

이전과 달라진 바가 없지 않으냐, 좀더 민주적인 방법은 없겠느냐고 반문했다. 장관은 어떻게 했으면 좋겠느냐고 물었다. 대통령은 교수들이 선출하는 것이 민주주의가 아니겠느냐고 한 가지 방법을 제시했다. 교육부로 돌아온 장관은 간부들에게 그 뜻을 전했다. 간부들은 그렇게 되면 앞으로 우리는 할 일이 없지 않느냐는 고충이었다. 그래서 교수회에서 두 명을 선출해 오고 교육부가 그중의 한 사람을 임명하는 방법이 좋겠다는 결론을 내렸다.

나는 그 얘기를 읽으면서, 대한민국의 교육부 장관이 군출신 대통령에게 민주주의를 배워야 할 처지가 되었으니 우리 나라의 교육이 감감하다고 생각했다. 그 장관이 바로 알려진 교육학자이며 동료들의 추천을 받아 장관이 되었던 것이다.

나 같은 사람은 차라리 교육부를 없애는 편이 교육에 도움을 주는 것이 아닐지 의심해 보곤 한다. 선진 국가에는 우리와 같은 교육부가 없는 것이 대부분이다. 전국 교육을 장악하고 있는 교육 위원회가 있기 때문인 것이다.

이렇게 본다면 교육학자들이 교육을 모르고 있다는 이론이 되기도 한다. 부분적인 기술은 있어도 교육의 이념과 철학이 없기 때문이다.

미국에서도 교육학자들이 대학의 총장이 된 일이 없으며, 되었다고 해도 성공하지는 못했을 것이라는 견해가 일반적이라고 한다.

한때 일본에서는 사범 학교 출신이 교육을 병들게 했으며 사범 대학 출신이 교육 정책을 그르쳤다는 평가를 하고 있었다.

그렇다면 누가 교육을 이해하는가. 가장 위험한 것은 통치자, 우리에게 있어서는 대통령이 교육을 좌우하게 되면 대단히 위험하다. 우리도 박정희·전두환 대통령 때 교육이 병들었으며 김영삼 대통령도 교육을 너무 모르는 사람 중의 하나였다. 역시 교육은 교육자들의 중지를 모아 발전적으로 개선되어야 한다. 학교 교육에 참여하고 있는 사람들, 폭넓게 교육에 관심을 갖는 이들이 교육을 키워 나가야 한다.

나 같은 사람은 교회 학교에 다녀 보기도 했고 가르쳐 보기도 했다. 초등학교에서 3, 4년을 가르쳤고 중고등학교에서 10년 동안 교편을 잡았다. 사립 학교와 공립 학교를 고루 경험해 보았으나 사립 학교의 비중이 훨씬 큰 셈이다. 물론 대학 교육을 받기도 했고 30여 년을 대학에서 가르치기도 했다.

교육 이외의 직업은 가져 본 일이 없다. 정년 이후에는 누구보다도 폭넓게 사회 교육의 일선에서 일해 온 셈이다. 내일모레면 나이 80이 되지만 사회 교육은 계속해서 이루어질 것으로 믿고 있다.

그런데 이상한 것은 초등학교 교육을 떠나게 되면서 초등 교육은 이런 것이구나 하고 느끼게 되었고, 중고등학교에서 대학으로 옮겨 오면서 중고등 교육이 얼마나 중요하다는 것을 깨달았던 것 같다. 대학을 떠나 사회 교육에 참여하면서야 대학 교육이 많이 시정되어야 하겠다는 방향 감각을 얻게 되었던 것 같다.

그렇다고 해서 교육에 자신이 있느냐고 물으면 자신이 없다. 오직 얻은 바가 있다면 무엇이 잘못되어 있고 이런 방향으로 가지 않으면 안 되겠다는 방향 감각 같은 것이 생겼을 정도이다. 박대통령이 중고등학교를 인위적으로 평준화시킨 데에 반대한 것도 나의 신념이었고 전두환 대통령 시기에 대학 입시를 나라에서 주관하는 것을 비판·반대한 것도 강한 내 소신이었던 것은 사실이다.

김영삼 대통령이 추진시키고 있는 교육 개혁이 왜 난관에 봉착하게 되는가. 교육 개혁 위원회에서 청사진을 제시할 수 있으나 그 설계도에 걸맞게 집을 지을 교육자는 없다는 데 문제가 있는 것이다. 서둘면 서둘수록 모순에 빠지게 된다. 교육 개혁 위원회의 안에 반대하는 현장 교육자가 절대 다수라는 점이 그 사실을 잘 반영하고 있다.

개혁안이 잘못된 것이 아니다. 20년 동안에는 지을 수 없는 설계도가 되었다는 점이며 선생들이 그 설계도대로 집을 짓기에는 크게 역부족인 것이다. 학부모들의 비교육적인 선입 관념은 접어두더라도 그렇다.

그러나 실망해서도 안 되며 단념하거나 포기하는 것은 잘못이다. 중지를 모아서 서서히 개선해 가면 되는 것이다.

답답했던 이야기 하나를 소개키로 하자. 우리 교육의 현주소를 보여 주는 이야기의 하나이다.

우문현답이라는 말이 있다.

어리석은 질문에 지혜로운 대답을 했을 경우를 가리킨다. 대개의 경우 자기 중심의 생각을 하는 사람들이 어리석은 질문을 하게 되어 있고 객관적 사리 판단을 내리는 사람이 지혜로운 대답을 남기게 되어 있다.

6·25 동란 때였다.

부산 초량초등학교 강당에서 전국 교육자 대회가 열린 일이 있었다.

그 당시 많이 문제가 되어 있던, 새로운 교육을 위해 미국에서 교육 사절단원 5명이 와서 1주일 동안 교육 세미나를 열어 준 일이 있었다. 우리 나라에서는 초등학교 교장들과 중고등학교 교감들이 주로 참석하게 되어 있었다.

그 당시 나는 중앙중고등학교 교감직을 맡고 있었기 때문에 참여했던 것이다.

마지막 총회가 진행되고 있었을 때, 서울의 한 대표적인 초등학교 교장이 질문을 했다.

"당신네 미국에서는 학생들 중에 까불어대거나 선생의 말을 듣지 않는 말썽꾸러기들을 어떻게 다스리느냐?"는 것이었다.

질문을 받은 사절단원들이 대답을 하지 못하고 서로의 얼굴만 마주 쳐다보다가 한 단원이 대답을 했다.

"우리 미국에서는 그런 학생들을 걱정하지 않습니다. 이번에 미국 대통령으로 선출된 아이젠하워가 초등학교에 다닐 때 바로 그런 학생이었습니다"라는 것이었다.

그 대답을 듣는 한국 교육자들에게는 뜻밖의 대답이었을 것이다. 우리와는 앞뒤가 맞지 않는 대답이었기 때문이다.

바울 6세가 법왕으로 선출되었을 때였다.

법왕이 초등학교에 다니고 있을 때의 담임 선생님이 생

존해 있었다. 90이 넘은 나이였다.

기자들이 "당신이 바울 6세 법왕을 가르쳤을 때는 어떤 학생이었느냐"고 물었다.

늙은 선생은 "내 반에서 공부할 때는 몹시 까불고 떠드는 학생이었는데, 그 어른이 이번에 법왕으로 뽑혔다"면서 흐뭇해 하는 표정이었다는 기사를 읽은 일이 있다.

이런 상황들에 견주어 본다면 우리 교육은 어딘가 크게 잘못되어 있음에 틀림이 없다.

우리는 인위적인 교육보다는 인간성의 자연스러운 교육을 더 소중히 여겨야 하겠다. 스승의 뜻에 맞는 제자를 키우기보다는 스승과 다르면서도 앞서게 하는 교육을 언제나 염두에 두어야 할 것이다. 학부모들의 생각도 마찬가지이다.

세 가지 원칙

유년 소년 기간에 가장 중요한 교육적 원칙을 찾는다면 다음 세 가지는 꼭 지켜야 할 것이다.

학교로 따진다면 유치원과 초등학교 기간에 해당하는 시기이다.

그 첫째가 되는 것은 '자연스러운 성장'을 뒷받침해 주는 일이다.

생명력을 갖춘 만물은 그 발전의 절대 조건이 자연스러운 성장이다. 인간의 신체도 그 점에 있어서는 절대적이다. 아무리 훌륭한 의사라고 해도 환자가 자생력을 상실하게 되면 의약으로는 완전히 치유할 수가 없다. 자생력에 따르는 건강의 가능성을 돕는 것이 의료의 원칙인 것이다.

얼마 전까지 프랑스의 J. J. 루소의 『에밀』이라는 교육 철학의 사상이 크게 관심을 모은 바가 있었다. 루소는 계몽주의 사상의 선각자이기도 했다. 진정한 교육의 대부분은 자연스러운 성장을 뒷받침하는 데 있다고 믿었던 것이다.

자연스러움과 병행하는 것이 인위적인 교육 방법이다.

어느 점, 자연스러움은 철학적인 근원성을 가리키나 인위적인 것은 과학적인 방법에 치우치는 것 같은 인상을 주기도 한다.

그런데 문제가 되는 것은 학교의 선생들보다도 일부의 학부모들 특히 어머니들이 인위적인 교육이라고도 볼 수 없는 자녀들에 대한 주관적인 욕심에 빠져 비교육적인 과오를 범하는 경우를 자주 보게 된다.

이런 생각을 해보자.

최근에는 양계를 하는 사람들이 짧은 기간에 많은 계란을 얻기 위해 여러 가지 과학적 방법을 동원한다.

운동을 많이 하지 못하도록 좁은 공간에서 자라게 하며, 모이를 계속 먹이기 위해 밤낮없이 전등을 켜놓아 24시간을 먹도록 만든다. 사료도 기계적으로 배합해서 살이 찌고 알을 많이 낳게 하는 여러 가지 수단을 동원한다.

짧은 기간에 최대한의 산란을 하게 한 뒤에는 육용으로 팔아 넘긴다. 그러니까 닭들은 제 수명을 다 누리지 못한다. 알을 낳기 위한 이용물로 전락해 버리고 만다. 산란의 능력이 감퇴되면 다른 닭으로 대체해 버리면 그뿐이다.

이렇게 되어서 닭은 제 삶과 생활은 빼앗기고 산란의 도구로 전락해 버린다. 우리도 자칫하면 인위적인 교육에 치우쳐 어린이들이 부모를 위한 교육의 수단으로 바뀌어 버릴까 걱정스러워진다.

그런 불행스러운 잘못을 저지르는 어머니들이 너무 많이 있다.

한 어린이의 경우를 보자. 아침에 피곤하게 일어난 어린이에게 이것이 몸에 좋다고 해서 좋아하지도 않는 음식을 강요한다. 미역과 같은 해산물이 머리를 좋게 만든다고 해서 지나치게 강요하는 가정도 있다.

학교에서 돌아오면 미술 공부를 보낸다. 남보다 더 잘 그리도록 요청한다. 다음에는 피아노나 바이올린 교습소로 보낸다. 이 다음에 수재 연주가가 되었으면 하는 꿈을 가져 보기도 한다. 그것으로 그치지 않는다. 학교 성적에서 뒤질세라 과외 공부를 시킨다. 한 어머니의 말이다. '모두가 과외 공부를 해서 충분히 예습을 해가지고 오는데 우리 애만 공부를 안 해가지고 가니까 성적이 뒤진다'는 것이다.

논술 문제가 사회화되면서는 어린애들 때부터 글짓기 공부도 보내야 한다. 그 위에 수영도 시키고, 스케이트도 배워야 하니까 유소년 기간의 애들은 눈코 뜰 새 없는 스케줄에 얽매여 고생할 수밖에 없다.

주말이 되거나 휴일이 되어도, 그 기간에 다른 애들보다 더 앞세우기 위해 쉴 틈을 주지 않는다.

생각해 보라. 아직 자리잡히지도 못한 기능을 쉴새없이 들볶아 놓으면 그 어린이의 행복을 누가 빼앗는 것이며, 여유있게 성장할 가능성은 병들어 버린다. 그 영향은 청소년기까지 미치게 되지 않겠는가.

그러다가 미국 같은 나라에 가보라. 유년기에는 즐겁고 자연스러이 놀도록 해준다. 공부 자체가 부담스러움을 주지 않는다. 즐겁게 이야기도 하고 서로 생각을 나누어 갖도록 이끌어 준다.

초등학교에서도 그렇다. 산수를 잘하는 학생은 3학년에

있으면서 4학년 반에 가서 공부하기도 하고 영어가 서투른 외국에서 온 어린이는 2학년에 가서 다시 배워 오기도 한다. 자신의 공부를 스스로 찾아 즐겁게 하면 되는 것이다.

 과외 공부는 거의 없다. 학교에서 자기가 하고 싶은 것을 하면 되는 것이다. 대개의 경우 예능 분야에서 한 가지, 체육에서 한 가지쯤 택해서 스스로 즐겁게 습득하도록 되어 있다. 우리와 같은 공부와 성적 위주의 평가는 받는 일이 없다. 한마디로 말해서 즐겁게 자연스러이 성장하도록 이끌어 주는 것이다.

 둘째로 필요한 것은 제자와 자녀들에 대한 긍정적인 태도와 자세인 것이다.

 긍정적이라는 뜻에는 두 가지가 포함된다. 하나는 강요하는 일이 적다는 것이며 가급적 책망을 하지 않는 교육을 하는 것이다.

 이것은 꼭 해야 한다든지 하지 않으면 안 된다는 부담과 억압을 가하는 것은 삼가야 한다. '그렇게 하는 것이 좋지 않을까. 네 생각에는 지금 마음에 내키지 않는 것 같아도 남들이 다 하니까 너도 해낼 수 있을 것이다'라는 식으로 이끌어 가자는 것이다. 부모나 선생은 방향과 목적을 제시해 주고 방법과 절차는 학생 스스로가 택하는 여유를 남겨 주자는 뜻이다. "다른 운동은 해도 좋고 안 해도 좋지만 수영은 될 수 있는 대로 일찍 배우는 편이 좋을 거야. 다음에 배를 타거나 물 위에서 운동을 할 때는 수영을 못 하면 생명의 위험을 맞는 경우도 있을 수 있어 그러는 거지 ……"하는 식으로 유도해 주는 것이 좋을 것이다. 다른 것에 '대해서도 마찬가지 자세를 갖자는 뜻이다.

긍정적으로 대하는 또 하나의 길은 책망을 하는 것보다는 칭찬을 하는 자세를 말한다. 아홉 번 "하지 말라"고 책하는 것보다는 한 번 "참 잘했어. 이 다음에도 그렇게 하면 될 거야"라는 태도로 대해야 한다.

과거의 우리 세대는 "하면 안 된다"는 지시가 너무 많았다. 그러나 지금의 어린이들은 자신이 인정을 받고 능력을 긍정적으로 평가받기를 원한다. 왜 공부를 못하느냐고 따지기보다는 "그림을 잘 그리는 것을 보면 공부도 잘할 것 같은데 좀더 열심히 해보지"라는 권면이 더 효과적인 것이다.

내가 중고등학교에 몸담고 있을 때였다. 자질이 좋은 한 학생이 있었다. 그 애의 꿈은 야구 선수가 되는 것이었다. 부모는 공부 성적이 나쁘니까 야구를 시킬 수 없다는 주장이었다. 아버지가 치안국의 간부였기 때문에 퍽 엄격한 편이었다. 나는 그 학생에게 평균 점수가 10점만 더 올라가면 야구부에 입단시켜 주겠고, 평균 점수가 80점까지 올라가면 선수가 되어도 좋다고 약속했다.

그 애는 공부에는 흥미가 없었고 사귀는 친구들도 학과 성적은 좋지 않은 편이었는데 야구를 하고 싶어 열심히 공부를 했고 후에는 두 가지를 다 우수하게 해낼 수 있는 모범생이 되었다. 한 가지 부분에서 긍정적인 평가를 받으면 다른 면에서도 성장할 수가 있다. 만일 그 애가 부정적인 책망만 들었다면 문제아로 전락할 수 있었을지도 모른다. 그 애의 친구가 그렇게 되었기 때문이다.

셋째로 중요한 것은 유소년 기간에는 절대로 정직하게

키워야 한다는 점이다. 흔히 인재(人材)라는 말을 쓴다. 인간은 좋은 교육을 받아 쓸모있는 재목감이 되어야 하기 때문이다.

그런데 굽은 나무는 굽게 자라기 때문에 재목 구실을 하지 못한다. 그런데 나무가 굽는 것은 자란 뒤가 아니다. 자랄 때 굽어 버리면 그대로 큰 나무가 되기 때문에 재목 구실을 하지 못한다.

사람도 그렇다. 성격이 굽어지는 것은 커서가 아니다. 자랄 때 성격과 성질이 굽어지면 나이들어서 좀처럼 바로잡지를 못한다. 그래서 어렸을 때는 정직이 최고의 교육이다. 거짓말을 비롯한 부정직을 용납해서는 안 된다.

오래 전에 우리 나라에 외국 고등학교 학생들이 교환 학생으로 1년씩 다녀간 일이 있었다.

그 학생들의 다수가 "한국 부모들은 거짓말을 시킨다"면서 놀라운 표정을 짓는 것을 보았다. 내가 한 학생에게 "예를 들면 너희 한국 아버지는 어떤 거짓말을 시키지?"라고 물었더니, "어제 저녁에도 전화가 왔는데, 아버지가 '야! 없다고 그래라'라고 말해 당황했다"는 것이었다.

한 여학생에게 "너희 어머니는?"하고 물었더니, "엄마, 학교에서 이렇게 하라고 그러는데 어떻게 하지요?"라고 의논하면 "선생님이 그렇게 물으면 이렇게 대답하지?"라고 말해 주는데 그것이 또 거짓말이었다는 것이다.

결국은 그 학생들이 자기 나라에 돌아가 한국에 가면 잘 얻어먹고는 오는데 교육을 받을 수 없어 안 가는 편이 좋겠다는 보고를 해 교환이 중단되고 만 일이 있었다.

외국 학생을 맡아 키울 정도면 상류층에 속하는 편인데

교육적으로는 맹점을 드러낸 것이다. 그 학생들 가정에서
는 거짓말을 시키는 한국 가정이라면 놀라울 정도로 반교
육적인 평가를 내리는 것이다.

 불행하게 교도소에 수감되어 있는 사람들의 성분과 성격
을 분석해 보라. 대체로 그 사람들은 머리가 좋은 편이다.
그러나 성품에 결함이 있는 사람들이다. 그 결함의 절대
조건은 거짓이다. 그리고 그 정직하지 못한 거짓의 성격은
어렸을 때의 습관 때문인 것이다.

 이렇게 본다면 자연스러운 성장을 도우며 긍정적으로 평
가를 하되, 정직만은 절대적으로 지키도록 해주어야 한다.
외국 가정에서는 거짓말을 하는 애들에게는 저녁을 굶기거
나 꼭 벌을 받도록 한다. 그런데 우리는 거짓말을 잘 하는
어린이들을 두둔하거나 칭찬해 주는 일까지 있으니 얼마나
잘못된 교육의 맹점이 아니겠는가.

 사랑은 지혜를 낳는다는 말이 있다. 제자나 자녀들의 개
성과 인격과 장래를 진정으로 사랑하는 선생이나 부모들은
자신도 놀라울 정도의 지혜로운 교도를 할 수 있게 되는
것이다.

홀로와 더불어의 성장

후배 교수들이 하는 이야기다.

"우리는 애들을 하나가 아니면 둘을 키우는 데도 어려운데, 선배 교수들은 그렇게 많은 자녀들은 어떻게 키웠는지 모르겠다"는 것이다.

동양 철학 전공의 구교수가 6명쯤 되고 배교수도 6, 7명이 된다. 조교수도 6명을 키웠다. 나도 아들 둘과 딸 넷을 키웠다. 다른 세 교수는 고향이 남쪽이고 경제적 여유가 있었으니까 덜 어려웠겠지만 나는 북에서 온 실향민이었다. 40 이전까지는 셋방살이를 해온 셈이다.

그러니까 후배 교수들의 얘기가 핀잔인지 감탄인지는 모르나 그런 대화를 할 만도 하다. 우리 애들도 모이게 되면 같은 얘기를 하는 때가 있다. "우리 부모님은 대단하신 셈이야, 어떻게 여섯씩이나 키웠을까"라며 웃는다. 내 아내는 "이 다음에 한 집에 가서 두 달씩 머물면 1년이 지날 테니까 너희들의 부담을 덜어 주기 위해서였다"고 응수하곤 했다.

물론 후배 교수들은 하나 아니면 둘 되는 애들을 잘 키웠으니까 모두 훌륭하게 자란 셈이다. 나는 애들 셋이 박사 학위를 얻어 교수가 되었고, 석사 학위는 모두 끝내도록 했다. 자신들이 원했고 능력이 있었다면 셋도 더 공부했을지 모른다. 셋 다 외국에서 학위를 얻었고 다섯이 외국에서 공부를 했다. 셋은 미국에서 살고 있다. 며느리 둘이 다 대단치는 않으나 박사 과정을 끝냈고, 사위 셋은 미국에서 의사 일을 보고 있다. 한국에 있는 사위는 판사 일을 맡고 있다.

자랑할 바는 못 되지만 모두가 열심히 살아가고 있다. 누구나 바쁘기 때문에 제각기 독립된 가정을 이루고 있다. 아들들은 2년씩 함께 살고는 독립하도록 약속되어 있었고 또 그렇게 살고 있다. 그렇게 하는 것이 서로 자유롭고 더 많은 일을 할 수 있기 때문이다.

경제적으로는 모두가 가난하게 출발했으나 지금은 중상 정도의 생활을 이끌어 가고 있다. 물론 욕심을 낸다면 한이 없을 것이다. 그러나 그런대로 자녀 교육에 크게 실패했다고는 생각지 않는다. 나름대로 부모 걱정을 계속 해주고 있기 때문에 별로 불만스러움을 느끼지도 않는다.

이런 필요없는 이야기를 하는 것은 교육의 문제를 취급하기 위해서이다. 또 후배 교수들에 대한 대답도 될 수 있을지 모르겠기 때문에 하는 이야기다. 애들을 여섯씩이나 키우는 것은 양적으로 보았을 때, 부담스러워 보인다. 그러나 나무 한 그루를 키우기 위해 정성을 쏟는 것보다는 여러 나무를 함께 키우는 노력이 더 많은 것은 아니다. 애들이 혼자 자라게 되면 성격이 이지러지기도 쉬우며 홀로 자라는 나무가 쉽게 굽듯이 바로 키우는 데 많은 관심을 쏟아야 한다.

그러나 여섯쯤을 키우게 되면(속된 표현이 될 것 같아 미안하나) 돼지 새끼나 강아지 새끼를 몰고 다니는 것 같아 오히려 맘을 덜 쓰게 된다. 그리고 함께 자라는 동안에 자기네들끼리 얼마나 좋은 교육을 주고받는지 모른다. 옛 날부터 부잣집에서 홀로 자란 사람보다는 여러 형제들이 함께 고생하면서 자란 사람들이 인간적으로 원만하며 유능해진다는 얘기가 전해지고 있다. 돼지 새끼 여섯 마리는 함께 몰고 다니면 저절로 자라는 것이다. 먹을것이 부족하게 사는데 편식이 어디 있으며, 서로 싸우기도 하고 돕기도 하는 동안에 모지지 않은 인간 관계가 육성되어 가는 것이다.

여러 가지 면에서 비교해 보았을 때, 홀로 자라는 편보다는 더불어 자라는 편이 도움이 되며 교육적으로도 긍정적인 평가를 받아 좋을 것이다.

그래서 핵가족 제도하에 사는 서구인들은 그 홀로 자라는 단점을 메우기 위해 여러 가지 노력을 한다.

아기들을 육아원에 보내는 것은, 부모가 일터로 가기 위해서만은 아니다. 육아원에서 더불어 자라는 훈련을 쌓도록 돕기 위해서다.

육아원에 가보면(우리는 탁아소라고도 부른다) 그야말로 강아지 새끼들이나 돼지 새끼들을 모아 키우는 것 같다. 식사 시간이 되었으니까 식사를 하자고 하면 모두가 몰려와 먹는다. 이제는 잘 시간이 되었으니까 들어가 자라고 하면 쭉 밀려가서 잠들곤 한다.

　그리고 초등학교나 중학교 과정에서는 여름 방학을 이용해 꼭 캠프를 가도록 이끌어 준다. 좀 큰 아이들은 수영 캠프라든지 테니스 캠프로 간다. 놀면서 공부하고 공부하면서 친구를 사귀는 것이다. 홀로 자라기를 극복하도록 돕는다. 아주 어렸을 때가 아니면 부모가 동반하는 일은 별로 없다.

　사람의 본성은 누구나 다 같다. 여럿이 함께 있을 때에는 홀로 있고 싶어지고, 홀로 있는 시간이 길면 다른 사람과 함께 어울리고 싶은 것이 상정이다. 애들은 말로 표현을 하지 않아도 더불어 있기를 원하면서 살고 자라는 것이다.

　그런데 나와 같이 여섯을 키우게 되면 특별히 그런 기회를 만들어 주지 않아도 된다. 자기네들끼리 사랑의 싸움도 하며 말다툼도 하지만 그러는 동안에 많은 것을 배우면서 자란다.

　부모들이 조심해야 하는 것은 애들을 비교해 가면서 칭찬하거나 책망하는 일이다. "네 형을 보아라, 네 성적은 그것이 말이 되느냐?"고 책망한다든지 "나는 네 행동을 보면 다른 형제들에게 영향을 줄 것 같아 걱정스럽다"는 식으로 키우게 되면 형제간의 경쟁 의식이 이 다음에도 형제간의 협력과 사랑을 약화시키게 된다.

　생각이 부족한 부모들은 여러 아이들 중에서 특별히 사랑하는 애와 덜 좋아하는 애를 가리기 쉽다. 내가 잘 아는 한 어머니는 셋째 어린애를 퍽 싫어하는 잘못을 저지르고 있었다. 자기 자신도 저 아이를 임신하고 있었을 때 남편

이 다른 여자를 두었기 때문에 사랑의 줄이 끊어진 것 같
다는 자책감을 호소하기도 했다. 그런 일은 절대로 없어야
한다. 그것은 부모의 책임이지 자녀들의 잘못이 아니다.

　지금 나는 가급적이면 따로 살고 있는 손자녀들이 서로
내왕하면서 사귀도록 맘써 주고 있다. 딸만 둘이 있는 집
에 가보면 항상 가벼운 질투심과 싸움을 벌인다. 아들과
딸이 있는 집에 가면 작은 딸애는 밤낮 윽박지름을 당하면
서 따라다닌다. 경쟁 의식에서 오는 싸움이고 부모의 사랑
과 칭찬을 받고 싶은 욕심에서 오는 자연스러운 현상이다.
그것을 그렇게 하지 말라든지, 왜 그러느냐고 따진다고 해
서 해결되는 것이 아니다.
　사촌이나 외사촌 형제들과 섞이어 놀고 때로는 한두 밤
씩 자면서 놀다가 오게 해준다. 그러는 동안에 동기에 대
한 그리운 마음도 생기며 더 새로운 것을 배우게도 된다.
특히 미국에 있는 손자들이 어렸을 때는 부모를 따라 한국
에 오는 기회를 자주 만들어 준다. 생활 경험을 넓혀 주고
싶은 마음에서이다.

　그러나 한 가지 고려해야 할 점이 있다.
　아이들이 자기네들끼리는 자주 만나며 함께 자라도록 돕
는 일이 좋으나 조부모들과 너무 잦은 접촉과 긴 시간을
함께 머무는 데는 조부모들의 교육적 지혜가 아쉬운 때가
있다.

　어디선가 읽었던 기억이 있다.
　미국의 아이젠하워 대통령이 외손자가 보고 싶으면 두

시간 정도의 양해를 받고 아기를 데리고 지내다가는 시간이 되면 꼭 돌려보내곤 했다는 것이다. 왜 좀더 오래 데리고 있지 않느냐고 물으면 애들은 젊은 부모들과 자라야지 늙은 조부모와 오래 있으면 교육적으로 좋지 않다는 견해를 피력했다고 한다. 할아버지와 할머니들은 아들 딸들보다는 손자녀들을 더 쓰다듬어 주고 사랑하고 싶어한다. 그런데 이상하게도 노인네들은 손자는 손녀들보다 더 좋아한다든지, 아들 딸들에 대해 가졌던 편애심을 손자녀들에게도 나타내곤 한다.

나는 장손으로 자랐다. 우리 할머니는 손녀들에게, "너희는 저쪽에 앉아라, 장손이 너만 옆에 앉고……"라며 손녀들을 푸대접하곤 했다. 세뱃돈도 다른 애들 몰래 더 쥐어주면서, "누구에게도 말하면 안 된다"고 타이르곤 했었다.

그러므로 가능하다면 아들 딸이나 며느리들이 "우리보다도 할아버지나 할머니에게 맡겨 두는 편이 더 교육적이지……"라고 생각할 정도로 조부모들이 지혜로워야 한다. 그런데 그것이 대단히 어렵다. 내 큰 외손녀의 이름이 '은'이다. 그래서 우리는 '은이 아빠' '은이 엄마'라고 부른다. 그런데 '은'이의 친할머니는 '은이 아빠'나 '은이 엄마'라고 부르지 않고, '건이 엄마'나 아빠라고 부른다. 넷 중의 막내가 아들이며 이름이 '건'이기 때문이다. 그래서 손녀들이 우리 할머니는 '은이 할머니'에서 '건이 할머니'로 바뀌었다면서 웃곤 한다.

조부모들은 자신도 모르게 자신들이 자란 인습적인 사고와 습성을 손자녀들에게 전해 주곤 한다. 나쁜 것은 아니지만 지나치게 되면 최선의 교육이 되지 못할 수도 있는 것이다.

교육은 인간 관계에서 이루어진다. 너무 외롭게 자라는
것도 좋지 못하며 지나치게 번잡스러운 대인 관계도 소망
스럽지는 못하다. 항상 더 좋아 보이며 더 교육적인 인간
관계를 선택하도록 노력해야 하는 것이다.

단지 공통된 과제가 있다면 어렸을 때는 더불어 자라는
기간을 갖도록 이끌어 주고, 나이들면서는 홀로 있는 시간
을 갖도록 도울 필요가 있다. 사춘기를 넘기면서는 누군가
를 그리워하면서도 홀로 있는 시간을 원하는 것이 보통이
다. 정신적인 성장이 요망스러운 계절이기 때문이다.

사춘기를 넘기고 청년기로 접어들면서는 자신이 선택하
는 방향을 조절해 주면 된다. 홀로 있기를 원하는 애들이
예술적으로 자라며 사색할 수 있는 분위기를 찾을 수도 있
다. 폭넓은 대인 관계에서 원만한 사교성을 키우며 자란
애들은 후에 리더십을 갖출 수도 있다. 지나치게 간섭할
필요가 없을 것 같다.

어떤 사람들은 청년기와 장년기를 넘긴 노년기에는 다시
더불어 있기를 원한다고 말한다. 일에서 풀려나고 사회 생
활에서 멀어지게 되면 외로움과 고독을 느끼게 되므로 더
불어의 삶이 아쉬워지기 때문이다. 이렇게 보면 인간은 더
불어에서 홀로의 길을 택했다가 다시 더불어의 삶을 찾는
것 같다.

미국식 교육과 한국식 교육

　나는 자녀들 중 셋은 서울에 살고 셋은 미국에서 살고
있다.

　따라서 서울의 손자녀들은 한국식 교육을 받고, 미국의
어린것들은 미국식 교육을 받는다.

　양측 교육을 비교해 보면, 미국 애들은 100리 길 마라톤
을 달리는데 초등학교나 중학교 때는 서서히 걸어간다. 그
러다가 고등학교 때부터는 달리기 시작해서 대학원을 나오
고 사회인이 되었을 때까지 계속 달린다. 그래서 즐겁고
행복하게 인생의 100리 길을 다 달린다.

　이에 비하면 한국의 손자녀들은 초등학교 시절부터 100
미터 경기를 달리듯이 뛰어야 한다. 중학교에 가게 되면
지쳐 버린다. 고등학교 기간은 대학 입시 때문에 무조건
속력을 내어 뛰어야 한다. 그 결과로 대학에 가게 되면 쉬
거나 걸어서 간다. 사회인이 되어서도 마찬가지이다. 결국
은 100리 길을 다 달리지 못하고 40리에서 끝내거나 60리
도 못 가서 인생의 게임을 포기해 버린다.

　양측을 비교해 보면 어렸을 때는 한국 애들이 앞서는 것
같아도 소년기를 넘기고 청년기에 접어들면 미국 애들이

월등히 앞서게 된다.

　그래서 나도 모르는 사이에 교육은 미국에서 받아야 한다는 생각으로 기울고 있다.
　내 후배 교수들의 견해도 비슷하다. 이전에는 미국에 있는 교수 부인들이 한국에 나오면 생활이 불편해서 귀국을 꺼리는 편이었다. 그러나 지금은 그렇지 않다. 생활의 필수품은 미국과 마찬가지로 갖출 수 있기 때문에 크게 걱정하지 않는다. 그러나 자녀들의 교육을 위해서 한국으로 오지 못한다는 가정이 대부분이다. 남편만이 한국에 있고 부인은 미국에서 자녀들의 교육을 돌보아 주고 있다.
　오히려 요사이는 애들 교육을 위해 이민을 가고 싶다는 가정이 늘어나고 있는가 하면 기회만 있으면 자녀들을 이끌고 외국에 가려고 하는 추세로 바뀌고 있다.
　나 자신도 한국에 있는 어린것들이 미국에서와 같은 교육을 받을 수 있었으면 좋겠다는 희망을 자주 갖게 된다. 양쪽을 다 비교해 보기 때문이다.

　얼마 전 초등학교 2학년과 1학년에 다니던 두 손자가 아버지를 따라 미국 고모네 집에 가 머문 일이 있었다.
　학기가 이곳과 다르기 때문에 당분간 미국 초등학교에 다니게 되었다.
　전화를 걸 일이 생겨 초등학교 2학년짜리 손자와 통화를 했다.
　“너 미국 학교에 다닌다며……?”
　“예.”
　“한국 학교가 재미있어? 미국 학교가 좋아?”

"학교는 미국 학교가 좋아요."

"영어도 못 하고 친구들도 없는데 무엇이 좋지?"

"한국에서는 언제나 공부하라고 그리고 숙제를 내주는데, 여기서는 놀라고만 하니까 좋아요."

"공부는 하지 않아도 되니?"

"공부할 것도 없어요. 학교를 끝내고 집에 가도 놀기만 하거든요. 서울에서는 글짓기 공부, 그림 그리기, 피아노 학원에 가느라고 고생했는데, 여기서는 학교에서 하고 싶으면 하고 싫으면 안 해도 되거든요."

"너 그러면 미국서 학교에 다니고 말지? 서울 오지 말고?"

"엄마 아빠가 보고 싶어서 그렇지, 학교는 미국서 다니고 싶어요."

라는 대화였다.

그놈들이 영어까지 익숙해지면 정말 한국 학교로 오고 싶은 생각이 없어지고 말 것 같아 서운한 생각이 들었다.

어째서 이런 차이가 생기는가.

미국인들은 애들의 교육을 길게 바라보며 다양하게 평가한다. 적어도 어려서부터 고등학교를 끝낼 때까지는 같은 방향에서 생각해 주며 고등학교 즉 의무 교육을 마치면 어떤 삶을 살게 될 것인가를 고려해 준다. 그러나 우리는 그렇지 못하다. 이번 시험에 성적이 올랐는지를 물으며 한 학기가 결산 단계인 것같이 애들을 볶아댄다. 1, 2년 앞을 바라보는 부모들이 없을 정도이다.

서구에서는 의무 교육인 고등학교 과정을 끝낸 뒤 어떤 방향을 선택할 것인가를 협의해 준다. 그러나 우리는 우선

대학에 가야 한다. 그것도 일류 대학에 가야 한다. 그것이
안 되면 낙오자로 자인하면서 직업 전선으로 밀려난다. 그
렇다고 고등학교 과정에서 사회인으로서의 기초 자질을 갖
추도록 이끌어 주는 것도 아니다. 인생을 도중 하차시키고
마는 결과가 된다.

　70년대의 일이다.
　독일 프라이버그 대학에 들렀다가 홍크라는 물리학 교수
집을 방문한 일이 있었다. 그 사람은 어렸을 때 훌륭한 가
구 기술자가 되는 것이 꿈이었다. 그런데 불행하게도 소아
마비를 앓게 되면서 신체상 불구가 되어 버렸다. 가구 기
술자는 될 수 없으니까 신체적 노력이 필요없는 공부를 하
기로 했다. 수학과 물리학을 공부해 지금은 프라이버그 대
학의 교수가 된 것이다.
　그 집에 가보니 가구들은 손수 만든 것들이며 지하실에
는 가구를 만드는 도구들이 즐비해 있었다. 자기는 제작할
수가 없으니까 설계를 하고 부인이 작업을 해 만든 품위있
는 가구들이었다. 어렸을 때의 꿈을 부인과 더불어 살려
간 셈이다.
　그런데 우리 애들과 부모들에게 물어 보라. 가구 기술자
가 되기를 원하는 본인이나 부모는 없을 것이다. 능력은
없으면서도 교수가 되기를 원하는 풍토이다.
　교육은 백년의 대계라고 말한다. 제자나 자녀들의 먼 앞
날을 바라보는 교육을 하며 다양한 선택을 할 수 있어야
한다. 부모의 잘못된 욕심에 애들의 장래를 맞추어 가지
말고 자녀들의 개성과 장래를 위해 뒷받침하는 자세가 아
쉬운 것이다.

우리는 교육을 할 때 경쟁에서 이기라고 가르친다. 패자는 인생의 낙오자가 된다고 말한다.

그러나 미국에서는 서로 위해 주고 협력하라고 가르친다. 그래서 성적을 앞세우거나 공부하는 경쟁력은 키우지 않는다. 어린것들이 공부를 하면 얼마나 하겠는가. 친구를 잘 사귀며 서로 도와주며 위해 주는 생활을 하도록 이끌어준다.

우리 주변에서 항상 듣는 이야기가 있다. 한국 사람들은 개인의 능력에서는 앞서는데 단결심이 부족하며 협력하는 일에서는 뒤진다는 이야기다. 교육을 그렇게 시켰으니까 당연한 결과가 아니겠는가.

미국의 어머니들은 자녀들에 대해 욕심을 부리지 않는다. 내가 원하는 식의 교육을 하지 않는다. 제가 하고 싶은 것을 하며 자녀들의 성장을 뒤에서 도울 뿐이다. 우리 어머니들은 자녀들을 자기가 바라는 길로 끌고 가야 만족한다. 그러나 저쪽 어머니들은 애들이 가고 싶어하는 곳으로 뒤따라가 준다.

저쪽 어머니들은 자녀들이 즐겁고 행복하게 자라기를 바란다. 우리 부모들은 자녀들이 출세하며 유명해지기를 원한다. 언젠가 여론 조사를 보았더니 유럽의 부모들은 내 자녀들이 행복해지기를 바라는 마음이 70% 이상이었는데 우리 부모들은 자녀들이 출세하기를 바라는 기대가 70% 이상이었다는 통계였다. 역시 자녀 중심의 교육보다는 부모 본위의 교육인 것 같다.

저쪽 부모들은 내 자녀들을 어떻게 인간적으로 사랑하며 위해 줄 수 있는가를 걱정한다. 이에 비하면 우리 부모들은 어떻게 자녀들을 내가 바라는 선까지 끌어올릴까 하는 욕심스러운 기대를 *채우려고 한다. 대부분의 한국 부모들은 욕심을 사랑으로 착각하고 있는 것이다. 그러니까 자녀들을 마치 내 소유인 것같이 잘못 생각한다. 자녀들은 부모에게서 독립된 소중한 인격체인 것이다.

우리는 그 독립된 인격으로서의 자녀를 위해 주어야 하는 것이다.

저쪽 부모들은 자녀들이 즐겁게 선택하여 하고 싶은 공부를 하면 되는 것으로 인정해 준다. 그러나 우리는 자녀들이 원하든 말든 이것과 이것은 꼭 해야 한다고 부담감을 주면서 이끌어 간다. 그러니까 억지로 공부하게 되며 애들 가운데서는, "나는 나를 위해 공부하는 것이 아니라 부모를 위해 공부한다"고 말할 정도이다. 우리의 자녀들은 그렇지 않은지 물어 볼 필요가 있다.

나 자신도 서울에 있는 며느리와 딸에게 그렇게 부담스러운 억지 교육을 시키지 말라고 당부해 본다. 그러나 딸과 며느리의 대답은 언제나 꼭같다. 남들이 다 하는데 안 하면 뒤지게 되고, 뒤지면 낙오감을 갖게 되니까 본인들도 그렇게 해주기를 원한다는 것이다.

그런데 미국에 있는 사위나 딸에게 물어 보면 대답은 다르다. 다 자기가 갈 길이 있는데 성실하고 즐겁게 노력하면 되지 않느냐고 반문한다. 다들 즐겁고 행복하게 자라는데 우리 애들만 고생시킬 필요가 없다는 것이다. 하고 싶어하는 것은 뒷받침해 주고 싫어하는 것은 좋아질 때까지 기다리면 된다고 생각한다.

그렇다고 방임해 두거나 무책임하게 내버려두는 것은 아니다. 자녀들을 부모의 소유물과 같이 생각하는 것은 잘못이며 자율적으로 성장하지 못하는 데는 더 큰 후유증이 뒤따른다고 우려하기 때문인 것이다.

교육에는 모든 피교육자가 꼭같이 걸어야 한다는 왕도도 없고 지름길도 있을 수 없다. 지식을 더해 주는 것보다는 인간적 성장이 귀하며 오늘의 결과보다는 5년이나 10년 후의 인간적 능력을 키워 주어야 하기 때문이다. 모두가 찾아가는 방법과 과정의 공통성을 찾으며 인간답게 살며 행복하게 자랄 수 있는 자세와 노력을 스스로 얻도록 도우면 되는 것이다.

내가 대학에 있을 때 노이로제 환자로 전락한 학생들을 대하는 때가 있었다. 상담실을 맡아 수고해 주는 정신과 의사의 견해에 따르면 남학생보다는 여학생이 더 많으며 그런 불행을 만들어 준 책임은 욕심스러운 부모들의 비교육적인 처사였다는 것이다. 성적이 올라가지 않아 자살을 하는 학생이 생겼다면 그런 생각을 해보는 학생은 얼마나 많겠는가. 열 명의 노이로제 환자가 나타났다면 밝혀지지 않는 환자들이 우리 주변에 얼마든지 있지 않겠는가.

우리는 한국식 교육이 전적으로 잘못되었다고는 생각지 않는다. 또 반드시 서구식 교육을 따라야 한다고도 주장하지 않는다. 문제는 더 좋은 교육을 그 방법과 방향에서 찾아가는 데 있는 것이다. 어떻게 하면 우리 자녀들이 좀더

인간답게 자라며 행복하게 스스로를 키워 갈 수 있을까를
돕자는 것이다.

　지식과 성적은 유능하게 자라기 위한 하나의 수단이다.
그에 못지않게 귀한 것은 얼마든지 있다. 유능하고 행복하
게 살 수 있는 인간다운 인간으로 키우기 위해서는 우리가
도와야 할 일이 너무나 많은 것이다. 문제는 교육의 주체
와 목적은 자녀들에게 있는 것이지 부모들의 욕망에 따르
는 것이 아니라는 사실이다.

제 2 장
학교 교육의 기초가 되는 것들

소망스러운 영재 교육은 어떤 것인가
어머니들의 점수에 관하여
부모들이 먼저 배워야 한다
아들과 딸의 경우
한 독일 학생의 이야기
행복과 성공은 누구에게나

소망스러운 영재 교육은
어떤 것인가

　얼마 전부터 조기 교육이라는 말이 들려 오기 시작하더니 요사이는 한걸음 더 나아가 영재 교육이라는 생각이 보편화되기 시작했다.

　교육 개혁 위원회가 앞장서 그 문제를 제도화시켜야 하겠다는 방향을 택하게 된 모양이다. 초등학교 때는 이미 늦으니까 유치원 교육부터 관심을 쏟아야 하며, 다른 나라와 같이 영재들을 일찍부터 키워야 국가에 유능한 인재들을 배출할 수 있다는 뜻에서 계획하는 교육 정책인 것 같다.

　누구도 그 취지와 방향에 반대하지는 않을 것이다. 교육 개혁의 한 방법일 수도 있겠기 때문이다. 또 우리가 영재라는 개념을 쓰는 것은 천재라는 개념은 너무 높은 것 같고 수재라는 말은 지식 위주의 개념이니까 그 둘을 묶어 여러 학생들이 참여할 수 있는 영재라는 개념으로 바꾸어 놓은 것 같다.

　나 자신도 수재나 영재는 꿈도 꾸어 보지 못했으나 후대들을 위해서라면 영재 교육은 관심의 대상이 되어야 한다고 생각한다.

그런데 여기에 문제가 있다.

옛날 왕궁에서는 특효가 있는 보약이 있다고 해서 그 한 두 가지 보약을 과잉 투여했기 때문에 적지 않은 왕족들이 단명했고 정상인들보다 건강이 약화된 실례가 많았다.

지금 우리의 교육 풍토에서 영재 교육을 들고 나오면 교육을 욕심과 돈으로 해결지을 수 있을 것이라 믿고 있는 어머니들이 모든 아들 딸들을 영재로 키우기 위해 무슨 짓인들 안 하겠는가.

그것은 자녀들의 불행과 사회적 교육 질서를 무너뜨리는 결과를 초래함에 틀림이 없을 것이다. 나같이 애들을 여섯이나 키운 때라면 모르지만 하나 둘만 키우는 어머니들은 모두를 영재로 삼고 싶은 욕심이 날 만도 한 일이다.

얼마 전의 일이다.

요사이 많은 어머니들이 욕심스러이 자녀 교육에 열중하는 것을 이용하려는 어떤 사람들이 어린이들의 천재 또는 영재 교육에 대해 강의하는 것을 듣게 되었다.

아기들의 정서와 지능 지수를 높이기 위해서는 어떤 음식을 먹여야 한다는 이야기를 비롯해서 잠자는 습관, 장난감의 선정, 거리감의 측정 등을 설명해 주고 있었다. 언어 구사의 순서와 절차를 설명해 주기도 했다.

나는 그 얘기를 들으면서 시골의 약장사 생각이 떠올랐다. 사실 텔레비전에서 약 선전을 하는 것을 보면 병에 걸릴 사람도 없고 모두가 불로장생할 것 같은 속임수에 빠지게 된다.

그 사람들의 설명이 끝난 뒤에 여러 어머니들이 질문을 하는 것을 듣고는 더욱 놀랐다. 모든 어머니들이 자기 어

린애들이 수재이거나 영재의 소질을 갖고 있는 듯이 생각
하며, 잘 계발하고 지도만 하면 모차르트와 같은 음악가,
아인슈타인 같은 과학자, 유명한 학자나 천재적인 인물로
자랄 자질을 갖추고 있는 것으로 착각하고 있었다.

어머니들의 교육 수준이 낮았기 때문에 더욱 그러했는지
모르겠다. 조용히 말하는 의사의 얘기는 듣지 않고 자신도
모르는 치료법을 떠드는 돌팔이 의사의 호소에 귀를 기울
이는 것 같아 걱정스러운 생각이 들었다.

그것은 마치 몇해 전, 중국에서 개발한 약을 바르면 머
리카락이 자란다고 해서 찾아 다녔던 일이나, 바로 얼마
전 바르고 5분 후에는 발모된다고 선전한 사기꾼에게 대머
리 주인공들이 따라다닌 것과 무슨 차이가 있겠는가.

그런데 꼭같은 우를 범할 학부모들이 얼마든지 있다는
사실을 감안한다면, 영재 교육을 떠드는 나머지 영재가 될
어린이들을 범재(凡才) 이하로 떨구어 버릴 것 같아 걱정
스럽다. 놔두면 영재로 자랄 어린이들이 많이 있는데 영재
교육이 영재될 자녀들을 망칠 것 같아 우려되는 것이다.

나이든 사람들은 기억할 것 같다. 한때 우리 나라에 천
재가 태어났다고 해서 떠든 일이 있었다. 그 어린이의 부
친은 대학 교수였다. 그 아버지도 '이제 우리 애가 15, 6세
가 되면 세상을 깜짝 놀라게 할 인물이 될 것이다'고 말하
는 것을 들었다.

5, 6세밖에 안 되었는데 영어 단어도 가르쳐 준 것은 다
알고, 한자도 아는가 하면 숫자 계산에도 남다른 재능을
갖고 있었다. 그대로 10년만 더 성장한다면 15, 6세가 되었

을 때는 세상을 놀라게 할 수도 있을 것이다.

그러나 나는 저것은 불행스러운 견해라고 생각했다. 텔레비전이 저렇게 떠드는 것도 좋지는 못하다고 보았다. 앞으로 저 애는 중학교쯤까지는 대단히 우수하게 공부할 것이다. 고등학교에 가면 보통 학생들보다는 앞설 것이다. 그러나 대학에 가면 다른 학생과 큰 차이가 없어질 것이라고 생각했다.

사실 그 천재였던 어린이는 그 뒤에 알려졌거나 소개된 일이 없었다. 평범한 젊은이 중의 한 사람으로 자랐을 것으로 생각한다.

그 어린이가 중학교 때 그렇게 우수했다면 수재가 될 수 있었을 것이다. 그가 대학생 때 남보다 특출했다면 사회에 업적을 남겼을 것이다. 그러나 천재로 평가받기에는 너무 어렸던 것이다.

사실 영재나 천재가 된다는 것은, 재치나 기억력으로는 안 되는 것이다. 이해력도 풍부하고 사고력이 특출해야 영재가 되는 것이다. 그리고 사고력은 대개의 경우 20대 후반기부터 발달하는 것이다. 6살짜리가 어떻게 사고력을 갖출 수 있었겠는가.

나도 미국에서 교육학을 전공한 교수들, 특히 여자분들이 영재 교육에 관하여 얘기하는 것을 방송을 통해 여러 번 들은 일이 있다.

좋은 설명들이다. 그런데 저 얘기를 들은 어머니들이 무리스러운 반응을 일으킬 것 같아 걱정스럽곤 했다. 대단히 미안한 이야기지만 그 영재 교육을 가르치는 학자들의 자녀들이 이 다음에 영재로 자랄 수 있을지 의문스러웠다.

오히려 영재가 무엇인지 생각해 보지도 못한 부모들 밑에서 자연스러이 능력을 개발하는 교육을 받았기 때문에 영재로 성장하는 어린이들이 더 많아질 것이 아니겠는가.

나는 아들 딸 여섯을 키웠고, 손주 13명을 지켜 보고 있다. 그 가운데 영재가 될 능력을 갖춘 애들은 눈에 띄지 않았다. 그러나 자연스러이 늦게까지 성장을 뒷받침해 주면 충분히 자기 책임을 다할 것으로 믿고 있다. 영재와 같은 비범한 사람이 되기는 바라지 않는다. 평범하면서 최선을 다하는 인간으로 성장하기를 바라는 마음이다.

도대체 영재란 무엇인가.
우리는 공부를 잘하는 학생들을 생각한다. 그런데 훌륭한 실업가, 자랑스러운 운동가, 존경받는 군 지휘관, 우리가 고맙게 생각하는 정치가, 높임을 받는 종교계의 지도자들이 공부를 잘한 우등생들이었는가.
공부를 잘하는 학생들은 교사도 될 수 있고 학자가 되기도 한다. 그렇다고 비범한 화가, 작가, 시인, 예술가가 되는 것은 아니다. 고등 고시에 합격할 수도 있고 국가 고시에서 우위를 차지할 수도 있다. 그러나 우리는 그들을 영재라고 부르지는 않는다.
영재란 그의 능력과 업적이 특출한 사람이다. 비범하지는 않더라도 평범선을 넘어선 사람에게 해당하는 뜻이다. 처칠은 사관 학교 입시에 낙방했던 인물이다. 그러나 충분히 영재에 해당한다. 아인슈타인도 대학 입시에 실패했었다. 그가 상대성 원리를 발견해 스승에게 보였을 때, 지도 교수는 나는 너를 평범한 제자 중의 하나라고 생각했는데 이제부터 너는 인류 역사에 남는 과학자로 높임을 받을 것이라고 칭찬해 주었다. 아인슈타인은 영재인 동시에 천재라고 불리어 좋을 것이다.

이 두 사람은 모두 어른이 된 뒤에 영재나 천재의 역할을 담당했던 것이다.

나는 영재 교육을 반대하지 않는다. 그러나 비판없이 영재 교육에 빠져 들어서는 안 된다. 어린이들의 타고난 자질을 무리없이 충분히 개발해 주며 발휘할 수 있도록 뒷받침해 주면 되는 것이다. 소질과 개성을 묻어 두는 일은 잘못이다. 그리고 늦도록 타고난 능력과 개성을 발휘할 수 있도록 이끌어 주면 되는 것이다. 그 결과가 평범선을 넘어서게 되면 그것이 곧 영재성을 띠게 되는 것이다. 인간은 스승이나 부모가 만드는 조각품이 아니다. 스스로가 영재다운 조각을 하도록 도와주면 되는 것이다.

이렇게 본다면 여기에 몇 가지 과제가 주어진다.

그 하나는 모든 어린이들은 영재에 가까워질 가능성을 안고 있으며 그것을 무리없이 서서히 개발하며 성장시켜 주면 되는 것이다. 문제는 제각기 타고난 소질과 개성을 찾아 키워 주되 인간적 능력이 뒷받침되어 유능성을 발휘할 수 있도록 돕는 일이다.

천재는 특출하게 타고난 소질이 있어야 하고 수재는 지적 능력을 남달리 갖추고 있어야 할지 모르나 영재는 누구나 최선을 다함으로써 도달할 수 있는 능력의 소유자로 보아 좋을 것이다.

거기에는 두 가지 뜻이 따른다. 영재는 어렸을 때 되는
것보다는 계속해서 오래 성장한다는 의미이며, 사회가 요
청하는 유능한 인물로 이어진다는 것이다. 그런 뜻에서 영
재 교육을 염두에 둔다면 크게 맘쓸 필요가 없으며 꼭 일
찍부터 개발해야 한다는 욕심스러운 조급함을 가지지 않아
도 되는 것이다.

  둘째로 우리가 수재·영재·천재라고 부르는 것은 타고
난 소질과 개성을 지칭하는 경우가 적지 않다. 건강에서
유전자를 생각하는 것과 비슷할지 모른다. 어느 정도 주어
진 것이며 우리는 그것을 특출한 소질이나 개성이라고 부
른다. 남보다 풍부하며 앞선 소질인 것이다.
  그것은 모두가 다르다. 꼭같다면 특히 영재라고 부를 필
요가 없을 것이다. 만일 처칠과 아인슈타인을 같은 잣대로
비교한다면 그중의 하나는 영재라고 부를 수 없을지 모른
다. 삶의 방향과 사회에 대한 기여도가 다르기 때문이다.
따라서 백 사람은 백 가지 인생에서 영재성을 인정받아 좋
을 것이다. 그리고 시대와 사회가 요청하는 인재로 인정받
을 수 있을 때 존경받는 인재이면서 영재인 것이다. 영재
란 유능하고 큰 인재를 가리킨다. 옛날 큰 집을 지을 때
대들보감은 극히 드물다. 큰 집일수록 더욱 그렇다. 그 대
들보에 해당하는 인재로 키우자는 것이 영재 교육인 것이
다. 또 대들보가 아니더라도 건축의 중요한 부분을 차지하
는 재목은 있어야 한다. 사회는 그런 인물을 요청하기도
한다. 때로는 큰 기둥보다도 더 필요할 수도 있다. 그런
뜻에서 영재를 생각하면 좋을 것이다.

어머니들의 점수에 관하여

교육 개혁의 필요성을 인정하지 않는 사람은 없다.

교육을 비롯한 모든 사회 문제는 계속적으로 개선되어야 한다. 그래야 사회적으로 일어나는 여러 가지 갈등을 해소시켜 가며 사회의 발전이 가능해지는 것이다.

이때 개선의 책임을 소홀히 하게 되면 개선보다 강한 개혁을 해야 하는 단계에 이른다. 약으로 치료할 수 있는 병을 내버려두면 극약이나 주사를 써야 병이 치유되는 것과 비슷한 원리이다.

그동안 박정희 정권 때는 중고등학교의 평준화를 실시하면서 교육의 개선보다는 개악을 했고, 전두환 정권 당시는 대학의 입학 시험을 정부가 관리하면서 또 한 번의 개악을 저질렀다.

이제는 개선이 아닌 개혁이 불가피한 단계에 이른 것이다. 그 일에 실패하면 교육 혁명을 호소하는 음성이 높아질 수도 있다. 혁명은 이미 때가 늦었기 때문에 수술을 하지 않으면 안 되는 단계를 맞이했을 때이다. 전교조가 주장하는 것이 바로 그런 뜻을 내포하고 있다. 지금의 교육부나 교육 위원회, 교장·교감이나 기성 세대의 교육자들로서는 참교육이 불가능하니까 우리가 전적으로 책임을 맡아야 한다는 단계에까지 이른 것이다. 물론 그 주장이 꼭 옳다고는 보지 않으나 교육의 개혁은 시급한 단계에 이르고 있다.

그런데 그 교육 개혁이 왜 안 되는가.

그 첫째 책임은 교육부 당국의 인습적인 교육 행정 때문이다. 그들은 선배들이 짜놓은 교육 행정의 틀 속에 어떻게 생명력있는 교육을 맞추어 넣는가에 열중하고 있다. 세상에서 새 술은 새 부대에 넣어야 한다는 교훈을 누구보다도 역행하고 있는 곳이 우리 교육부이다. 그들에게는 행정의 그릇이 중하지 생명력있는 교육은 문제 밖에 있을 정도이다.

차라리 현재와 같은 교육부는 없애는 편이 소망스러운 교육을 위해서 도움이 될지 모른다. 선진국에는 우리와 같은 통제 위주의 교육부는 존재하지 않는다.

교육 개혁이 안 되는 두번째 이유는 선생들의 공부하지 않는 안이한 자세이다.

사회 여러 분야의 사람들을 대해 보라. 선생들만큼 독서도 하지 않고 공부하지 않는 지도층은 찾아보기 어려울 것이다. 나 자신도 포함해서 선생들은 가르치는 사람, 학생들은 배우는 사람으로 굳어져 버렸다.

어떤 학생들보다도 열심히 공부하는 스승이 참다운 스승인 것이다. 그 노력과 성장의 자세를 제자들에게 보여 주는 것이 교육인 것이다. 이렇게 노력하지 않고 공부하기를 포기한 선생들이 있는 한 교육의 개혁은 불가능하다.

교육 개혁이 안 되는 세번째 원인은 교육에 역행하는 학부모들 특히 어머니들의 무지이다. 더욱 걱정스러운 것은 돈있는 어머니들의 욕심이다. 그들은 자신의 자녀들을 불행하게 만들 뿐 아니라 건전한 교육을 병들게 하고 있는 것이다. 그 병폐를 한마디로 진단한다면 절대 다수의 어머니들이 자녀들에 대한 욕심을 사랑으로 착각하고 있는 점이다. 아마 이 점에 있어서는 세계에서 유례가 없는 비교육적인 과오를 범하고 있을 것이다.

그 한 가지 실례가 어머니의 촌지(寸志) 행태이다. 그 정도가 얼마나 심했으면 초등학교 교장들과 교사들이 촌지 안 받기 결의 대회를 열었겠는가. 저녁때면 텔레비전마다 사회 정화 차원에서 그 문제를 떠들어대고 있었다. 철없는 어머니들이 돈으로 교육의 대가를 매수하려는 의도에서 나온 결과인 것이다.

그 결과는 너무나 뻔하다. 결국은 자녀들의 불행을 초래하며 교육계를 병들게 했는가 하면 사회 전체를 부정과 부패로 몰아넣는 결과를 만들어 버렸다. 한때 고유 명사와 같이 항용되던 치맛바람이 바로 그 실상을 보여 주는 것이 아니겠는가.

말하기 거북스러운 표현을 사용한다면 돈 때문에 불행해지는 두 가지 계층이 있다. 오렌지족들과 자녀들을 욕심으로 키우는 철없는 어머니들이다. 차라리 그들은 건전하고 가난한 가정을 갖는 편이 도움이 될 것이다.

두 가지 암시적인 이야기를 소개함으로써 이야기를 그치

기로 하자.

  오래 전 내 어린애가 재동초등학교에 다닐 때였다. 졸업
을 앞두고 나는 대광중학교에 지망하기로 했다. 교육도 좋
게 느껴졌고 기독교 전통의 교육을 받게 하고 싶어서였다.
  그런데 그 해부터 대광중학교가 2차로 신입생을 모집하
게 되었다. 할 수 없이 1차 모집 중학교에 지망을 해야 했
던 것이다. 담임 선생님은 경기중학교를 지망하는 것이 좋
겠다는 견해였다. 나는 성적도 좋은 편이 못 되는데 낙방
의 아픈 상처를 주고 싶지 않았으나 선생님의 권고를 받아
들이기로 했다. 안 되더라도 가고 싶은 학교가 있으니까
맘쓰지 않아도 되고 집이 경기중학교 옆에 있어 더욱 마음
이 편했다. 또 그 당시에는 가장 우수한 학생들이 지원하
는 학교이기도 했다.
  담임 선생님은 성적순으로 1번에서 11번인가 13번까지는
경기, 그 다음은 ××중학교로 기계적인 판단을 내려 교장
선생의 승인을 받은 모양이었다.
  우리 애는 경기를 지망하는 학생 중 성적이 제일 뒤지는
편이었다. 그러니까 11번이나 13번쯤이 되었을 것이다.
  입학 시험이 끝나고 발표하는 날짜가 되었다. 나는 기대
하지 못하고 있었는데 발표를 보러 갔던 가족들의 합격이
되었다는 보고였다. 역시 좋은 초등학교였고 선생님이 잘
가르쳐 준 덕분이라고 아내도 말하고 있었다. 나보다는 아
내가 더 여러 가지 실정에 밝은 편이었고 애들 교육에는
더 관심이 많았던 것이 사실이다.
  발표를 보고 고맙다는 인사를 하러 학교에 다녀 온 아내
의 말에 의하면 두 명만이 합격되었는데 성적이 제일 좋았

던 애와 우리 애만 합격이 되고는 모두가 낙방을 했다는 얘기였다.

나와 아내는 이상한 일이라고 생각했다. 중학교 입학은 초등학교 때 성적순이 아니었던 것이다. 입학을 축하해 주러 왔던 한 어머니의 이야기가 주의를 끄는 것이었다. 그 첫째를 한 학생은 워낙 공부를 잘했을 것이고 우리 애는 학부모의 점수가 없는 제 실력이었으니까 사실은 둘째쯤의 실력이었을지도 모른다는 것이었다.

나와 아내는 지금도 그 얘기를 어떻게 받아들여야 할지 모르고 있다.

그러나 가난한 애들의 실력이 제 실력이라는 말은 자주 듣는 얘기였고, 애들 점수만 가지고서는 1, 2등이나 반장을 할 수 없다는 말들이 어머니들 사이에서 예사로 통하고 있었던 때였다. 지금은 그런 이야기는 통하지 않을 것이다. 그러나 어느편이 어머니가 택해야 할 길인지는 재삼 숙고해 보아야 할 것이다.

또 하나의 이야기는 정반대의 뜻을 가진 것이다.

오래 전 일본에 야마무로(山室軍平)라는 구세군 중장이 있었다. 영국에 대장이 한 사람 있고 다른 나라에서는 중장이 교단의 최고 책임자로 되어 있었다.

야마무로 군이 초등학교를 졸업하고 동경 제일중학교에 입학 시험을 보았다. 교장 선생이 지망해 온 여러 어린 학생들의 인물 접견을 하게 되었다.

성적이 좋았던 야마무로 군이 교장실에 들어섰다. 소년

의 얼굴을 바라본 교장은 별 생각없이 "이 입학 원서는 네가 쓴 것이냐"고 물었다. 글씨가 단정하고 깨끗했기 때문이었다.

그 질문을 받은 소년은 당황했다. 입학 원서는 본인이 써야 하는 것인데 어머니가 써주었던 것이 잘못인 것이라고 생각했다. 대답을 못 하고 망설이고 있는데 교장은 다른 몇 마디를 묻고는 나가도 좋다고 말했다. 소년은 정직하게 어머니가 썼다고 대답을 하지 못한 채 밖으로 나왔다. 걱정에 잠긴 소년은 집으로 돌아와 어머니에게, 본의는 아니나 교장 선생님께 어머니께서 썼다는 대답을 못 해 거짓말을 한 결과가 되었다는 이야기를 했다.

그 얘기를 들은 어머니는 다음날 아침 소년의 손을 이끌고 학교로 찾아가 교장 선생님과의 면담을 청했다. "사실 그 입학 원서는 내 아들이 쓴 것이 아니고 제가 썼습니다. 우리 애가 입학이 취소되더라도 정직하게 말해야 하는데 밝히지를 못했던 것 같습니다. 교장 선생님은 물론 저도 거짓말을 한 아들을 입학시켜 달라고는 할 수 없으니까, 입학을 취소하고 다른 학생을 뽑아 주시기 바랍니다"라는 제안을 했다.

그 얘기를 들은 교장은 "그 원서는 누가 써도 상관이 없습니다. 글씨가 단정했기 때문에 잠시 물어 본 것뿐이었지, 다른 학생에게는 묻지도 않았던 것입니다. 그 때문에 입학을 취소할 수는 없습니다. 더 정직하게 키우는 것이 학교와 부모님의 책임이니까 안심하고 돌아가십시오"라고 말하면서 소년의 머리를 쓰다듬어 주었다.

누구도 이 소년이 자라서 일본의 정신적 지도자가 될 줄

은 몰랐었다. 먼 후일에 야마무로의 후배인 무도(武滕)라
는 목사가 그 일화를 소개해 주었던 것이다.

　우리 학부모들에게는 옷깃을 여미게 하는 이야기 중의
하나이다.

　이런 점들을 감안해 본다면 우리는 다시 한 번 교육이
어떤 것인가를 반성해 보게 된다. 그리고 그 잘못 때문에
피해를 입는 것이 바로 내 자녀들이며 우리 사회의 청소년
들임을 생각할 때 어머니들의 비교육적인 욕심이 어떤 것
인가를 묻지 않을 수가 없다.

　얼마 전에 방송에서 들은 이야기다. 반장이었던 어린애
가 반장에서 떨어진 것이다. 어린애는 기가 죽어서 집으로
들어서면서 “선생님이 자기가 싫어하는 ××를 반장으로
뽑았다”는 것이었다.

　그 얘기를 들은 어머니는 “그 애는 부반장도 아니었는데
……”라면서 불평을 털어놓았다. 그리고는 “그 애네 집이
부자냐?”고 물었다. 어린애는 그런 것 같다고 머리를 끄
덕였다.

　그 뒤의 이야기는 너무 궤도를 벗어났고 있을 수 없는
내용 같아 추가할 필요가 없을 것 같다.

　이런 일련의 사실들을 정리하고 음미해 본다면 한국의
교육은 어머니들의 욕심과 경쟁 의식 때문에 무너지고 있
다고 보아 잘못이 아닐 것이다. 그 수가 극히 소수에 국한
된다면 문제는 해결될 수가 있다. 그러나 그런 생각이 보
편화된다면 교육의 개선과 개혁은 불가능해진다. 나는 내

손자들을 통해 비슷한 얘기를 들을 때마다 좋은 학교와 고
마운 선생님을 택하고 만나야 되겠다는 생각을 해보기도
한다.

부모들이 먼저 배워야 한다

2002년 월드컵을 일본과 공동 개최하게 되었기 때문에 우리 모두 경하스러운 일이라고 기뻐하고 있다.

잘 하게 되면 축구는 우리가 일본 팀에게 이길 수도 있을 것이다.

그런데 문제가 있다.

외국인들이 한국과 일본을 함께 다녀 본 후에 돌아가면서 "아직도 한국이 일본을 따라가려면 30년 이상은 걸릴 것 같다"고 말한다면 어떻게 되겠는가.

그것은 경제의 격차나 민주주의의 거리를 가리키는 것만은 아니다. 오기 전부터 다 알고 온 사실이기 때문이다. 아직도 한국 사람들은 제대로 살 줄을 모르며 사회 생활의 기초 교양을 갖추고 있지 못하다는 평가인 것이다. 돈은 많이 있으나 살 줄은 모르는 가정이 있고, 부유하지는 못하더라도 생활의 품위는 높은 가정이 있는 법이다.

우리는 대학을 비롯해 많은 학교를 세웠고 대학생의 수는 세계 어느 나라에도 뒤지지 않는 높은 비율을 차지하고 있다. 그러나 학교에서는 글을 배우고 지식의 전달만 받았을 뿐 교육다운 교육을 받지 못했기 때문에 생활의 기초 교양이 이루어지지 못하고 있는 실정이다.

예를 들어 보자.

공중 전화 때문에 살인 사건이 벌어지는 나라는 한국 외에는 별로 없을 것이다. 그 살인 사건의 주인공들이 고등학교를 나온 젊은이들이고, 얼마 전 청주에서는 대학생들이 공중 전화 시비로 살인극을 벌인 일이 있었다. 최근에는 한 젊은이가 공중 전화기에 투입한 백 원짜리 동전이 나오지 않는다고 가게 주인을 밀쳐 죽음으로 몰아넣은 일이 있었다.

그 이유가 어디 있는가.

학교 교육을 탓하기 전에 우리 부모들의 자녀들에 대한 가정 교육이 전무했기 때문인 것이다.

일본의 부모들은 애들을 이끌고 거리에 나갔다가 공중 전화를 걸게 되면 두 가지 얘기를 해준다. 그리고 모범을 보여 준다. 공중 전화는 짧은 시간에 여러 사람이 써야 하므로 오래 거는 것은 실례가 된다고 말해 준다. 그리고는 우리 집 전화기는 우리 것이기 때문에 망가져도 괜찮으나 공중 전화는 나라의 것이기 때문에 소중히 다루어야 한다고 가르친다.

미국의 부모들은, 될 수 있는 대로 짧은 통화를 해야 하며, 전화를 걸 때는 앞사람이나 뒷사람에게 인사를 하는 것이라고 알려 주며 또 그렇게 모범을 보여 준다.

이에 비하면 우리 부모들은 어떠한가. 교육을 주지 못하는 것은 물론 부모들 자신이 그런 교육과 교양을 받지도

74

못했고 알지도 못하고 있는 것이 아닐까. 또 공중 전화를 걸다 보면 어린이들이나 외국인들에게 부끄러울 정도의 자태를 자주 보게 된다. 특히 교육을 받은 젊은 어머니들의 교양부재의 경우를 볼 때는 걱정스러워지기도 한다.

저렇게 이기적이며 자기밖에 모르고 사는 사람들이 어떻게 부유한 가정에서 살며 대학을 다녔을까 싶은 생각을 갖게 하는 때가 있다.

지금은 어디에 가나 고층 건물이 즐비해 있다. 자연히 승강기를 이용하게 되어 있다.

그런데 엘리베이터를 제대로 타고 내리는 사람을 보기 드문 것이 보통이다.

왜 그런가. 우리 부모나 어른들이 자녀들에게 가르쳐 준 일도 없으며 또 모범을 보여 주지도 못하고 있기 때문이다. 최근에는 외국에서 교육을 받고 돌아온 사람들과 그런 가정의 청소년들이 늘어나고 있으니까 좀 좋아지고 있는 실정이다. 그러나 가장 문제가 되는 것은 남자 청장년들이다. 우리 주변의 20대들만큼 예의도 없고 교양도 모르고 자라는 사람들은 없을 것 같아 보인다.

적어도 엘리베이터를 타고 내릴 때는 빨리 나오고 들어서야 한다. 그래야 서로의 시간을 절약할 수 있고 남에게 불편을 주지 않는다. 높은 층에 올라가는 이들은 빨리 뒷자리로 가고 낮은 층에 올라가는 이들은 빨리 옆자리로 가게 되어 있으며, 문 안쪽은 반달 모양으로 비워 놓는 것이 상식이다. 그리고 자동으로 문이 닫힐 때까지는 기다려 주고 남을 위해 문을 열어 주는 것이 보통이다. 내려오는 엘리베이터의 경우에는 또 그와 대조적인 자세를 취하면 되는 것이다.

 연전에 LA에 갔을 때였다.

 일본에서 단체로 수학 여행을 온 여자 고등학교 2학년 학생들이 엘리베이터를 타는데 하나같이 잘 타고 내리곤 했다. 또 도중에 내리는 사람이 있으면 문 안에 있던 애들은 꼭 내렸다가 다시 타곤 해서 남을 도와줄 줄 알았다.

 그런데 다음날 아침 엘리베이터를 타는데 50대 전후의 한국 남자 두 사람이 엘레베이터 문 안에 마주서서 얘기를 하는 것이었다. 두 사람 사이를 지나가는 사람마다 "미안합니다"라고 인사를 하고 있었다. 나도 "미안합니다"고 인사를 하면서도 어째서 일본의 고등학생은 제대로 타고 내리는데 우리 어른들은 그것을 모르는가 싶어 민망한 생각이 들었다.

 역시 배우지 못했기 때문이며 가르쳐 주는 사람이 없었기 때문이다.

 마포의 어떤 빌딩에 가보니 엘리베이터 단추판에 '4초만 참아 주세요, 2백 원이 절약됩니다'라고 써붙인 곳이 있었다. 30대의 남자 사무원들이 많이 근무하는 사무실들이 있는 곳이었다.

 또 놀라운 것은 다른 사람에게서 배워야 한다는 관심을 갖지 않는 일이다. 다시 말하면 교육에 대한 관심이 없다는 뜻이다.

 문제는 얼마든지 있다. 대중 교통을 이용하는 데 줄을 서지 않는 일, 택시를 탈 때 운전 기사나 손님들의 무례한 행동 등을 따지고 보면 공중 전화만이 아니다.

얼마 전 남산 순환 도로에서였다.

택시를 기다리고 있는데, 나보다 늦게 오른쪽 뒤로 미국의 두 젊은이가 나타났다. 20대 초반 정도의 학생들 같았다.

빈 택시의 기사가 누가 먼저 나왔는지 모르니까 그 미국 젊은이들 앞에 가 정차했다. 그 젊은이들은 나를 보면서 "택시 기다리셨지요?"라면서 먼저 타기를 권했다. 내가 옆으로 갔더니 남자 젊은이가 차문을 열어 주면서 내가 자리잡는 것을 보더니 문을 닫아 주는 것이었다. 내가 고맙다고 인사를 하면서 내다보았더니 그 여자 친구도 함께 미소를 지으면서 인사를 하고 있었다.

조금 후에 택시 기사가 "미국 같은 데 가면 젊은이들이 다 저렇게 친절합니까? 저는 15년 동안 운전을 했는데 지금 같은 경우는 처음 보았습니다"고 말했다. 나는 대개의 경우는 그렇다고 대답했다. 사실은 대개의 경우가 아니고 모두 그렇게 한다. 그런데 나도 서울에 수십 년을 살면서 그런 경우는 처음이었다. 우리 젊은이들이 그렇다면 얼마나 좋겠는가.

누구의 잘못인가. 우리 젊은이들보다도 그런 모범을 보여 주지 못한 우리들 기성 세대 자신의 잘못인 것이다. 솔직히 말하면 우리 학부모들의 교육적 무책임인 것이다. 나는 지금도 '어른을 공경하라'는 말을 하지 못한다. 존경을 받을 만한 일은 못 하면서 어떻게 그런 청을 할 수 있는지 모르겠다.

외국에서 초등학교에 다니다가 온 어린이가 부모에게

"우리 선생님은 길에다가 침을 뱉는다"라고 의아해 하는 경우가 있다.

얼마 전에는 한 고등학교 교장이 새로 부임한 체육 선생에게 "선생님, 내가 선생님에게 이 새끼라든지 이 자식이라는 말을 쓴다면 선생님이 나를 학교장으로 인정하겠습니까. 내가 들으니까 학생들에게 삼가지 않고 이 새끼, 이 자식이라는 말을 쓰는데 그 학생들이 선생님을 스승으로 인정하겠습니까"라고 주의를 주었다는 얘기였다. 운동장에서 학생들에게 하는 얘기를 들었던 것이다.

그리고는 "우리 선생님들은 모두 일류 대학을 나왔고 우수한 분들입니다. 그런데 글을 가르치고 학습을 이끌어 주는 실력은 있는데 스승다운 교육자는 없습니다"라며 씁쓸해 하고 있었다.

하와이에 가면 우리 나라에서 간 단체 관광객들이 깨끗한 일본 식당에서 거절당하는 경우를 자주 본다. 말로는 빈자리가 없다는 것이다. 저기 빈자리가 있지 않으냐고 물으면 예약된 자리여서 못 드린다고 "미안합니다"고 정중히 거절한다.

그곳들은 사실 빈자리이다. 그런데 우리 아주머니들이 들어가 떠들어대면 점잖은 손님들이 오지를 않으니까 거절하는 것이다. 왜 내 돈을 쓰면서 푸대접을 받는가. 교육 부재이고 교양이 없기 때문이다.

이렇게 필요없는 이야기는 왜 해야 하는가.

나를 포함한 우리 부모들이 자녀들을 위해 좀더 교육적

78

이며, 가정과 사회의 기초 교육과 교양을 갖추어야 하겠기 때문이다.

그대로 지나게 되면 자녀들이 거꾸로 부모들을 걱정하게 되는 때가 올 것이다. 지금은 우리 아버지나 어머니와 함께 어디로 가는 것을 꺼리고 싫어하는 어린이들이 늘어나고 있다. 우리 부모들이 너무 교양이 없으며 다른 부모들과 비교해 창피스럽게 느껴지기 때문인 것이다. 자녀들을 위해서라도 계속 배우고 새로워져야 하겠다.

이런 결과를 초래하게 된 데는 근본적인 이유가 있다.

우리는 학교에는 열심히 보내고 글이나 기술은 배우지만 살아가는 예절과 교양에는 관심이 없다. 말하자면 글을 배우고 가르칠 뿐 교육다운 교육을 하지 못하기 때문이다. 교육의 가장 으뜸가는 과제는 더불어 사는 교양인 것이다.

우리가 예의를 존중히 여기며 서로가 상대방에게 어려움이나 고통을 주지 않도록 배우고 노력하는 일이 곧 교육인 것이다. 그것은 모든 수신, 윤리, 도덕의 기본이 될 뿐만 아니라 종교의 가르침도 거기에 있는 것이다. 가정과 학교에서 선하고 아름다운 인간 관계를 가르치고 보여 줄 수 없다면 그것이 무슨 교육이 되겠는가.

그런데 걱정스러운 것은 학교에서는 가르쳐 주었으나 교양이 없는 학부모들이 그 뜻에 역행하며 자녀들보다도 더 불미스러운 행위를 감행한다면 우리 사회가 어떻게 되겠는가 함이다.

이렇게 본다면 부모들의 점수가 올라가지 못하면 자녀들의 성장도 뒤지게 된다는 우려를 하지 않을 수가 없다. 자

녀들은 선하게 자라는데 부모들의 성장이 뒤지는 예는 어
디에서나 나타나고 있다. 부모들이 먼저 배우고 모범을 보
여 주어야 하겠다.

아들과 딸의 경우

큰아들애가 초등학교에 다닐 때였다. 어느 날 담임 선생을 만났더니 아들이 아주 말을 잘 듣는 모범생이라는 것이었다. 아침에 선생님이 모두 조용히 해야 한다고 말하면 다른 애들은 5분도 못 가서 떠들고 움직이는데 우리 애는 시간이 끝날 때까지 조용히 앉아 있으며, 옆 학생과 장난을 치면 안 된다고 주의를 주면 선생의 말을 어기지 않고 지킨다는 설명이었다.

선생은 우리 애가 모범생이라고 칭찬하지만 아들의 성격을 잘 아는 나는 걱정스럽지 않을 수가 없었다. 아마 유순하고 말을 잘 듣기로 한다면 남에게 뒤지지 않을 것이다. 그러나 초등학교 상급반쯤이 되었으면 자신의 판단도 생기고 남들과 같이 활기차게 뛰어다녀야 할 것이 아니겠는가.

그 애에게 있어서는 선생님 말씀을 잘 따르고, 하라고 하는 대로 순종하면 그것이 최선의 길인 것이다. "선생님 말씀을 잘 들어야 해요"라든지 "부모님 말씀을 잘 따라야 해요"라는 교육이 최고의 교육이 된 셈이다. 순응과 복종이 최고의 미덕으로 받아들여진 것이다.

아버지인 내가 "너 이걸 어떻게 하면 좋지?"라고 물으면 "아버지가 하라는 대로 하지요"라는 태도이다. "그러지 말고 네 일이니까 네가 생각해서 해야 하지 않겠니?"라고 말하면 의아하게 생각하는 것 같았다. "부모님 말씀을 잘 듣고 따라야 해요!"라고 수없이 많이 들었기 때문이다.

나는 그 애의 자립심을 키워 주기 위해 많은 관심과 노력을 쏟았다. 그렇다고 선생이나 부모의 말을 따라서는 안 된다고 말할 수는 없었다. 선생님의 가르침과 반대되는 얘기는 삼가야 하기 때문이다. "이제는 5학년이나 되었으니까 선생님보다 더 좋은 생각도 해야 하고 아버지의 말이니까 따르기보다는 더 좋은 방법을 찾아보도록 해야 하지 않을까"라는 식으로 이끌어 갔다.

지금 생각해 보면 그런 아들애의 성격을 바로잡는 데 오랜 세월이 필요했던 것 같다. 사실 우리 애는 모범생이 아니라 또 하나의 문제아였던 것이다.

막내딸애는 이화여대 부속 초등학교에 다녔다.

4학년 때 일이다.

내가 학교에서 돌아오다가 길에서 만났다. 딸애는 손을 잡고 같이 오다가

"아버지 나 걱정거리가 한 가지 생겼어."

"무언데?"

"오늘 우리 반에서 도서부 관리 책임 학생을 뽑았는데, 내가 뽑혔단 말이야."

"그런데 무슨 걱정이지?"

"토요일이 되면 애들이 책을 빌어 가지고 갔다가 월요일에 가지고 오곤 하는데, 내가 여학생이니까 여자애들은 말을 잘 듣지만 남학생들은 날 깔보고 말을 잘 듣지 않을 것

같아 걱정이 되는 거야."

"그럴 것 같기도 하다. 또 혼자서 하기에는 학생수가 많을 것 같기도 하고……."

라는 얘기를 나누었다.

딸애는 "오늘 좀 생각을 해보아야 하겠다"면서 자기 방으로 올라갔다.

다음날 아침 조반을 먹다가

"너 어제 그 문제를 어떻게 하려고 그러지?"

라고 물었더니

"오늘 담임 선생님께 두 가지 얘기를 해서 그 가운데 하나를 택해야겠어. 내가 전체 책임을 맡고, 남학생을 하나 더 뽑아서 남학생들은 그 학생에게 맡기든지, 아니면 나는 사퇴를 하고 남학생을 총책임자로 뽑든지 하는 것이 좋을 것 같아."

라는 대답이었다.

저녁때 얘기를 들었더니, 자기는 이미 선거에서 뽑혔으니까 전체 책임을 맡고 남학생을 한 명 보조하는 학생으로 자기가 지명해서 뽑았다는 것이었다.

아들애는 6·25 이후 80여 명이 한 반에서 공부를 했고, 일제 때 사범 학교 교육을 받은 선생님이 복종이 제일의 미덕이라고 가르쳤다. 그 교육을 그대로 받아들였던 것이다.

딸애는 이화여대에서 새로운 교육을 받은 선생님들을 통해 자율성이 있는 교육을 받았던 것이다. "선생님보다도 더 좋은 생각을 하는 학생은 없나?" "네 생각에는 어느편이 더 좋아 보이지?"라는 식의 가르침을 받았던 것이다.

나는 애들 여섯을 다 외국에 가도록 권했는데, 한국에서 대학을 나온 뒤 대학원 때 가는 것이 보통이었다.

그러나 작은딸애는 대학 2학년 때 미국으로 유학을 보냈다. 자립심이 강하고 적극적이었기 때문에 능히 해낼 것으로 믿었기 때문이다.

딸의 지도 교수도 우리 애는 미국 학생들 사이에서도 지도력을 갖고 잘 적응해 내며 학생회 간부일을 보고 있다는 얘기를 해주었다.

생각 같아서는 아들과 딸의 위치가 바뀌었으면 더욱 좋았을 것이다.

나는 지금도 두 애를 비교해 보면서 학부모들과 선생님들이 어떤 교육을 택해야 할 것인가를 물어 보고 싶은 마음을 갖곤 한다.

나는 학교에 다닐 때 한 번도 여선생에게서 교육을 받은 일이 없었다. 그 당시에는 초등학교에도 여선생이 거의 없었을 시기였다.

그러던 것이 소수의 여선생들이 등단하기 시작했고 점차로 여선생의 수가 늘기 시작하더니 지금은 초등학교에서는 남선생을 찾아보기가 드문 정도로 바뀌어 버렸다.

내가 아는 한 사람은 아들애가 내내 여선생 밑에서 교육을 받아도 되는지 모르겠다는 걱정을 하고 있었다. 그러나 딸들을 둔 학부모들도 우려를 표하고 있다. 남선생의 가르침을 받는 일이 너무 없어졌다는 것이다.

이제는 남자 중고등학교에도 여선생의 비중이 커져 가고 있다. 남녀 공학의 기회가 많아진다면 남녀 선생의 비중도

적당해져야 하는데 어느 정도가 적당할지는 일률적으로 책
정할 수가 없다.

　내가 잘 아는 미혼 여선생이 오래 전에 지방에 있는 남
자 중고등학교의 교사로 부임한 일이 있었는데 남학생들의
등쌀에 고생했다고 말하면서, 남자 중고등학교에도 적당한
비율의 여선생이 있어야지 혼자서 담당해 내기가 힘들었다
는 얘기를 하고 있었다. 제임스 딘인가 하는 배우가 연기
하는 내용보다도 더 힘들었다는 고백이었다.

　그러나 초등학교에 여선생이 너무 많은 비중을 차지하고
있다는 점은 재고의 여지가 있다. 서울에 있는 한 사범 대
학 부속 초등학교에서는 이전과 같이 남녀 선생의 비율을
균등히 하고 있는데 교육에도 좋고 학부모들도 만족해 하
고 있다는 것이었다.

　남녀 어린이들이 고른 교육을 받을 수 있다는 것이 장점
으로 인정받는 것 같았다.

　그러나 어떤 선생의 가르침과 지도를 받든지 남학생은
남성답게 자라며 여학생들은 여성답게 성장하게 되며 또
그렇게 되어야 한다는 점은 학부모나 선생들이 염두에 두
면서 교육을 해야 함에는 틀림이 없다.

　어렸을 때는 남녀의 구별이 없이 어린이다운 교육을 받
아서 좋으나 초등학교 상급반이 되고 중고등학교에 갈수록
남성다움과 여성다움이 소중히 다루어져야 할 것이다.

　밖에서 보면 인간적 공통성이 더 크나 안에서 살펴보면
남성과 여성의 차이점은 점점 더 크게 부각될 수도 있다.

　부모들의 요청과 소망도 그렇다.

　남자애들은 유능하게 자라 사회적으로 성공할 수 있는

인재로 키우고 싶은 것이며 딸들은 아름답게 자라 행복하게 살 수 있도록 돕는 것이 인간 교육의 공통점이다. 사내애들을 아름답게 키우려는 부모도 없고 딸들에게 모험심을 심어 주고 싶어하는 보호자도 별로 없는 법이다.

물론 선생들이 일찍부터 그 점에만 교육적 주의와 관심을 두어야 한다는 것은 아니다. 그러나 여학생들에게 아름다운 감정과 미의식을 높여 준다는 것은 후일의 행복과 직업을 선택하는 데도 큰 도움이 된다. 아름다움은 예술과 통하기 때문이다. 여성들에게서 아름다움에 대한 관심과 미의식을 배제한다면 어떻게 되겠는가.

그 대신 남학생들은 모든 면에서 유능하게 자라야 하며 물리적 힘이 아닌 능력의 소유자가 되어야 한다는 점은 천부적인 것이다. 여학생들은 후일에 동창들이 만나면 "누가 더 행복하게 되었을까"를 묻는다. 그러나 남자들은, 어른이 되었을 때 "누가 성공했을까"를 평가해 보는 것이 상식이다. 그래서 성공과 행복이 가정과 사회의 본령을 이루게 되는 것이다.

그래서 남녀 공학이 필요하면서도 나이들수록 꼭같은 교육은 할 수가 없는 것이다.

사실은 대학에 가서도 그렇다. 남학생들은 이해력과 사고력에서 여학생들보다 앞설 수 있다. 추리와 사고력을 요하는 학문에서는 대개의 경우 여학생들보다 우수하게 나타난다. 그러나 여학생들은 공감과 직관력에서 남학생을 앞지를 수가 있다.

그래서 학문적으로 크게 성장하는 이들은 남성이 사고력

에서, 여성이 직관력에서 우위를 차지함을 발견하게 된다. 예술 분야에서 활동하는 여성들이 많다는 것이 바로 그것을 입증해 준다. 예술은 공감과 직관의 산물이기 때문이다.

남성과 여성을 꼭같이 경쟁시킨다는 것은 운동 경기에서 남자와 여자를 함께 뛰게 하는 것과 같이 잘못된 일일 수도 있다. 그래서 어렸을 때부터 여성들은 아름다운 감정을 갖고 자라도록 이끌어 주며 남자들은 굳건한 의지를 지니고 성장하도록 도와주어야 한다.

그것이 자녀와 제자들에 대한 사랑이면서 또 교육의 정도인 것이다. 그래서 교육은 쉬운 것 같으면서도 어려움이 뒤따른다. 참다운 교육은 사랑에서 오는 지혜와 자녀 제자들을 위해 주려는 마음에서 생기는 개성과 자아성에 대한 관심을 높일 수 있는 것이다.

우리 모두는 아들과 딸의 부모이며, 선생들은 가장 소중한 아들들을 남성답게, 누구보다도 사랑을 받으면서 자라야 할 딸들을 여성답게 키울 세심한 지혜와 교육적 식견을 갖고 있어야 하는 것이다.

아들의 경우와 딸의 경우는 자립심이나 지적 성장의 빠르고 늦음만을 문제삼는 것이 아니다. 교육은 모든 개성있는 인간을 100점짜리로 자라도록 돕는 일이기 때문이다.

한 독일 학생의 이야기

멕시코에서 올림픽 경기가 있었을 때이니까 오래 전의 일이다.

우리 집에 독일에서 고등학교 2학년에 다니게 되어 있던 여학생이 한 명 와서 1년 동안 살고 간 일이 있었다.

기독교 국제 기구에서 고등학생들을 교환 수업함으로써 폭넓은 교육을 시키자는 뜻에서 계획되었던 것 같다.

나에게 한 학생을 맡아 줄 수 없겠느냐는 청이 와서, 나는 딸들이 있으니까 여학생이 좋겠다고 말했더니 그 독일 학생이 배정되어 왔던 것이다. 대개는 기독교 대표들 가정이며 경제적 여유가 있는 집에서 맡는 것으로 되어 있었는데, 경제적 여유는 없으나 교수나 교육자의 가정도 좋겠다는 뜻에서 부탁해 왔던 것 같다.

우리 집에 온 학생을 포함해 11명의 남녀 학생이 서울에 와 한국 학교에 다니게 되어 있었다. 우리 집 학생은 집 바로 옆에 있는 금란여고에 배정을 받아 다니게 되었다.

우리 집에 온 첫날 저녁때, 그 애는 내 아내에게 "엄마나 1년간 살고 가겠는데 1년 동안 내가 할 일은 무엇인가"

88

고 물어 왔다.

　자기 집에서는 빨래, 설거지, 밥짓기, 청소 등을 다른 가족들과 분담해서 해왔는데 자기가 맡아서 좋은 일은 무엇인가고 물어 온 것이다. 1년 동안 열심히 일해 주고 떠났다. 내 모친은 후일에도 '그 애가 또다시 한해 동안 일을 좀 해주고 갔으면 좋겠다'는 말을 하곤 했었다. 집안일과 결혼 후에도 할 일을 어려서부터 책임맡는 습관을 갖고 있었던 것이다.

　한 번은 나에게, 다음 토요일 오후쯤 한국에 와 있는 외국 친구들을 우리 집으로 초대하고 싶은데 어떻겠느냐는 상의를 해왔다. 나는 엄마와 협의해서 정하는 것이 좋겠고 나도 참석하도록 하겠다고 약속을 했다. 어느 정도의 비용은 엄마가 도와줄 테니까, 너는 별로 맘쓸 필요가 없을 것 같다고 미리 안심을 시켜 주었다. 내가 주는 용돈으로는 과소비가 될 것 같았기 때문이다.

　여러 나라 남녀 학생들이 모였다. 동양계 학생들은 없었다. 모두가 고2 학생들이었다.

　이상스럽게도 하나같이 하는 이야기는 한국 가정이 모두 그렇게 잘살 수가 없다는 이야기였다. 그 공통된 표준은 가정부가 있다는 점이었다. 열한 명 중 본집에 가정부를 두고 있는 학생은 없는데 여기서는 가정부가 없는 집이 없다는 것이다. 그래서 편하게 지낼 수 있어 좋다는 얘기였다.

　다음에 놀라운 것은 한국 집의 동생들은 옷을 여러 벌씩 갖고 있어 부럽다는 것이었다. 자기네들은 두세 벌이 고작인데, 자기가 머물고 있는 집 여학생은 옷이 열 벌이 넘는다는 얘기도 했다. 자기네와 같이 돈을 벌어서 사는 것이 아니고 어머니가 무조건 사준다는 얘기였다. 부럽기도 하나 이상하게도 느껴지는 것 같았다.

우리 집 애도 카메라를 사기 위해 2년 동안 절약하며 벌었는데, 학교 친구들은 부모에게 부탁만 하면 사주는 것 같다는 얘기를 하곤 했었다.

한 학생은 학교에 갈 때마다 차를 태워 주고 언제나 자가용을 이용하곤 해 별로 버스를 타본 일도 없었고 언제나 고급 식사를 하기 때문에 체중이 늘었다는 얘기도 했다.

그러니까 한국이 세계에서 제일 잘사는 나라 같아 보였다는 것이다. 문제는 그런 생활 속에서 무엇을 배워야 할지는 잘 모르겠다는 의견들이다. 내놓고 얘기는 하지 않으나 정신적으로 빈곤하게 살기 때문에 물량면에 치우친 것 같다는 평이기도 했다. 독서하는 부모, 대화의 상대가 되는 가족들이 없었다는 이야기도 되는 것 같았다.

어느 날 저녁때였다. 내가 학교에서 집에 돌아오기가 바쁘게 그 애가 "아버지, 나 오늘 이상한 것을 보았다"는 것이다. 내가 "무엇인데"라고 물었더니 오늘 담임 선생님이 "너희들 가운데 고등학교를 졸업하고 대학에 가기 원하는 학생들은 손을 들어 보라"고 했더니 자기 반 학생 62명 중 61명이 손을 들었다는 것이다. 내가 "한 학생은 안 든 모양인데 누구지?"라고 물었더니 자기만 못 들었다는 것이다. "너는 왜 안 들었지?"라고 물었다. "난 아직 대학에 갈지 안 갈지를 결정하지 못하고 있어요. 내 언니도 대학에 안 갔으니까요"라면서 독일에서는 대학의 등록금이 없어 공짜로 다니지만 지망하는 학생은 아주 적다는 것이다.

남녀 공학으로 졸업반 학생이 모두 24명인데 6명쯤은 대학에 가고 8명쯤 지망하면 선생님이 "무엇 때문에 가나? 기술을 갖고 사회 생활을 하다가 후에 필요하면 스스로 공부할 수도 있는데"라고 만류한다는 것이다. 그리고는 "61명이 다 대학에 가면 후에 무슨 일을 하느냐?"고 오히려 놀랍다는 표정이었다. 자기네들은 의사, 법관, 교수 등의 직업을 원하는 사람들만이 어려운 학문을 하는 것으로 여기고 있었던 것이다.

한국에 머무는 동안, 제주도 설악산을 다녀 보았고 나와 같이 눈이 내리는 날 춘천을 왕복한 일이 있었다. 지금과 같은 교각 도로가 없었을 때였다. 그 애는, 이렇게 경치가 좋은 곳은 처음이라고 말하면서 설악산의 경치를 아주 좋게 보았다는 얘기였다. 독일에서도 흔히 보지 못했다는 것이었다.

당시 멕시코에서 열리고 있던 올림픽의 기록이 TV에 보도가 되곤 했다.

이 애가 제일 먼저 응원하는 것은 서독이고 다음에는 동독이었다. 그리고 한국을 응원하는 순서였다. 우리 애들이 "너는 왜 동독을 응원하느냐?"고 물으면 "서독 다음에는 동독을 응원하는 것이 당연하지 않느냐?"고 반문하는 것이었다.

그 당시는 우리 어른들도 북한을 응원하면 빨갱이로 오인받았을 정도이며 어떤 경기에서도 북한은 패해야 한다고 생각하고 있던 때였다. 부끄럽지만 나 자신도 그렇게 생각하고 있었으니까 변명의 여지가 없겠다.

그 민족적인 공감대가 이데올로기의 거리보다 가까웠기 때문에 통일이 빨리 왔는지도 모르겠다.

그 애가 우리 집에 온 다음날 아침이었다.

나는 그 애에게 "너희는 어렸을 때부터 월급을 받아 살아왔고 더 필요한 돈은 일을 해서 벌어 썼을 것이다. 우리나라에는 돈벌이를 할 일이 별로 없으니까 적지만 내가 주는 월급으로 살아야 하겠다. 책값과 학교에 내는 등록금은 따로 주겠고 네 월급은 한달에 2천 원이다"고 약속했다. 그 당시에는 우리 애들도 2천 원씩 주고 있던 때였다.

본래 서양 애들이 그렇지만 이 애도 철저히 구두쇠였다. 신촌 우리 집에서 서대문까지의 버스 요금이 아깝다고 해서 걷는 것이 예사였고 종로나 동대문까지는 타고 가는 것이 보통이었다.

아이스크림이 먹고 싶으면 제 돈은 아껴 두고, "엄마 아이스크림이 떨어졌는데 내가 가게에 가서 사올게"라고 말해 엄마가 주는 돈으로 사다가 자기도 얻어먹는 것이었다.

군것질을 하는 것은 거의 볼 수가 없었고 엄마를 따라 시장에 가도 "지금은 과일값이 비싼데 좀더 기다렸다가 값이 떨어진 후에 사자"고 제안했다. 독일에서 습관이 되었기 때문이다.

한 번은 아내가 여러 어린것들을 데리고 여행을 다녀오게 되었다. 돌아와서 하는 말이다. 애들을 어떻게 키워야 할지 모르겠다, 여행을 해보니까 독일 애가 우리 애들보다도 돈을 더 아낀다는 것이었다. 여관에 들게 되면 우리 애들은 하루에 얼마냐고 묻고 2천 원이라고 하면 방 둘을 달라고 하는데, 오히려 독일 애가 "엄마 너무 비싸 보인다. 잠만 자면 되는데. 내가 더 싼 데가 있나 알아볼게"하고는 저기 천7백 원짜리가 있는데 그리로 가자고 말하곤 한다는 것이다. 6백 원을 절약할 수 있다는 것이었다.

어떤 날, 독일 애와 같이 버스로 시내에 나갈 일이 생겼다. 그 당시는 차장이 있고, 요금은 모두가 현금으로 20원씩 내던 때였다. 차장이 왔기에 5십 원 동전을 주었더니 차장이 10원 거스름돈을 주고 뒷자리로 갔다.

독일 애는 지갑을 열고 20원을 꺼내더니 나에게 주는 것이었다. 내가 자기 돈까지 내주었으니까 받으라는 것이다. 내가 "네 돈은 넣어 두어라"고 했더니 어째서 그러냐는 것이었다. 내가 "오늘은 아버지와 같이 가니까 아버지가 내주는 것이다"고 말했다. 다른 동생들도 그렇게 하느냐고 묻더니 "그러면 나도 내달라"면서 20원을 도로 지갑에 넣는 것이다. 그 표정이 마치 "오늘은 20원을 벌었다"는 만족스러움이었다.

그 다음부터는 식사를 하다가도 "아버지, 오늘 오후에 시내에 안 가?"라고 묻는다. 내가 "20원을 벌고 싶어서?"라고 웃으면 "20원이 어딘데……"라는 눈치였다. 사실 그 당시의 20원이면 높은 요금이기도 했다.

언젠가 내 아내에게 "성연(그 애의 한국 이름)이가 저렇게 절약을 하니까, 한달에 2천 원씩 받으면 천 원쯤은 쓰고 나머지 돈은 남기는 것 같은데 어디에 쓰는지 모르겠다. 독일로 가지고 가는 것도 아닌데……"라고 물었다.

그후 아내가 계속 살펴보고 나서 내게 알려 준 내용은
이런 것이었다.

2천 원을 받으면 학교는 옆에 있으니까 교통비는 들지
않으니 아끼고 아껴 써서 천 원 이상을 남겨 가지고는 도
화지 크레파스 지우개 등을 사서 서랍에 쌓아 두곤 한다.
그리고 토요일 오후만 되면 학교에서 돌아오는 대로 책과
학용품들은 서랍에 넣어 두고 도화지 크레파스 등을 대신
가방에 넣어 가지고는 사직동으로 가는 것이다.

그 당시 사직공원 옆에는 아동 병원이 있었다. 이 아동
병원에 입원해 있는 어린이들은 고아원에서 왔다가 고아원
으로 돌아가는 애들이었다. 입원을 해 있어도 찾아오는 사
람들이 없으니까 자기네들끼리 지낼 수밖에 없다.

그 아동 병원을 알게 된 독일 애가 아동 병원에 빈손으
로는 갈 수 없으니까 도화지 연필 등을 가지고 가 그림도
그리게 해주고 노래도 배워 주면서 놀러 가는 것이었다.
돈이 남으면 의사의 허락을 받아 초콜릿을 사가지고 가는
일도 있었다.

토요일마다 가는데 그 비용을 장만하기 위해 그렇게 아
끼고 절약한다는 것을 아내가 알아냈던 것이다.

1년이 다 지난 어느 토요일 오후에 내가 학교에서 돌아
왔더니 성연이가 자기 방에서 흐느끼며 울고 있었다. 내가
옆으로 다가가 "그래 1년 동안 살다가 집으로 가게 되니까
섭섭하지?"라고 위로해 주었다. 성연이는 "다른 것은 다
괜찮은데 오늘 아동 병원에 마지막으로 갔어요. 애들에게
나는 화요일 저녁에 독일로 가기 때문에 오늘이 마지막이

고 다시는 못 온다고 말했더니 애들이 다 울었어요. 우리는 누구를 기다리느냐고 울면서 매달려 와서 나도 울었어요. 그 애들 모습을 잊을 수 없어 우는 거예요"라는 것이었다.

그 얘기를 듣는 내 눈에도 눈물이 고였다. 그리고 나 혼자 속으로 중얼거렸다.

'저것들은 잘 자랐다. 저렇게 남을 위해 주려는 봉사심을 갖고 자라니까 직장에 가더라도 직장을 봉사하는 곳으로 생각하며, 남을 도와야 한다는 정신을 갖고 있으니까 남을 돕지는 못하더라도 남에게 고통을 주지는 못하는 착한 심성을 갖게 되는구나'라고 생각해 보았다. 저런 교육을 하는 독일이 잘살 수밖에 없을 것이라고 생각하지 않을 수 없었다.

최근 우리는 청소년들의 범죄 문제를 가지고 많이 떠들며 걱정하고 있다.

우리 애들이 피해자가 되지 않을까 걱정하기도 하며, 우리 애가 그런 범죄자가 되어서는 안 되겠다며 마음조이는 부모들도 있다.

그 해결책은 무엇인가. 중고등학교 연령 때에 봉사 경험을 갖게 해주는 일이다. 그 애들은 후일에도 범죄에 빠져들지 않으며 남을 돕지는 못할망정 남에게 고통을 주는 일은 하지 않는다.

봉사 경험이 있는 애들은 군대에 가서도 불행한 범죄를 저지르지 않으며, 직업에 대해서도 모두가 성실해진다.

선진국에서는 중고등학교 때 꼭 봉사의 체험을 쌓도록

한다. 그것이 인성 교육의 핵심이 되기 때문이다. 그리고 대학 진학을 위해서는 봉사의 경험이 필수적인 요소의 하나가 된다.

우리의 반성과 뉘우침을 호소해 오는 하나의 사실이 아니겠는가.

행복과 성공은 누구에게나

사람은 누구나 자신의 능력을 인정받고 싶어하며, 스스로를 과시하려는 욕망을 갖고 있다. 특히 남학생들은 과시욕이 성장과 발전의 요인이 되기도 한다.

표현하는 방법은 제각기 다르다. 그러나 친구들로부터 인정을 받으며 나 자신을 과시하려는 욕망은 누구나 갖고 있다.

이때 정신적이며 내적인 소질이나 능력을 갖고 있는 애들은 표면적 과시욕이 적다. 시를 잘 쓰는 학생, 문학성이 앞서는 학생, 그림을 잘 그리는 학생, 노래를 잘 부르는 학생, 통솔력이 있는 학생 등은 그 내적인 자부심이 있기 때문에 열등감을 갖지 않는다. 우리 주변에서는 대개의 경우 공부를 잘하는 학생들은 인정도 받고 자족감을 지니고 있기 때문에 그것으로 족하다.

운동을 잘하는 학생은 그것이 자랑거리가 된다. 선생들의 특별한 사랑과 기대를 받고 있는 학생도 그것으로 족할 수 있다.

그런데 모든 점에서 열등 의식을 느끼며 나는 남만 못하

며 뒤지고 있음을 스스로 인정하는 어린이들이나 학생들은
그 인정을 받고 싶거나 과시하고 싶은 욕망이 엉뚱한 데로
나타난다. 오래 전같이 단정한 교복이 강요당하는 때에 교
모를 좀 비뚤어지게 써본다든지, 우리 시대에는 모자 위에
기름기를 묻혀 빵떡 모자를 만들어 쓰기도 했다. 옷을 보
통 학생들보다 다르게 입어 주의를 끌거나 자신을 나타내
보이기도 한다.

   그런데 그 어느 점에서도 인정받지 못하며 과시욕을 채
울 방도가 없는 학생은 체력에 의한 폭력을 자기 노출의
수단으로 삼는 경우가 있다. 소위 깡패가 되어 주먹을 씀
으로써 자신의 위력을 인정받고 싶어한다.

   오래 전 우리 나라 초창기의 올림픽에서 복싱 은메달을
딴 선수가 있었다. 신문에서 읽어 보았더니 중학교 때 골
목 대장을 했고 싸움꾼으로 통했던 모양이다.
   그 학생이 원주의 한 고등학교에 입학했을 때 그 학교의
체육 선생이 그의 주먹힘을 인정해 복싱을 시킨 것이 올림
픽 은메달 선수까지 되었다는 얘기였다.
   그 선수의 어머니는 아들이 불량배가 될까 걱정스러워
교회에 나가 계속 기도를 드렸다는 것이다. 선량한 학생으
로 회개시켜 주기를 원했던 것이다.

   이렇게 모든 학생들은 자신이 갖고 있는 과시욕을 좋은
방향으로 살려 갈 때 소망스러운 길을 택하고 성장과 성공
에 도움이 되나 그것이 선한 방향에서 억제를 받을 때는
잘못된 방향을 택하게 된다.

오래 전에 우리 주변에서 이름있는 교육자였던 김명선 선생으로부터 들은 이야기 하나를 소개하겠다.

한 가정에 어린애가 여럿이 자랐다. 모두 성적도 우수하고 남들이 부러워하는 모범생들이었는데, 네번째 사내애가 공부 성적이 좋지 못했다. 그래서 부모는 너 때문에 다른 형제들까지 창피해진다든지, 어떻게 집안에 저런 애가 태어났는지 모르겠다는 불만을 쏟아 놓곤 했다.

다른 애들은 다 일류 중학교를 나오고 세칭 일류 고등학교를 가는데 이 애는 그럴 자신이 없었다. 할 수 없이 이름도 없는 삼류 고등학교를 지망했다. 입학 시험이 끝나고 발표하는 날짜가 되었다. 부모는 "발표하는 데 같이 가보아 줄까"라고 말했다. 아들애는 "어차피 떨어졌을 테니까 혼자 가보겠다"며 집을 나섰다. 아버지는 "그래 그런 학교야 입학을 한대도 다니기 창피스러운 정도니까"라고 달가워하지 않았다.

학생이 창피를 무릅쓰고 가보았더니 역시 낙방이었다. 이 애는 집으로 돌아오기도 싫고 그렇다고 가고 싶은 곳도 없었다. 운동장을 서성거리다가 낙방한 다른 친구를 만났다. 둘 다 갈 곳도 가고 싶은 곳도 없었다.

그래서 서울역 앞 어떤 무면허 하숙방으로 찾아갔다. 거기 있을 때 자기들과 비슷한 처지에 있는 다른 친구들도 동참하게 되었다.

생활비가 떨어지니까 돌아가면서 자기 집에서 돈이나 물건을 훔쳐 내다가 생활비를 충당해 나갔다. 그러다가 가족들의 추궁을 받기 시작하니까 여러 가지로 생각을 하다못해 남의 물건을 훔치거나 소매치기하는 길을 택했다. 서울역 일대에서 소매치기가 되어 버린 것이다.

그러다가 붙잡혀 어린 나이들이니까 녹번동에 있는 소년
원으로 이송되었다. 소년원에서 조사를 받고 연락을 받은
부모들이 아들을 가정으로 인수해 왔다. 그리고는 또 책망
을 하는 것이었다. 공부를 못했으면 집으로 돌아와 조용히
있을 것이지 왜 범죄 소년이 되었느냐고 나무랄 수밖에 없
었던 것이다.

바로 그런 처지에 있는 가정에 원로 교수였던 김명선 박
사가 방문하게 된 것이다. 오래 전부터 잘 아는 가정이었
던 것이다.

김박사는 그 문제아가 된 소년을 옆방으로 들어가게 한
뒤에 나머지 가족들에게 설명을 해준 것이다.

당신들은 교육이 어떤 것인지 잘 아는 집안인데 저렇게
해서 한 애를 내버리는 일이 어디 있는가.

애들이 여섯이나 되면 그중의 한두 애쯤은 공부를 못할
수도 있는 것은 당연하지 않은가. 다 꼭같이 성적이 우수
하라는 법이 어디 있는가.

그런 애가 생겼을 때는 부모가 오히려 다른 형제들에게
"너희들은 공부를 잘하는 것도 좋지만 공부가 전부는 아니
다. 그림을 잘 그릴 수도 있고, 운동 선수가 되어도 좋고,
성적은 좀 뒤지더라도 리더십이 있어 이 다음에 정치가나
기업인이 될 수도 있는 것이 아닌가. 어떤 길을 택해도 좋
으니까 자기가 하고 싶은 일에서 최선을 다하면 좋다"고
얘기했어야 할 것이 아닌가.

이 다음에 장사를 해서 돈을 벌어도 되고 좋은 기술자가
되어 산업 사회에서 보람있는 일을 할 수도 있으니까, 미
안하거나 열등 의식을 갖지 말고 즐겁게 힘이 미치는 데까

지 노력하면 된다고 위로해 주고 설명해 주었어야 할 것이 아닌가라고 타일러 주었다는 것이다.

　그분의 교육적 식견은 옳은 것이다. 학생들 중에는 공부를 잘해서 선생이나 부모의 인정을 받는 소수의 학생도 있으나 모두가 공부 벌레가 되어야 한다는 법은 없다. 제각기 타고난 소질과 개성을 유감없이 살려 갈 수 있다면 그 이상의 교육 평가는 없는 것이다. 인간 평가의 잣대는 각자가 상대적으로 갖고 있는 것이다.

　만일 그 가정에서 문제아가 된 그 학생을 소질에 따라 운동을 시켰다든지 음악이나 그림을 택하게 했다면 다른 형제들보다 더 행복해지며 경우에 따라서는 공부를 잘한 형제들보다 더 성공하여 행복해졌을지도 모른다.

　아는 사람은 알고 있는 이야기다.

　우리 나라의 유명한 화가 청전 이상범 선생의 큰아드님은 옛날 17, 8세 때부터 화단에 이름을 날렸고 19세에는 지금의 국전에 해당되는 선전(鮮展)이라는 전국적 전시회에서 특선 작품을 내놓아 세상을 깜짝 놀라게 한 일이 있었다.

　내가 학생 때 그와 같은 하숙집에 산 일이 있었기 때문에 직접 들은 이야기가 있다. 그 친구는 공부를 못했다. 그래서 아버지의 후원으로 경복중학교에 입학을 했는데 2년 계속해서 낙제를 하니까 학교에서 쫓겨나는 신세가 되었다. 부친은 화가 나서 문간방에 넣어 두고 거의 자식 취급을 하지 않았다.

　한 번은 아버지에게 "나도 그림이나 그려 보았으면 좋겠다"고 청했더니, 아버지는 "내가 공부를 못해서 그림을 그린 줄 아느냐"면서 호통을 치는 것이었다. 아들은 할 수 없이 아버지가 버린 화선지에 한 폭의 그림을 그려 문간방 앞마루에 세워 놓았다. 밖에서 들어오던 아버지가 그 그림을 보더니 "건영아 이건 누구 그림이냐"고 물었다. 기다리고 있다가 문을 열고 나선 아들이 "제 그림입니다"고 대답했더니 "네가 이런 그림을 그려?"라면서 돌아보지도 않고 안으로 들어가 버리는 것이다.

한달 동안 수고한 노력이 수포로 돌아간 것이다. 아들은 두 달쯤 걸려 또 한 폭의 그림을 그려 창문 앞에 세워 놓았다. 아버지가 들어올 저녁때를 맞추어서…….

술이 거나하게 취한 아버지가 들어오다가 그 그림을 보고는 "건영아!"하고 찾았다. 대기하고 있던 아들이 문을 열고 나섰더니 "이 그림은 누구 거냐?"고 물었다. "제가 그렸습니다"고 대답했다. 한참 그림을 보던 아버지가 "지난번 그림도 네 것이냐?"고 물었다. 아들은 "예"라고 말했다. 아버지는 "그 그림도 좀 보자"고 말했다.

두 그림을 한참 바라보던 아버지가 "건영아 내가 잘못 생각했다. 앞으로 노력만 하면 네 그림이 역사에 남을 테니까 정식으로 그림 공부를 시작해라"면서 화실로 데리고 들어가 친히 그림을 가르치게 되었다는 얘기였다.

그 소년 천재 화가는 한때 우리 화단에 큰 충격을 주었다. 19세 때의 특선 작품은 당시 조선 총독이 구입해 가졌다. 사실은 그 전해의 작품도 특선감이었으나 아버지가 아들의 겸손한 장래를 위해 특선에서 제외시켰던 것이다. 남들은 심사 위원장인 이선생의 아들인 줄 몰랐던 것이다.

나는 한 학기 동안 그 젊은 화백과 같이 지내면서 사람은 자기 소질과 개성을 찾아 노력하면 자신도 상상할 수 없는 업적을 남기게 되는 것이라고 생각하곤 했다. 그 친구는 공부만 못한 것이 아니다. 키도 너무 작았고 지나치게 못생긴 편이었으며 생활 방식과 습관도 엉망이었다. 그림을 못 그렸다면 틀림없이 인생의 낙오자가 되었을 것이다. 나는 지금도 그 친구의 말을 기억하고 있다. "길가의 돌멩이도 쓸 데가 있는 법이다. 나 같은 사람이 그림을 안 그렸다면 어떻게 되었을지 모른다"는 것이었다.

해방 이후에 이북으로 갔기 때문에 지금까지 그의 그림을 접할 수 없는 아쉬움을 남겨 준 친구였다.

그렇다. 오늘의 획일적인 교육은 토끼, 거북이, 호랑이, 노루, 여우 등의 지상 동물만이 아니라 날짐승까지도 함께 경주를 시키고는 어느 동물이 가장 빠른가를 따지는 것 같은 평가를 하고 있다.

물론 지식을 배우고 지적 성장을 하는 것은 교육의 기초가 될 수도 있고, 국민 교육의 의무적인 단계가 될 수도 있다. 그렇다고 해서 그 하나의 길이 교육과 성장의 전부는 아니다. 토끼는 토끼끼리 경주를 시켜야 하고 거북이는 거북이끼리 경쟁을 시켜야 한다. 다른 동물들은 또 그 나름대로의 특기가 있는 법이다.

우리는 어린 학생들이 갖고 있는 인정받고 싶어하는 의욕과 자신의 과시욕을 지적하면서 이런 결론에 도달했다. 사실은 인정받고 싶다는 것은 사랑의 관심에 대한 기대이다. 모든 어린이들은 사랑어린 관심을 받아야 한다. 과시욕은 자신의 표현이다. 삶의 뜻을 보이고 싶은 것이며, 크게 말하면 존재의 의미를 보여 주고 싶은 것이다.

  그 싹을 꺾어 버리는 교육은 교육이 아니다. 그것들을 긍정적으로 받아들이며 소질이나 개성과 연결지을 수 있고 선생이나 그 부모들이 뒷받침할 수 있다면 모든 자녀들은 행복과 성공의 길을 개척할 수 있는 것이다. 그것이 교육인 것이다.

제 3 장
자기를 찾게 하는 노력

예능 교육의 바른 이해를 위하여

아마 여론 조사를 해보면 우리 나라 부모들의 대부분은, 아들은 벼슬을 하고 딸들은 예능 분야에서 유명해지기를 바랄 것 같다.

여성들이 국제 무대에서 높임을 받는 경우는 대개가 예술 분야에서 이루어지고 있기 때문이며, 다른 영역은 사회적 기반이 약하면 국제적으로 성공하기가 어려우나 예술 분야는 특출한 소질만 있으면 가능하다고 믿어지기 때문이다. 또 실제에 있어 그 명성있는 성과를 보고 있기도 하다.

예를 들면 기초 과학이 뒤지고 있기 때문에 노벨 과학상이나 경제학 분야의 수상은 당분간 불가능하나 세계적인 연주가는 벌써 등단하고 있는 것으로 미루어 볼 수도 있다. 그래서 요사이는 남성들간에도 예술 무대에 진출하려는 사람들이 늘어나고 있다.

경하스러운 일이다.

본래 우리 민족이 예술과 기능 분야에서 남다른 우수성을 지녀 온 것이 사실이다. 불행한 것은 500년 동안 유교적 문화 가치 때문에 기술과 예술 분야를 천대했으며, 문

(文)·무(武) 다음에야 기술과 예능 분야의 업적을 인정해
주면서도 그것을 천한 직업으로 취급했던 것은 큰 불행의
원인이 되기도 했다.

그러던 것이 최근에는 지나칠 정도로 예능 분야에 대한
관심과 열성이 더해 가고 있다. 특히 경제적 여유가 있는
가정의 어머니들은 내 딸들을 가능만 하다면 세계적인 연
주가로 키워 보려는 욕심에 붙잡혀 있다.
어렸을 때부터 학원에 보내거나 개인 레슨을 받기에 바
쁘며 그 때문에 지불하는 사교육비는 세계에 유례가 없을
정도이다. 학부모들의 무리스러운 경쟁 의욕은 외국에까지
알려지고 있다. 특히 음악에 있어서는 그렇다. 마치 돈과
의 싸움인 것 같은 인상을 주기도 한다. 가난한 가정에서
는 예술가가 태어날 수 없다는 얘기가 공인될 정도이기도
하다. 그리고 예능적 소질은 비교적 일찍 개발되기 때문에
어려서부터 과외 지도를 몇 가지씩 받는 애들이 늘어나고
있다.

우리는 그런 현상을 반드시 부정적으로 볼 필요는 없다.
그러나 사회적 평가를 제쳐놓고 개인적인 것으로 평가해
서는 안 된다. 우리는 체육 분야에서도 올림픽 선수나 메
달을 따낸 한두 선수만 있으면 되는 것같이 생각한다. 그
러나 선진 사회에서는 많은 선수들 가운데서 앞선 사람이
뽑혀 국가 대표 선수가 되도록 한다. 그런데 우리는 국민
전체의 체력은 고려하지 않는다. 피아노를 즐기며 연주하
는 사람이 많이 있는 중에서 뽑혀 훌륭한 연주자가 탄생하
는 경우와 몇 명 안 되는 연주자만을 키워 성공시키도록

노력하는 풍토는 같을 수가 없다. 열 명의 올림픽 선수를 탄생시키는 것도 좋으나 국민들의 건강과 유능한 경기자들이 많이 있는 사회는 더 좋은 것이다.

예술도 그렇다. 저변 확대가 필수적이며 예술을 즐기는 많은 사람들 속에서 특출한 연주자가 선발되는 사회 풍토가 아쉬운 것이다.

그러나 우리가 지적하고 싶은 더 중요한 과제는 예능 교육에는 반드시 거쳐야 할 과정이 있다는 사실이다. 누구나 많고 적기는 해도 예술적 소질을 갖고 있다. 그것을 어떻게 충분히 개발하는가 함에는 필수적인 과제가 있는 것이다. 결론부터 말하면, 기술과 예술성과 개성의 과정인 것이다.

모든 예술은 그 작품을 나타낼 수 있는 기술이 먼저 있어야 한다. 악보를 볼 줄 모르는 사람이 연주를 할 수 없으며 기법을 갖추지 못한 사람이 그림을 그릴 수 없지 않겠는가.

그래서 흔히 말하는 예능 교육은 먼저 기초가 되는 기술의 습득으로 시작한다. 악기를 연주해 보며, 그림의 기초 소양을 닦도록 노력한다. 학교에서 주로 배우는 것은 그 부분이다. 문학도 그렇다. 자기가 생각하며 취급하고 싶은 내용을 표현할 수 있는 문장력이 없다면 작가는 될 수가 없다.

그러나 기초적인 기술이 앞섰다고 해서 훌륭한 연주가나 화가가 되며 작가가 되는 것은 아니다. 사람들은 기술에서 앞서면 그것이 곧 예술가로서의 자질을 갖춘 것으로 착각

하기 쉽다. 그러나 충분한 기술은 예술을 만들어 낼 기본
조건을 갖추었을 뿐이다.

그 기술의 생명이 되며 내용이 되는 예술성을 동반하지
못하면 진정한 예술가가 되지 못하는 것이다. 그림을 그리
는 사람이 사진을 찍는 것같이 있는 그대로의 사물을 잘
묘사했다고 해서 화가가 되는 것은 아니다. 악보를 보고
실수없이 연주를 했다고 해서 그 기술이 그대로 예술이 되
는 것은 아니다.

기술은 예술을 담기 위한 그릇과 같을지 모른다. 그 그
릇 속에 예술적 의미와 가치가 담겨 있어야 한다. 주부들
이 꽃꽂이를 많이 한다. 아름답게 꽃을 꽂아 나열했다고
해서 그것이 예술품이 되는 것은 아니다. 그 꽃꽂이 속에
서 '고독'을 느꼈다든지 '평화'의 인상을 받을 수 있었다면
그때 그 꽃꽂이는 예술의 내용을 갖추는 것이다.

오래 전 주간지 「타임」에 로마 법왕의 초상화가 실린 일
이 있었다. 바울 6세의 초상화였다. 그 작가의 고백이었
다. 「타임」지로부터 2백여 장이 넘는 법왕의 사진을 제공
받았다. 화가는 그 여러 사진들을 들춰보았으나 초상화를
그릴 수가 없었다. 바울 6세에 대한 이미지가 떠오르지 않
았기 때문이다.

마감 날짜를 앞두고 고민하던 화가는 하나의 이미지를
얻었다. '고뇌하는 사람'이었다. 사실 바울 6세는 천수백
년에 걸친 가톨릭의 전통을 새로운 방향으로 이끌어 내기
위해 깊은 고뇌와 고민을 겪었던 것이다. 그래서 가톨릭의
큰 전환을 이룩했던 것이다.

그 '고뇌하는 사람'이라는 이미지가 얻어진 뒤 그는 곧 작품에 착수할 수 있었고 오히려 이미지를 얻기 위해 애쓰던 시간보다도 짧은 시간에 그 작품을 탄생시킬 수 있었던 것이다.

예술 교육을 담당하는 선생이나 기대를 안고 있는 부모들이 처음 단계인 기술만을 가지고 예능 및 예술 교육이 다 되는 것으로 착각해서는 안 된다. 우열을 가릴 수는 있으나 그런 기술을 갖고 있는 어린이나 제자들은 많이 있다. 그러나 그 위에 예술성을 찾아 갖는다는 것은 좀체로 쉬운 일이 아니다.

그 예술성이 풍부한 사람은 계속해서 작품 활동이나 연주를 발전적으로 해낼 수 있으나 그 예술성을 갖추지 못한 사람은 도중 하차를 하는 경우가 자주 있다. 또 그렇게 되는 것이 순리인 것이다. 기술만 가지고서는 창작을 할 수 없기 때문이다.

그런데 그렇게 태어난 예술 작품이라고 하더라도 그 작품이 인정을 받으며 사회적으로 창작 및 창조적 평가를 받기 위해서는 또 하나의 조건이 필요해진다. 그것은 예술에 있어서의 자아성 또는 개성으로 불릴 수 있는 독창성인 것이다.

자연 과학이나 논리적 추리는 누구나 인정하는 보편성과 객관성을 필요로 한다. 그러나 예술은 그 생명적 가치가 개별성 및 특수성에 있는 것이다. 같은 작곡이라고 해도 꼭같은 연주가 있을 수 없고, 같은 소재와 대상이라고 해도 같은 그림은 있을 수 없다. 있다면 그것은 예술적 창작품이 되지 못한다.

그때 그 개성이라는 것은 그 작가만이 가지고 있는 예술적 성격이며 작가의 삶과 인간성이 주는 것이다. 그리고 그 개성이 예술성을 이끌어 내며 그 예술성이 기술까지도 새로이 유도해 가는 것이다.

훌륭한 연주가가 그런 예술가이며, 피카소나 샤갈 같은 사람의 그림이 그런 성격과 내용을 갖고 태어난 것이다. 그래서 예술은 일회적인 것이며 모두가 그 특수성과 개성을 갖고 있는 것이다.

우리의 과제로 돌아가도록 하자.

나 자신도 예술에 대해서는 문외한이면서 무엇 때문에 이런 얘기를 하고 있는가.

이런 상식적인 예술에 관한 기초적인 내용도 모르면서 내 제자나 자녀들이 약간의 기술을 갖고 있다고 해서 각광받는 예술가로 만들겠다는 욕심을 갖는 어머니들이 너무 많기 때문에 좀더 예술에 대한 겸손한 반성을 해보자는 것이다.

세상의 모든 것이 다 그렇다.

목사나 신부는 될 수 있고 승복을 입은 스님은 될 수 있어도 진정한 신앙을 갖춘 종교가는 별로 없는 것이다. 가르치는 선생이야 수만 명이 있을 수 있다. 그러나 스승다운 스승은 극히 드문 것이 사실이 아니겠는가.

예술도 우리들 생활의 일부이기 때문에 예능 교육을 하고 받는 일은 있어야 한다. 우리 자녀들도 그 혜택을 받아야 한다. 그러나 모두가 예술가가 될 수 있다는 생각이나 누구나 같은 경지에 도달할 수 있다는 사고는 옳은 태도가 못 된다. 특히 돈만 있으면 훌륭한 선생 밑에서 우수한 예술가로 태어날 수 있으리라는 욕심은 금물이다. 오히려 그 재력이 있다면 더 우수한 청소년들에게 예술에의 길을 열어 주는 것이 소망스러운 일이다.

그렇다면 예능 교육은 왜 필요하며 어째서 모두에게 요청되는가.

예술적 소양을 위해서인 것이다. 예술품을 감상할 수 있으며, 예술을 즐길 수 있으며, 예술을 통해 삶의 질과 내용을 풍부히 해야 하기 때문인 것이다. 그리고 예술은 그 자체가 생활의 내용이기 때문에 예술과 무관한 삶이나 생산성은 없는 것이다.

나는 61년 가을, 시카고에 있는 한 트랙터 공장을 견학한 일이 있었다. 그 큰 공장의 넓은 정문에는 단 한마디의 글귀가 씌어 있었다. '우리가 만드는 트랙터는 예술품이다'는 현판이었다. 내가 우리 나라의 대표적인 기업가에게 그 얘기를 했더니 그는 '우리는 50년이 지나도 그런 표어가 붙지 못할 것'이라며 부러워했던 일이 기억난다.

예능 교육의 필요성은 그런 데 있는 것이다. 삶의 내용으로서의 예술성을 높이며 예술을 통해 우리의 삶의 내용과 질을 향상시키는 큰 뜻과 사회적 의미가 있기 때문에 예술 교육을 어려서부터 실시하는 것이다. 그래서 외국에서는 대학 입시 조건의 하나로 예능 분야를 비중있게 다루는 것이다. 예술을 이해하고 사랑하며 예술적 삶의 풍요로

움을 갖도록 하는 데 예능 교육의 의미가 있는 것이다.

　어딘가 크게 반성하는 바가 있어야 하며 그 교육적 방향
과 목표에도 변화가 와야 하는 것이다.

누가 공부를 잘하는가

한 젊은 교수의 얘기였다.

"선생님, 저는 딸과 아들이 하나씩 있는데 욕심 같아서는 아들이 머리가 좋았으면 싶은데 딸애의 머리가 앞서는 것 같습니다"는 것이다.

내가, "몇 살인데요?"라고 물었더니 여섯 살, 네 살이라는 것이었다.

아무리 교수라고 해도 역시 부모는 자녀들에 대한 욕심에서 벗어나기 어려운 것 같았다.

사람들은 대개의 경우 딸이 아들보다는 머리가 좋아 보인다고 말한다.

그것은 머리가 좋은 것이 아니다. 딸들은 눈치와 재치가 일찍 깨고 아들은 늦게 피어나니까 딸이 머리가 좋은 것으로 착각하는 것이다.

내가 생각하기에는 초등학교 5학년쯤 될 때까지는 머리가 좋고 나쁜 것은 따지지 않는 것이 지혜로운 생각일 것이다. 계란에서 갓 깨어난 병아리들을 지능면에서 따진다는 것은 그 자체가 잘못된 판단일 것이다.

미국 같은 나라에 가면 초등학교 시절에는 학과 성적은 따지지 않으며 문제삼지도 않는다. 비교적 앞서는 듯싶은 애들이 있고 뒤지는 것 같은 어린이가 있어도 그 애들의 오랜 성장에서 본다면 아무 영향도 없으며 평가의 대상도 되지 못하기 때문이다.

그렇다면 머리가 좋고 나쁘다는 것은 무엇이 평가의 표준이 되는가.

초등학교 상급반에서 16, 7세쯤까지는 기억력의 다소가 관심의 대상이 된다. 대개의 경우 여학생들은 16세, 남학생들은 17세쯤이 기억력의 고비가 된다. 그리고 기억력이 앞서는 아이들을 우리는 머리가 좋다고 생각한다.

어학 공부라든지, 독서 같은 것은 그 기간에 권면하는 것이 좋다.

나는 중학교 2학년 때 톨스토이의 『전쟁과 평화』를 읽었다. 지금도 거기에 나오는 주인공들의 이름이나 전쟁 및 무도회의 장면들을 기억에 떠올리곤 한다.

그러나 대학에 다닐 때 읽은 소설의 내용은 그렇게 정확히 기억하지 못한다. 이런 사상적 흐름과 문제가 취급되었다는 점 등을 기억하고 있을 뿐이다.

최근에 읽는 소설들은 주제를 취급할 뿐이지 내용은 기억하지 못한다.

중학교 기간의 기억력이 가장 우수했다는 증거의 하나이다.

그러다가 16, 7세가 넘으면 기억력은 서서히 약화된다. 더 좋은 정신력이 자라야 하기 때문이다.

우리는 그것을 넓은 의미의 이해력이라고 본다. 기억력은 얼마나 많이 아느냐 하는 양에 속한다. 그러나 이해력은 얼마나 넓게 통일성있게 받아들이는가를 따진다. 지식의 조각들이 아니라 문제의 내용을 자기 것으로 수용하고 활용할 수 있는가 함을 가리게 된다. 기억력이 지적인 유·소년기에 속한다면 이해력은 정신적인 청년기에 속한다고 보아 좋을 것 같다.

그러나 이해력의 과정이 끝나면 다음 단계인 사고력의 위치로 올라서게 된다. 이르고 늦은 차이는 있으나 대학 2학년쯤 되면 이해력보다는 사고력이 강하게 머리를 들기 시작한다. 이해력은 자연히 정신 무대에서 뒷전으로 밀려나게 된다. 물론 기억력은 사고력을 위한 자료를 제공해 줄 뿐 기억력 자체는 이해력이나 사고력 앞에서는 큰 역할을 감당하지 못한다.

그리고 이 사고력은 오래 계속된다. 노력에 따라서는 60까지는 물론 그 이상까지도 올라갈 수가 있다. 또 사람들은 이러한 사고력의 특출한 기능을 창조력이라고 말한다.

소수의 사람들은 사고력에서 창조력까지의 발전과 향상을 기약할 수가 있다.

먼 후일에 사회에 나가게 되면, 사고력이 앞선 사람이 모든 분야에서 지도자가 되며 이해력을 갖춘 사람이 그 밑에서 일하게 되나 기억력이 좋은 사람은 결국 남의 심부름을 하는 위치로 떨어지는 것이 보통이다.

그렇다면 머리가 좋다는 것은 무엇인가. 이 세 가지를

적절히 그리고 충분히 갖추고 있어야 한다는 뜻이다. 그래서 머리가 좋은 사람은 대학 후반기나 대학원에 가서 능력을 발휘하는 것이 보통이다.

나같이 오랜 세월을 대학에서 지켜 본 사람의 경험에 의하면 남학생들은 늦도록 성장하나 여학생들은 대학원 특히 사고력 경쟁에서는 남학생들에게 뒤지는 경우를 본다. 그것은 여학생들은 기억력과 이해력에서는 남학생들보다 우수하나 사고력에 있어서는 뒤지기 때문이다. 그것이 나쁘다는 것은 아니다. 오히려 여학생들은 이해력과 직관력에서 남학생들을 앞지르기 때문에 그 분야의 학문을 택하면 되는 것이다.

대개의 경우 예술적인 분야에서 여성들이 남성들보다 더 많이 활약하는 것은 여성들의 직관력과 이해력의 혜택인 것이다.

그런데 왜 이런 문제가 큰 비중을 차지하게 되는가.

지금 우리 주변에서는 머리가 좋고 공부를 잘한다는 것을 기억력의 우수성 여하를 갖고 평가해 버린다. 고등학교 상급반이나 대학생들에게 기억력을 표준삼는 평가를 한다면 그 학생들의 이해력이나 사고력은 어떻게 되겠는가. 선진 국가에서는 고등학생 시절에는 이해력 육성에 뜻을 모은다. 서로 대화를 갖게 해주며 토론을 전개시켜 문제 의식과 인간 관계에 있어서의 이해력을 키워 주는 데 교육의 목표를 세운다. 그리고 대학 또는 대학원에 가서는 완전히 사고력에 호소하는 교육을 실시한다.

한 가지 걱정스러운 예를 들어 보자.

전두환 정권 때에 대학 입학 시험을 정부에서 관리하기 시작했다. 그것이 얼마나 행정 위주의 사고 방식이며 획일적 교육 방법이었다는 것은 문제삼지 않더라도 교육 역사상 큰 과오를 범했던 것이다.

수십만 명의 성적을 관리해야 하니까 자연히 컴퓨터를 이용하지 않을 수 없게 되었고, 그러기 위해서는 객관식 문제를 벗어날 수가 없었다. 객관식 문제를 위해서는 누가 얼마나 많이 알고 있는가를 묻는 길밖에 없었다.

그러니까 자연히 기억력에 호소하는 출제가 요청되었다. 이해력이나 사고력은 컴퓨터로 측정할 수가 없었던 것이다. 그래서 기억력이 높은 학생이 우수한 성적으로 원하는 대학에 갈 수 있었고 잠재적인 이해력과 풍부한 사고력을 갖춘 학생들은 뒷전으로 밀려날 수밖에 없었다. 그러나 그것은 사실 교육다운 교육이 못 된다는 것을 뒤늦게야 깨닫게 된 것이다.

그래서 주관식 문제는 대학교에서 취급한다는 개선책이 나왔고 최근에는 논술 문제를 등단시켜 이해력과 사고력을 측정하려는 방향을 택하기에 이른 것이다.

그래서 한때는 정규 고등학교를 자퇴하고 검정 고시를 택하는 학생들이 생겼는가 하면 돈이 있는 가정에서는 족집게 가정 교사를 두기도 했다. 어떻게 짧은 시간에 가장 많은 지식을 기억하도록 하는가 함에 초점이 모아졌던 때문이다.

그런 입시 제도와 교육을 택했기 때문에 가장 우수한 학

생들이 모여드는 서울대학은 고급 공무원의 양성소가 되었
다는 비판을 받을 만도 하다.

일본에서는 노벨 문학상 수상자나 후보자들이 모두가 동
경대학 출신들이었다. 그런데 우리 서울대학교에서는 대표
적인 작가가 나온 일이 없었으며 청소년들의 가치관과 인
생관에 영향을 주는 시인이나 소설가가 나온 일도 없었다.
아마 앞으로도 없을 것이다. 개성이 있는 학생들을 선발하
는 길이 막혔고 사고력을 갖춘 학생들의 입학을 폐쇄했기
때문인 것이다. 그런 귀중한 창작적 책임을 감당한 사람들
은 대개가 2,3류 대학 출신들인 것이다. 서울대학에 입학
한 학생들의 대부분은 공부꾼들이며 공부꾼들의 다수는 사
고력을 지닌 학생들이 아니며 서울대학 자체가 사고력을
키워 주는 교육을 아직까지는 하지 못하고 있는 것이다.

한 서울대학생의 이야기가 생각난다. "우리 대학에는 학
자는 있으나 사상가가 없으며, 그 학자의 대부분도 공부꾼
의 영역을 벗어나지 못하고 있다"는 것이다. 유감스럽지만
그런 평을 하는 학생들의 생각이 전적으로 잘못되었다고
보기는 어려운 점이 있다. '96년도의 서울대학 논술 문제
를 놓고 사회가 문제삼았던 것은 그만큼 수준 이하의 출제
를 했다는 평가였을 것이다. 어딘가 대학 전체가 사고력
결핍의 현상을 만들고 있는 현실이다. 오히려 2,3류 대학
은 이해력을 갖춘 학생을 뽑아 교육해도 좋으나 국가적 인
재를 양성해야 할 일류 대학들이 미래 지향적인 교육을 못
하고 있다는 것은 국가 민족적 손실이 아닐 수 없다.

요즘도 TV 같은 데서, 장학금을 주는 퀴즈 문답이나 논

술 평가를 보여 주는 프로그램이 나오는 때가 있다. 그러나 고등학생들에게 얼마나 단편적인 지식을 많이 알고 있는가를 묻고 그것을 표준으로 삼는 것은 그 학생들의 이해력과 사고력을 약화시키는 과오를 범할 수도 있다. 또 그런 식의 논술 지도는 사고력보다는 문장 내용을 뜯어 맞추는 격식적 사고를 요청하는 불행을 초래할 수도 있다.

우리는 훌륭한 글을 쓰는 사람을 키워야 한다. 문장을 분석하고 뜯어 맞추는 정리 작업을 하는 대학 교육을 하고 싶은 것은 아니다.

사람들은 일본 민족이 모방에는 천재이기 때문에 선진 국가에서 창안해 놓은 기계와 기술을 빨리 활용하고 모방해서 산업을 발달시키고 돈을 버는 데는 앞서 있으나 창조력이 없기 때문에 미국의 뒤를 따라갈 뿐이라고 말한다. 궁극적인 문제는 앞선 사고력과 창조력에서 결정되는 것이다.

앞으로 우리는 일본 중국과 더불어 창조력 경쟁에서 앞서야 한다. 그런데 지금과 같은 대학 교육을 갖고 창조력에서 이겨낼 수 있을지 걱정스럽다. 몇해 전 신문에서 보니까 국제적인 수학 경시 대회에서 북한 학생이 19등을 했고 우리 학생이 36등을 했다는 보도가 실려 있었다. 우리 아이들같이 많은 공부를 시키는 사회는 적을 것이다. 그런데 우리는 기억력만 키워 주었을 뿐 이해력과 사고력을 뒷받침해 주지 못했던 것이다.

나 자신은 교육자이면서 여러 자녀를 키웠다.

두 애는 고등학교 때 아주 성적이 좋았다. 원하는 대학에 부담없이 입학할 수 있었다. 두 애는 중상(中上) 정도의 성적이었다. 그런대로 대학에 갈 때는 큰 부담을 주지 않았다. 나머지 두 애는 좋은 고등학교이기는 했으나 언제나 성적이 하위권에 머물렀다. 원하는 대학을 포기해야 했고 아버지는 교수이지만 교수가 될 가능성은 없는 것으로 자타가 인정했을 정도였다.

그러나 아버지인 나는 그 밑의 두 애에게 기대를 갖고 있었다. 그 애들은 이상할 정도로 기억력은 우수하지 못했으나 이해력과 사고력에 있어서는 뒤지지 않았다. 그래서 나는 "너희들의 성적이 나쁜 것이 아니라 고등학교의 교육이 잘못되어 있으니 낙심하지 말라. 대학과 대학원에 가면 지금 너희들보다 성적이 좋은 학생들보다 우수해질 수 있으니까 걱정하지 말라"고 타이르곤 했다.

그런데 결과는 이상하게도 고등학교 때 성적이 뒤떨어졌던 세 아이가 교수가 되었다. 그 애들은 대학과 대학원에 가서는 충분히 이해력과 사고력을 발휘할 수 있었고 외국에서 대학원을 다닐 때는 더 크게 성장할 수 있었던 것이다.

지금 평가해 보면, 상위권의 두 애는 기억력이 앞섰기 때문에 고등학교에서는 좋은 성적을 갖고 대학에 갔으나 대학에서는 사고력 경쟁에서 앞설 수 없었던 것이다. 중위권 애들은 기억력과 이해력에서 뒤지지 않았던 것이다. 그러나 하위권의 애들이 이해력과 사고력을 갖추었고 그 저력을 발휘할 수 있었던 것이다.

내 아이들의 이야기가 중한 것이 아니다. 교육은 그런 방향으로 추진되어야 하는 것이다. 만일 우리 애들이 처음부터 미국이나 선진 국가에서 교육을 받았다면 이런 갈등과 모순은 겪지 않았어도 되었을 것이다.

중요한 것은 형식적이며 제도적인 교육 개혁이 아니다. 모든 청소년들이 기꺼이 스스로의 능력을 발휘할 수 있도록 이끌어 주어야 하는 것이다.

인성 교육과 인간 관계

인간은 사회적 동물이다. 우리는 모두가 주어진 사회 속에 태어났다가 사회를 떠나가는 생애를 살고 있다. 삶과 죽음이 사회와 더불어 사회 속에서 이루어지고 있다.

그렇다면 교육의 가장 중요한 내용도 어떻게 선하고 아름다운 인간 관계를 유지하며 육성해 가는가 함에 달려 있다.

동양의 가장 훌륭한 스승은 공자라고 누구나 생각하고 있다. 그가 왜 훌륭한 스승이 되었는가. 한마디로 말하면 선하고 아름다운 인간 관계를 가르쳐 주었기 때문이다. 그의 생애와 사상을 묶은 책이 『논어』이다. 『논어』의 중심되는 교훈은 윤리와 도덕이다. 그리고 윤리와 도덕의 핵심은 선하고 아름다운 인간 관계이다.

그럼에도 불구하고 지금 우리 교육에는 그 선하고 아름다운 인간 관계를 어떻게 이끌어 갈 것인가 하는 내용이 없다. 있다고 하더라도 이기적이며 반사회적인 요소가 너무 많다.

성적 경쟁을 위해서는 시기심과 질투심을 불러일으키기

도 하며 어머니들은 왜 친구만 못하냐든지, 네 친구 누구
는 공부를 잘하는데 왜 너는 뒤지느냐는 식으로 착하지 못
한 마음을 북돋아 준다. 친구들 모르게 과외 공부를 시키
기도 하고, 친구들이 안 되어야 나는 잘 될 수 있다는 식
의 아름답지 못한 태도를 보여 주는 어머니들이 적지 않
다.

그런 애들이 자라 어떻게 존경과 사랑을 받으며 후일에
사회적 지도자가 될 수 있겠는가. 교회 학교나 종교 단체
에서는 서로 돕고 위해 주는 대인 관계를 가르쳐 주나, 오
히려 경쟁 의식이 강한 어머니들 때문에 그 바른 방향이
위축되기도 하며 극히 소수이기는 하나 초등학교의 선생님
들이 필요 이상의 경쟁 의식을 불어넣어 서로 돕고 위해
주는 풍토를 약화시키는 일이 없지 않다.

이제 그 한두 가지의 기본적인 내용을 살펴보기로 하자.
옛날에는 더욱 그러했으나 최근에도 모든 윤리와 인간
관계의 핵심은 효(孝)에서 비롯된다는 견해가 보편적이다.
교육 개혁 위원회에서는 그런 내용적인 문제를 취급하고
있지 않으나 대통령을 비롯한 사회의 정신적 지도층들은
그 뜻을 여전히 강조하고 있다.

누구도 그 뜻에 반대하지는 않는다. 그러나 그 방법과
가치관적 의미에 있어서는 몇 가지 문제점이 있다.

그 하나는 동양의 근본 정신은 부자 관계가 효의 관계보
다도 친(親)의 관계였다는 점이다. 우리는 일찍부터 부자
유친(父子有親)의 교훈을 이어받았다. 그 생각이 유교 전
통 사회로 접어들면서 친이라는 상호 관계는 약화되고 효
라는 상하 관계로 굳어진 것이다. 그것은 유교의 정신이

한국에 전개되면서 대부분이 통치자와 지배자를 위한 가치관으로 옮겨졌고 친보다는 효를 강조하기에 이른 것이다. 군신유의 (君臣有義)는 의 대신에 충으로 바뀌었다. 현대인들은 누구나 부부간의 사랑을 강조하고 있으나 선조들은 별 (別)을 미덕으로 삼았다. 장유유서 (序)는 능력이나 우월성보다는 연장자에 대한 존경심을 지나치게 강조한 면이 없지 않다.

우리는 사회가 계속 강조하고 있는 효의 가치관에 대해서 건설적 비판을 가해 보아야 할 것 같다.

서양의 청소년들은 물론 우리 자녀들과 학생들에게 "어떤 부모를 소망스러운 부모라고 생각하느냐"고 물어 보라. 절대 다수가 우리의 친구가 되며 대화를 할 수 있는 부모라고 대답한다. 그 친의 책임은 자녀들에게 요구할 것이 아니라 부모에게 요청해야 할 과제이다. 만일 우리들 가운데 진정한 친과 사랑을 베풀 수 있는 부모가 있다면 그 자녀들은 당연히 효심을 갖게 될 것이다. 친이 없이 일방적으로 효만 강조한다는 것은 지혜로운 방향이 못 된다. 먼저 친을, 다음에 효를 찾는 것이 옳은 방법인 것이다.

사실 우리 사회와 학원에 걱정스러운 청소년 문제가 그치지 않는 것은 자녀 및 청소년들의 잘못보다는 부모다운 부모와 청소년들의 모범이 되는 어른들이 없기 때문인 것이다. 좋은 부모 밑에 문제 자녀가 태어나지 않으며 건전한 어른들의 생활이 자리잡은 곳에는 오늘과 같은 비리가 줄어들 것이다. 일방적으로 효를 가르치고 강조하기에는 우리들 기성 세대의 부족이 앞서는 것을 인정치 않을 수 없다.

둘째로 문제가 되는 것은 효는 가정 중심의 윤리이지 직장이나 사회 윤리가 되기 어려우며, 우리 민족의 특성있는 가치관이나 세계화 시대에 걸맞는 윤리 의식은 못 된다는 점도 인정해야 한다.

우리도 직장에서는 근면과 협력을 강조하고 있으며 사회에서는 민주주의, 자유, 평등을 오래 전부터 강조해 오고 있지 않은가. 3천 년 전에는 생활의 단위가 가정이었기 때문에 효와 같은 가정 윤리가 중심이었으나 지금 서구 사회에서 효를 사회 윤리로까지 확대한다면 수용할 수 없는 윤리 의식이 될 것이다.

한때 박정희 대통령은 충과 효의 정신을 청소년들의 가치관으로 강조해 초중고등학교에서는 충효를 많이 가르쳤다. 전두환 정권 때는 친효 정신을 주장하기도 했다. 김영삼 대통령은 세계화를 강조하면서 교육의 기틀은 효에 있다고 말한다. 그렇게 되면 청소년들이 어느쪽을 택할 수 있겠는가. 또 어떤 어용성이 짙은 사람들은 효의 세계화를 주장하기도 했다. 그것이 가능한 일이며 청소년들이 받아들일 수 있는 가치관이 될 수 있는지 반성해 보아야 할 것이다.

효는 가정 윤리의 하나는 될 수 있다. 그러나 현대인의 생활은 옛날과 같은 가정 단위의 생활권이 전부일 수는 없다.

생각을 쉽게 정리해 보자. 초등학교에 다닐 때는 생활의

128

뿌리가 대개의 경우 가정에 있다. 그러다가 중고등학교에 가게 되면 생활의 근거가 반은 가정에 다른 반은 사회에 있다. 이제 고등학교를 끝내고 사회로 나서거나 대학에 가게 되면 자연히 생활의 뿌리는 사회가 된다. 그것이 성장의 과정이며 인생의 자연스러운 발전상이다.

초등학생에게 지나치게 사회 의식을 강조하는 것은 좋지 못하며 대학생과 사회인에게 가정으로 되돌아가라고 요청하게 되면 본인은 물론 사회적 발전을 기약할 수가 없다.

그 점에 있어서는 미국 같은 나라의 교육 제도가 좋은 점을 안고 있다. 그들은 비교적 일찍부터 가정의 울타리를 벗어나 친구들을 사귀며 사회인으로서의 출발을 돕고 있다. 미국의 부모들은 고등학교를 나오면 새가 둥지를 떠나 버리듯이 사회적으로 독립된 삶을 하도록 이끌어 준다. 경제적으로도 독립시키며 모든 점에서 부모의 간섭을 벗어나서 산다.

미국 고등학교 남학생들이 가장 싫어하는 것은 남들이, "마마 보이"라고 부르는 것이다. 내 손자애도 친구들을 초청할 때는 엄마가 나타나 주지 않기를 바란다. 엄마 밑에서 자라는 사내라는 인상을 주고 싶지 않아서이다. 미국에서는 집에서 통학하는 대학생이 없다. 모두가 기숙사에 들어가며 집을 떠나는 것을 당연시한다.

미국 어머니들은 아들 딸들을 대학에 보내고 기숙사에 들어가는 것을 보고는 돌아선다. 흔히 "오픈 하우스"라고 부른다. 자녀들을 기숙사에 떨구어 놓고 집으로 돌아오는 어머니들은 한숨을 지으며 눈물을 흘린다. 이것으로 집을 떠나는구나 하는 서운함 때문이다.

몇해 전 일이다.

내 큰딸애 내외가 나를 하와이로 초청했다. 외손자도 온다는 것이었다. 넷이서 며칠을 보냈다. 손자애는 대학이 있는 뉴헤이븐으로 떠나고 나는 서울로 향하고 딸 내외는 워싱톤 D.C.로 떠났다. 새벽에 손자를 떠나 보낸 뒤 내 사위가 하는 말이다. "저 녀석을 며칠 동안 집으로 오래서 데리고 지냈으면 좋겠는데 올 생각을 하지 않기 때문에 할 수 없이 할아버지가 하와이에 오시니까 너도 하와이로 오라고 해서 끌어냈다"는 것이다.

그러니까 손자 녀석은 다시 학교 기숙사로 가고 부모들은 빈집으로 가는 것이었다. 미국 애들은 여름 방학이 되더라도 집에 와 지내지 않는다. 장단점은 있을 수 있다. 그러나 철이 들면서는 부모나 가족보다도 친구를 사귀며 가정에서 시간을 보내기보다는 사회적 활동에 더 큰 비중을 두면서 자란다.

그렇다면 초등학교 상급반부터 중고등학교에 다닐 때, 선생이나 학부모들이 가장 관심을 쏟아야 할 것은 자녀들의 친구 관계를 돕는 일이다. 그때쯤 되면 인간 관계에서 얻는 교육이 부모나 가족 관계보다는 친구들과의 사귐에서 이루어지는 것이다.

우리들 자신의 지난날들을 회상해 보면 중고등학교 5, 6년 동안에 가장 인상에 남으며 우리들에게 영향을 준 사람은 누구인가. 어렸을 때는 부모와 가족들이었으나 중고등학교 기간에는 우선 친구들이다. 그리고 소수의 스승들이다. 솔직히 말해서 그 기간 동안에는 가족들의 영향이 아주 적어진다. 이미 초등학교 시절에 끝났기 때문이다.

어리석은 학부모들이 왜 중고등학교에 가면 부모와 멀어지는지 모르겠다고 걱정한다. 그러나 그 생각이 잘못이다. 이미 부모와 형제들의 그늘 밑에서 자라기에는 삶의 폭이 넓어진 것이다. 부모의 영향보다는 형제간의 사귐이 더 큰 비중을 차지할 수도 있다. 또 부모들은 애들을 키워 내보내는 것이지, 그 애들을 부모의 날개 밑에 두려고 하는 것이 잘못이다.

큰 나무 밑에 자라는 작은 나무는 크게 자라지 못한다. 큰 나무의 그늘 때문이다. 오히려 작은 나무를 멀리 떼놓으면 더 큰 나무로 자랄 수 있다. 애들이 자라면서 부모 슬하를 떠나는 것은 당연하다. 동물들도 새끼를 키울 때 그렇게 하지 않는가.

그러면 이때 부모와 선생들이 맡아야 할 교육적 과제는 무엇인가.

좋은 친구를 잘 사귀도록 도와주는 일이며, 대인 관계의 기본적인 원칙 같은 것을 깨닫도록 이끌어 주는 책임이다. 가까운 친구를 대할 때도 그러하나 누구를 대하든지 대인 관계는 이렇게 이루어지는 것이라는 교훈과 모범을 주어야 한다. 물론 공자의 어진 마음도 알려 주어야 하며, 석가의 자비심을 가르쳐 주는 것도 귀하다. 나 같은 사람은 어렸을 때 교회에서 사랑에 관한 얘기를 많이 들었다. 그것들이 나쁘지는 않다. 그러나 지나치게 어른 중심의 의식 구조이며 더 문제가 되는 것은 방법의 결핍이다. 우리 자녀들에게 중요한 것은 관념적이며 추상적인 교훈이 아니다.

친구와 이웃들을 어떻게 대하는가 함이 중하며 가능하다면
실제적이며 구체적인 교훈과 방법을 주어야 한다.

　예수의 '사랑'의 교훈은 막연하다. 오히려 "남에게 대접
을 받고자 원하는 그대로 너도 남을 대접하라"는 교훈은
가까이 느낄 수 있다. 간디는 "모든 거짓과 폭력은 사라지
나 진실과 사랑은 영원히 남는다"는 뜻을 실천해 보여 주
었다. 그 교훈이 비폭력의 정신력을 유지시켜 주는 교훈이
되었던 것이다.

　그런 점에서 본다면 모든 종교와 윤리의 기본적인 가르
침은 "남을 위해 주는 사람은 더 큰 보응을 받는다"는 뜻
으로 압축되어 좋을 것 같다. 그 교훈을 자녀들에게 주었
을 때 우리는 개인과 사회적으로 더 소중한 결실을 얻을
수 있을 것이라고 생각한다.

　미국이나 서구 사회에 가게 되면 어렸을 때부터 가정에
서나 학교에서 한 가지 가르침은 꼭 일깨워 준다. "너의
자유와 권리는 소중한 것이기 때문에 절대로 빼앗겨서는
안 된다. 그러나 다른 사람에게 피해나 고통을 주는 일을
해서는 안 된다"는 공통된 가치 관념이다.

　연세대학교 뒤에 있는 외국인 학교에 가보는 때가 있다.
학예회 같은 행사가 있으면 애들이 버릇이 없어 보인다.
벽에 기대고 듣는 놈들, 라디에이터 위에 앉아 있는 애들
도 있다. 그러나 자기 친구나 선생이 노래를 부르거나 얘
기할 때는 방해가 되는 일은 절대로 하지 않는다. 못 하는
것으로 알고 있기 때문이다.

　그런데 연세대학교 동아리회 학생들은 2만 명이 수업을

132

받고 있는 오전 시간에 꽹과리를 두들기며 농악대 행진을
한다. 20명 정도의 학생이 2만 명에게 피해와 고통을 주고
있다는 사실을 깨닫지 못하는 것이다. 사회 생활의 정신적
규범이 없이 자랐기 때문이다.

우리는 미성년자에 대한 범죄자나 심지어는 인신 매매범
까지도 중벌에 처하지 않는다. 있을 수 있는 일이라고 착
각하고 있기 때문이다. 그러나 선진 국가에서는 우리가 상
상할 수 없을 정도의 중벌에 처한다. 약자에게 피해와 고
통을 주었기 때문이다.

이렇게 본다면 "나의 자유와 권리는 대단히 소중하나 다
른 사람의 자유와 인격도 절대적 가치로 인정받아야 한다"
는 교훈쯤은 민주 사회와 인권이 지켜지는 미래 사회를 위
해서 절대적인 윤리와 가치 의식이 되어야 하는 것이다.

이런 과제에 대한 교육적 관심이 일반화되어야 하는 것
이다.

체벌은 용납될 수 있는가

30년쯤 전의 일이다.

서울에서 대학을 나온 사람이 지방에 있는 여자 중학교 교사로 부임해 갔다.

학생들이 수업 시간에 너무 떠들고 말을 듣지 않기 때문에, 반장과 대표 학생 몇을 불러 무슨 좋은 방법이 없겠느냐고 상의해 보았다.

놀랍게도 학생들의 대답은 다 같았다. 떠드는 학생들은 회초리로 때려야 한다는 것이었다. 선생님같이 말로만 떠들지 말라고 해선 안 된다는 얘기였다.

그래서 선생은, 다음 시간부터는 말을 안 듣고 떠드는 학생은 회초리로 때리겠는데, 나는 가르쳐야 하니까 때리는 것은 반장이 대신하도록 하라고 약속을 했다. 그렇게 하면 좀 조용해질 것이라고 생각했던 것이다.

수업이 시작되었다. 여전히 얘기하는 애들이 생겼다. 반장이 다가가서 회초리로 머리나 어깨를 내리치곤 했다. 다음 시간에는 반장 대신 떠들고 매를 자주 맞는 학생에게 회초리를 주었더니 떠드는 다른 학생들을 벌주기 시작했던 것이다.

134

대부분의 학생들이 맞아도 보고 때려도 본 후에야 비교적 조용해졌다는 이야기를 해주었다. 그 학생들은 매를 때리고 맞아야 교육이 되는 것으로 알고 있었던 것이다.

30년이 지난 최근의 이야기다.
독일에서 자란 한 초등학교 2학년 어린이의 경우이다.
자연스러이 하는 이야기 중의 하나가 "난 오늘 한 대도 맞지 않았다"는 것이었다. 그 말의 뜻을 잘 알아듣지 못한 어머니가 "그러면 다른 날은 매를 맞곤 했냐?"고 물었다. "몇 차례씩 맞는지 몰라"라는 대답이었다.
어린 딸의 설명은, 자기는 수업 시간에 떠들지 않는데 옆자리 애가 얘기를 하게 되면 나까지 맞기도 하고, 여러 애들이 떠들어 시끄러워지면 단체로 체벌을 받는다는 것이었다. 그러니까 하루에 몇 대씩은 자연히 맞게 된다는 것이다.
옆에서 그 얘기를 듣고 있던 내가 "너희 선생님이 여선생님이시니, 남선생님이시니?"라고 물었더니 여선생님이라는 것이다. 다시 "나이가 많으시냐?"고 물었더니 50은 넘어 보이는 것 같다고 했다. 어디를 때리느냐고 물었다. 머리를 때리는데 부어오를 정도로 아프지는 않다는 것이다. "떠들지 않으면 공부도 잘 되고 매도 맞지 않아 좋을 텐데……"라고 했더니 자신도 모르게 떠들게 된다는 솔직한 대답이었다.

이 애는 독일에 있을 때는 매가 무엇인지 모르고 자랐다. 채찍이나 회초리를 들고 교실에 들어오는 선생도 보지 못했다. 또 공부하는 것이 즐겁기 때문에 필요한 얘기만 했고 떠들어 본 일도 없었다.

처음에는 매를 맞는 일이 이상했는데 요사이는 그것이 오히려 당연한 듯이 생각하고 있는 것 같았다.

그런데 심각한 문제는 그 어머니의 고백이었다.

50이 넘은 할머니 선생이 가르치는 것도 귀찮고, 애들은 말을 듣지 않고 떠드니까 화가 날 만도 할 것 같더라는 것이었다.

그렇게까지 교육자로서의 의무감이나 사명 의식이 없다면 사퇴를 해야 할 것이 아닌지 모르겠다. 애들에 대한 그리움이나 사랑이 없으면서 어떻게 즐거운 교사 생활을 할 수 있을까. 이 다음에 어린이들에게 어떤 인상을 남겨 주는 스승이 될까를 생각해 본다면 그럴 수가 있을까.

선진국의 여선생들은 60이 되었어도 어린 제자들과 즐거운 친구가 되어 놀아 주는데 우리 선생님들은 50이 되기 전부터 늙은 할머니가 되어 제자들을 귀찮게 여긴다면 그 교육은 어떻게 되겠는가. 7, 8세의 어린이들과 50이나 60의 할머니가 교육을 주고받기 위해서는 애들이 늙어져야 하겠는가 아니면 선생들이 젊어져야 하겠는가.

그래서 어떤 이는 초등학교 선생님은 50까지, 중고등학교 선생님은 60까지, 교수들은 70까지로 정년을 바꾸는 것이 좋겠다는 얘기를 하기도 한다. 교수들은 학문적 대화를 하기 때문에 선진국에서는 70 이전에 교단을 떠나는 일이 없도록 되어 있다.

그러나 그 생각도 꼭 옳은 것은 아니다. 학문에 대한 연구와 정열을 상실한 교수들은 50대에 떠나도 좋고, 교육의 가치와 의미를 깨달은 중고등학교 선생들도 70까지 머물러 손해가 없을 것이다. 변함없이 어린이들을 사랑할 수 있고 계속해서 자기 성장을 꾀하는 초등학교 선생님들 중에서도 70까지 머물러 잘못이 없을 것이다.

그러나 먼저 얘기로 돌아가 보자.

지금도 자녀와 제자들에 대한 체벌 문제가 논란의 대상이 되고 있다. 그렇다고 결정적인 해답이 주어진 것은 아니다. 체벌은 절대 안 된다고 주장하는 교육학자도 회초리를 들 수 있는 경우가 생기며, 체벌은 어느 정도 필수적이라고 믿고 있는 부모나 스승도 체벌없이 가르치고 자녀들을 키워 갈 수 있는 것이 현실이다.

체벌의 문제는 형식 논리에 속하지 않는다. 경험 이론에 속한다고 보아야 할 것이다. 모든 경우의 체벌은 그 결과가 좋지 못할 때도 있고 좋은 면도 포함하고 있는 것이다. 우리들 가운데는 중고등학교 때 벌을 받았던 사실을 오랫동안 고맙게 생각하는 이들이 있다. 그것은 나를 위해 주는 스승의 사랑의 채찍이었기 때문이다.

그러나 다음의 몇 가지 생각은 타당성이 있을 것 같다.

체벌은 자녀들이나 제자들에 대한 최선의 교육 방법이 못된다는 사실이다. 체벌을 가한다는 사실 자체가 좋은 부모나 유능한 선생은 택하지 않는 방법이라는 뜻이다.

나 같은 사람은 서당식 교육을 받았다. 공부를 안 했거나 못 했으면 종아리를 맞는 것으로 되어 있었던 옛날이었다. 숙제를 못 했으면 종아리를 맞으러 학교로 가는 것과

다름이 없었다. 우리 선생님은 학생들에게 회초리를 준비
해 가지고 등교하도록 지시하곤 했었다.

  그런 분위기였기 때문에 체벌에는 사사로운 감정이나 불
순한 동기나 이해 관계가 전연 없었던 시기였다. 그같은
교육을 받았기 때문에 내가 젊어서 초등학교 선생이었을
때는 모든 선생이 거의 기계적으로 벌을 주었고 어린이들
도 매를 맞는 것을 당연한 것으로 생각하고 있었다. 그런
데 나는 교회 주일 학교에 다녔고 주일 학교에서 가르친
일이 있었다. 교회 학교에서는 책망도 없고 체벌도 없었
다. 그 덕택으로 내가 담임했던 반 학생들은 매를 맞는 일
이 비교적 적었다. 그래서 학생들과 학부모들은 나를 때리
지 않는 선생이라고 불렀다. 주일 학교에서는 욕을 먹는
일도 없고 벌을 받는 일이 없는데 학교에서 가르칠 때는
욕하고 때려야 한다는 생각은 서로 모순되는 사실이었다.
학교 교육이 교회 학교 교육보다 뒤져야 한다는 것은 있을
수 없지 않은가.

  미국 필라델피아를 여행했을 때였다. 조지 워싱톤, 벤자
민 프랭클린, 제퍼슨 같은 이들이 모두 교회 학교에서 자
랐다는 사실을 알게 되었을 때 체벌을 모르는 민주주의 정
신이 어디서 탄생되었는가를 느끼게 되었다. 워싱톤이나
프랭클린은 학교 교육은 받은 바가 거의 없었던 것이다.

  이렇게 본다면 자녀들이나 제자들에게 체벌이 없는 교육
을 할 수 있고 해야 한다는 것이 소망스러운 교육이라는
뜻에는 잘못이 없다. 그리고 그때 사랑의 매였다고는 하더

138

라도 체벌을 택하고 가했던 과거를 생각할 때면 언제나 후회스럽고 부끄러웠던 회상을 씻을 수가 없다. 자녀들과 제자들을 잘 이끌어 주었다면 벌을 받아야 할 정도로 나쁜 짓은 하지 않았을 것이다.

만일 우리들 가운데 앞뒤를 생각해 보지도 않고 기분이나 감정에 휩쓸려 체벌을 가한 일이 있었다면 그것은 꼭 뉘우쳐야 한다. 특히 다른 자녀들이나 학교 친구들이 보는 데서 벌을 가했다면 그것은 대개의 경우 실수를 한 것이다. 우리들 자신의 부덕의 소치인 것이다.

사랑의 채찍이 있다.
그것은 지금도 필요하다고 주장하는 사람들이 있다. 만일 진심으로 여러 가지 방법을 생각하다가 최후로 선택한 방법이었다면 사랑의 채찍은 용납될 수가 있다. 그 벌을 통해 부모나 스승의 사랑이 전달될 수 있겠기 때문이다.
그렇다고 해도 그것은 일생에 한두 번 있을 일이다. 언제나 사랑의 매가 필요하거나 같은 효과를 거두는 것은 아니다.

해방 후에 서울의 한 기독교 학교에서 있었던 일이다. 교장 선생이 당신이 원하는 교육의 뜻이 무너지는 것을 알고 학생들이 보는 앞에서 "내가 너희들을 벌줄 자격이 없으니까 내가 벌을 받겠다"면서 자기 다리를 회초리로 심하게 때린 일이 있었다.
그 교장은 자기가 벌을 받는 마음으로 학생들에게 사랑의 벌을 주고 싶었던 것이다. 그 정도의 사랑이 있다면 사

랑의 채찍은 의미가 있는 것이다. 내가 말하고 싶은 것은
그 사건보다도 그런 마음인 것이다. 그 교장 선생의 제자
였던 한 학생이 지금은 같은 기독교 계통 학교의 교장직을
맡고 있다. 자신은 그 사실을 보았기 때문에 체벌은 있을
수 없다는 신념을 굳히고 있다는 고백이었다.

  그런 마음을 갖고 있으면서도 사랑의 매가 필요하다고
느껴졌다면 우리는 그것을 교육적인 체벌이라고 인정해서
좋을 것이다. 체벌에는 몇 가지 전제 조건이 따르기 때문
이다.

  그 첫째는 제자와 자녀들을 대하는 여러 가지 방법 중에
서 마지막 수단이 체벌이라는 점이다. 체벌이 앞서거나 먼
저가 되어서는 안 된다. 둘째는 사랑의 아픔을 나누는 체
벌이어야 한다. 자식을 벌하는 부모의 마음과 제자에게 채
찍을 가하는 심중에는 같은 사랑의 아픔이 있어야 한다.
그런 경우에는 체벌이 소망스러운 교육의 방법이 될 수도
있다.

  우리가 크게 걱정하는 것은 학원과 사회에 있어서의 청
소년들의 폭력 행위이다. 그것은 우리 모두가 합심해서 근
절하지 않으면 안 된다. 그런데 체벌과 폭력은 동질성을
가질 수 있기 때문에 윗사람들은 체벌을 쉽게 생각해서는
안 되는 것이다.

  처음에는 교육적 성과를 노린 체벌 같아도 그것이 습관
화되면 그 결과가 폭력과 이어질 수가 있다. 지금도 매맞
는 아내의 얘기가 전해지고 있다. 그것은 이미 폭력인 것
이다. 우리 사회의 아름다운 정서의 함양을 위해서라도 체

벌은 학원과 가정에서 사라져야 할 것이다.

인생을 살다 보면 누구나 한 가지 사실을 발견하게 된다. "사랑은 지혜를 낳는다"는 진리이다. 제자와 자녀들을 진정으로 사랑하는 스승과 부모는 체벌을 가하지 않고도 선도할 수 있는 방법을 찾을 수 있게 되는 것이다.

미국에서 있었던 일
(두 학생의 경우)

여러 해 전의 일이다.

미국 버지니아 지역에 한 한국 가정이 있었다. 아버지는 의사였고 어머니는 나도 잘 아는 부인이었다.

그 집 아들애가 아주 공부를 잘했다. 초등학교에서는 더 배울 것이 없었기 때문에 워싱톤 D.C.에 있는 비교적 수재 애들이 다니는 학교로 옮겨 갔고, 거기 중고등학교에서도 우수한 성적으로 졸업했다.

그래서 하버드, 예일, 프린스톤 등 정평있는 사립 대학에 지망을 했다. 그런데 뜻대로 입학이 되지 않아 아버지가 세금을 내고 있는 버지니아 대학에 다니게 되었다. 물론 그 대학도 좋은 대학이다. 그러나 뜻대로 학력의 평가를 받지 못하는 결과가 된 셈이다.

같은 때였다.

미국 동북쪽에 있는 프로비덴스에 살고 있는 내 제자의 집을 방문한 일이 있었다. 제자는 서울대학을 나온 내과 의사였다. 부인은 한때 미스 코리아로 뽑히기도 했던 여성이었다.

그 집 아들애는 지망한 모든 대학에서 입학이 허락되었고 하버드 대학에 특차로 선발되는 영예를 차지했다.

만일 우리가 하버드 대학에, 어째서 공부는 먼저 학생이 더 앞서는데 이쪽 학생을 선발했느냐고 물었다고 하자. 학교 측 대답은 어린애들이 공부를 했으면 얼마나 했겠는가. 앞으로 공부를 할 능력이 있으면 되는 것이고, 우리는 아메리카의 지도자를 키우는 대학이기 때문에 공부와 마찬가지로 운동, 예능, 리더십, 봉사 정신 등을 종합 평가한다고 말할 것이다.

먼저 학생은 공부만 잘했으나 뒤의 학생은 정구 선수였고, 학생회 회장을 지냈고, 음악을 했는가 하면, 봉사 생활의 경험 등 모든 면에서 앞서 있었다고 말할 것이다.

그런 평가는 자주 있는 일이다.

내가 아는 한 미국 학생은 고등학교 2학년 때 서울에 와서 '왜 한국 학생들이 반미 감정을 갖는가'라는 조사를 해 영자 신문에 발표가 되었고 그것이 대학 지망의 한 자료로 제출되어 예일 대학에 간 일이 있었다.

요사이는 미국의 사립 대학에 등록금이 많이 들기 때문에 대학에서는 아버지의 직업과 수입을 고려하기도 한다. 장학금에는 한계가 있고 4년간 학업을 계속하는 데 지장이 생길 것을 우려해서인 것이다.

무엇 때문에 이런 문제를 생각해 보는가.

우리는 교육은 지식을 습득하는 것으로 보고 있다. 누가 더 많은 것을 알고 있는가 함이 평가의 표준이 되고 있다.

그러나 고등학교에 가게 되면 무엇을 더 많이 알고 있는
가보다는 문제를 어떻게 이해하고 있으며 어떤 사고를 하
고 있는가를 물어야 한다. 그러면서도 원만한 인품과 성격
을 가지고 있으며 지도자로서의 자질을 갖추고 있는가도
물어야 한다. 지식보다 중한 것은 인간됨이며 현재의 지적
능력보다도 앞으로 인생을 값있게 살면서 사회에 기여할
수 있는가가 더욱 중요하다.

먼저 말한 예일 대학에 간 한국 학생은 정구 선수이면서
첼로 연주에서도 앞서 있었다. 워싱톤 D.C. 청소년 오케스
트라의 단원이기도 했다. 이런 점들이 가미되어 인간적 평
가를 받는 것이 교육인 것이다.

그런 인간 평가는 사회적으로도 다른 성격으로 나타난
다.
그 하나의 예는 우리 나라에서 가장 우수한 인재를 뽑는
사법 고시에서도 나타나고 있다. 고시 성적이 좋았기 때문
에 인생의 경험이나 사회적 관심과 판단력도 갖추지 못한
젊은이가 사법 책임을 맡으며 법적 심판을 내린다는 것은
재고해 보아야 할 과제이다. 일본이나 우리와 같이 성적
위주의 사법 제도를 갖는 나라가 서구에서는 독일이었다.
그런데 옛날 철학자 라이프니츠가 사법 고시에 우수하게
합격이 되었는데 너무 나이가 어리다고 해서 취소되었던
일이 있다.
그래서 최근 논란이 되고 있는 것은 의사와 마찬가지로
법관들도 대학원 제도를 살려 충분한 학력과 더불어 인간
적 경험을 쌓도록 하자는 견해가 대두되고 있다. 시험 성

적은 80% 정도가 넘으면 충분하다. 그러나 이성적 판단과 더불어 인간적 이해와 사회적 식견에서도 80%가 되어야 법관의 자격을 갖춘다고 보는 것이 소망스러운 것이다.

왜 이런 문제를 제기해 보는가.

첫째는 우리들이 갖고 있는 교육에 관한 새로운 평가가 있어야 한다는 주장 때문이다. 공부와 지식이 교육의 목적 이며 그것으로 인간과 교육의 평가를 일원화시키는 것은 옳지 못하다.

그런 점에서 본다면 지금 정부에서 실시하고 있는 수능 시험은 없어서 좋은 것이다. 그 때문에 지식 위주의 학교 교육이 되며 인간적 성장과 폭넓은 인성 교육에 지장을 주 고 있기 때문이다. 득보다는 손이 더 많은 제도인 것이다. 획일적 교육의 본보기를 만들고 있는 것이다.

또 수능 시험을 본다고 하더라도 그 결과에 따라, 너는 4년제 대학에 가는 것보다는 기술을 배우는 전문 대학이 좋겠다는 식의 지도 방법의 수단으로 그쳐서 좋은 것이다. 대체로 수능 시험에서 상위권에 속한다면 대학에 갈 지적 자질을 갖춘 것으로 인정하고 대학에서 입학생을 선별하는 데는 다른 여러 가지 면이 고려되어야 한다. 수능 고사에 서 250점을 맞았거나 200점을 맞았다고 해서 앞으로 대학 공부를 하는 데 아무런 차등 영향이 있을 수 없는 것이다. 특히 인문학이나 사회 과학을 전공하는 학생들에게 있어서 는 그 점수와 반대되는 경우가 더 많은 것이며 또 그렇게 되어야 하는 것이다.

그래서 일본에서 노벨 문학상을 받은 사람이나 후보자들은 동경대학 출신들이지만 우리 나라의 국립 대학에서는 작가다운 작가가 나온 일도 없으며, 고급 관리 양성에 그친다는 평을 받을 만도 한 일이다.

초등학교의 교사들로부터 대학 교수에 이르기까지 시험 성적에 의해서 학생을 평가하는 습관과 전통도 바뀌어야 하며 입학 시험의 문제는 개성있는 대학들이 각 방면의 지도자를 양성할 수 있는 방향으로 개선시켜야 하는 것이다.

우리는 입시의 공정성을 크게 따진다. 그 공정성이 곧 성적 점수인 것이다. 심지어는 1, 2점의 차이가 아니라 0.1의 차이까지 따지는가 하면 요사이는 면접 시험을 점수화하기도 하며 봉사 점수를 어떻게 계산하느냐까지 따지고 있다. 공정성을 위해서는 그렇게 할 수밖에 없다고 한다. 그러나 그렇게 되면 인간을 점수화하며 나타나지 않는 가능성까지도 점수로 계산하게 되는 더 큰 과오를 범하게 된다. 그것이 바로 비교육적인 결과를 초래하는 것이다. 봉사 점수를 매긴다는 것은 위선자를 만드는 반윤리적인 사회 풍조를 조장하는 결과가 되기도 한다.

한강에 다리가 열 개가 있으면 그 열 개의 다리를 편리한 대로 선택해 건너가면 되는 것이다. 그런데 수능 시험 점수라는 하나의 다리만 건너려고 한다면 교통의 혼잡을 어떻게 해결할 수 있겠는가. 모든 대학들이 '한국의 장래를 위한 인재'를 위해 유능한 학생들을 제각기의 방법에 따라 선발하면 되는 것이다. 그중 가장 좋은 방법들을 여러 대

학이 각기 따르게 되면 그것이 곧 최선의 입시 제도가 되
는 것이다.

내가 이런 주장을 하면 사람들은 현실도 모르면서 하는
얘기로 접어둔다든지, 오히려 그렇게 하는 편이 현실적인
모순을 더할 뿐이라고 경계심을 갖기도 할 것이다.
아마 80% 이상의 교사들과 학부모들이 그렇게 생각할
것이다. 내가 30여 년을 대학의 교수로 있었다면 그동안
무엇을 보았느냐고 반문할지도 모른다.
그러나 이런 이치에 어긋나는 것 같은 이야기를 하지 않
을 수 없는 이유가 있다.
국가와 민족의 장래가 걱정스러우며 많은 청소년들을 불
행하게 만들 과오를 막아야 하겠기 때문이다.

내 큰조카애는 2년이나 재수를 해서 일류 대학의 예능
분야를 전공했다. 졸업하고 몇 해가 되었으나 아직 고정된
직장을 갖지 못하고 있다. 몇 가지 일을 여기저기서 책임
맡고 있다.
그 애의 동생은 기술을 중심삼는 전문 대학을 다녔다.
졸업하고 군에 다녀온 후에 4대 기업체의 하나인 중공업
회사의 기술자로 입사했다. 지금은 곧 과장 자리를 앞두고
있다. 재수를 하는 고생도 없었고 형보다 오래도록 회사에
서 일할 수 있어 지금은 자족하고 있다. 자기에게 필요한
교양 교육을 스스로 쌓아 간다면 모든 면에서 형보다 행복
하고 보람있는 인생을 살아갈 수가 있다.

선진국의 청소년들은 대체로 그런 길을 택한다. 그 대신

대학 공부는 대단히 어렵다. 아마 우리 나라 대학생들의 절반 이상은 그 공부를 해낼 수 없을 것이다. 그러나 그들 의 대부분이 우리 청소년들보다 행복하고 보람있는 인생을 살고 있다.

내가 대학에 있을 때 겪고 체험한 이야기를 하나 소개한 다.

내가 있는 철학과에 지망해 오는 학생들의 입학 때 성적 을 보면 서울의 일류 고등학생들이 앞선다. 입학 시험을 위해 최선의 훈련을 받았고 학원에서 재수까지 했기 때문 이다. 그 대신 지방 고등학교에서 우수한 성적으로 졸업한 학생들은 하위권 성적으로 들어온다. 입시 훈련을 덜 받았 기 때문이다.

그런데 학부를 졸업하고 대학원에 가서 우수한 성적을 올리는 학생들은 지방 학교 출신으로 입시 성적이 좋지 못 했던 학생들이다. 서울의 일류 고등학교 학생들은 모든 기 량을 다 발휘했기 때문에 더 성장할 여유와 가능성이 없었 으나 지방 고등학교 출신 학생들은 향상과 발전의 여유를 갖고 있었던 것이다. 어떤 때는 상업 고등학교를 나온 제 자가 철학과 교수로까지 진출하는 결과가 생기기도 한다. 늦게 개성을 발휘하며 오래 여유를 갖고 성장할 수 있었기 때문이다.

만일 나에게 이렇게 많은 학생들이 4년제 대학에 가야 하느냐고 묻는다면 지금 4년제 대학생의 절반쯤은 갈 필요 가 없다고 말하고 싶다. 일찍부터 기술을 통한 전문직을 갖고, 독서와 사회 교육을 통해 정신적이며 인간적인 성장을 할 수 있다면 본인과 사회를 위해 모두 도움이 되었을 것이다.

지금 우리 사회에서 가장 불행한 사실의 하나는, 고등학교를 나온 사람들은 평생 동안 "나야 대학에도 못 다녔는데……"라면서 나머지 인생을 포기해 버리는 일이다. 그보다 더 잘못된 사람들은 "나야 대학까지 다 나왔는데……"라면서 지적으로나 인간적으로 더 성장하기를 단념해 버리는 사람들이다.

중요한 것은 학교를 나온 후에 남은 더 긴 인생을 어떻게 행복과 성공으로 이끌어 가는가 함이다. 학교 교육으로 모든 것이 끝났다고 생각하는 사람은 준비 운동을 하고는 경기를 포기하는 것같이 어리석은 삶을 사는 것이다. 학교 교육은 사회 생활과 인생을 살아가기 위한 준비 운동에 지나지 않는 것이다.

이 모든 모순과 잘못이 삶의 질적 내용보다는 학교 교육을 더 높이 평가하며, 학교에서는 교육은 없는 지식의 전달로 끝났기 때문이다. 더 큰 잘못은 인간의 평가와 가치 기준을 지적 성적에 묶어 놓은 폐단에서 비롯된 것이다. 초등학교 교육은 중학교에 가기 위한 준비 교육으로 그친다. 중학교 교육은 고등학교에 진학하기 위한 수단에 머문다. 고등학교에 입학할 때부터 졸업할 때까지는 대학 입시를 위해 모든 정성을 쏟는다. 최근에는 취직하기 위해서 대학에 다니며 대학원까지 진학하는 사람들이 있다.

그러니까 모든 교육은 그 자체가 목적이 되지 못하고 수

단이 될 뿐이다. 그런 교육적 가치관에 **빠져** 있는 사람들
에게는 우리가 잘 아는 영화 제목이라도 얘기해 주고 싶
다. "행복은 성적순이 아니잖아요 ? "라고.

호기심과 남녀 공학의 문제

　호기심은 어린이들이 자랄 수 있는 필수적인 여건이다.
　새롭고 기이해 보이는 것들에 대한 관심과 물음이 호기
심으로 나타나는 것이다. 어른들에게 있어서는 그것이 지
적 욕망이 되기도 한다.

　아마 어린이들에게 있어서는 부모에게 물어 보기 이전부
터 알고 싶은 욕구가 있었을 것이다. 그러나 애들이 그것
을 말로 표현하기 시작하면서부터 표면화되었을 것이다.

　엄마의 등에 업혀 가는 어린애가 "엄마 달이 왜 우리를
따라오지 ?"라고 묻는다. "아빠, 비는 하늘 어디에 있다가
내려오지 ?"라고 묻는다. 추석에 성묘를 하러 가던 어린이
가 "할아버지 무덤에 가는 거지 ? 할아버지는 왜 죽었어 ?
우리랑 같이 살면 더 좋을 텐데 ?"라고 묻는다. 사람들은
석가는 어렸을 때부터 생(生)·노(老)·병(病)·사(死)를
생각했다고 말하기도 한다.

　호기심이 생기면 애들은 그것을 부모를 비롯한 가까운
사람들에게 묻는다.

　옛날 사람들은 그럴 경우 그 물음을 정면으로 거부하는

때가 있었다. 그런 것은 쓸데가 없으니까 생각지 않는 것
이 좋다라든지, 이 다음에 네가 생각해 보아라는 식으로
회피해 왔다. 나도 그런 경우를 여러 번 당했다. 너무 자
주 물으니까 부모들도 귀찮아졌던 모양이다.

특히 손님들이 있는 앞에서 그런 질문을 할 때는 어른들
끼리의 대화를 위해 "별걸 다 묻는다"고 핀잔을 주는 때도
있었다. 그렇게 말하는 부모나 어른들 자신도 어렸을 때는
그렇게 물었던 사실을 잊고 있는 것이다.

가장 중요한 것은 이런 호기심에서 오는 질문을 받았을
때는 긍정적으로 받아들여야 한다. 그리고 성의있는 대답
을 해주는 것이 좋다. 부모의 그런 성실한 태도에서 배우
는 바가 있고, 만일 지혜로운 대답을 해준다면 그 선한 영
향은 먼 후일에까지 미치게 된다. 애들이 제공해 주는 좋
은 기회를 거부하는 것은 좋지 못하다. 대답하기 어렵거나
어색한 것이 있으면 "이 다음에 자세히 설명해 줄게"라고
보류해 두는 편이 대답을 거부하는 것보다 좋은 것이다.

또 세월이 지나면 자기 자신이 그 해답을 얻을 수도 있
기 때문에 불필요한 물음을 던지는 것은 아니다.

그러다가 애들이 초등학교 중반기쯤 되면, 호기심에 해
당하는 질문은 줄어든다. 지적인 욕구가 호기심을 대신하
기 때문이다. 그리고 이런 지식적 물음은 쉬 대답해 줄 수
가 있기 때문에 호기심의 영역은 어느 정도 벗어난다고 보
아 좋을 것 같다.

그런데 나이들면서 색다른 호기심이 생긴다. 그리고 그
호기심은 예외없이 누구에게나 찾아오는 것이다.

152

그것은 성 즉 이성에 관한 호기심이며 사춘기에는 그 정점에 도달하게 된다.

그리스 신화에는 이런 이야기가 있다. 옛날 올림푸스 산 위에는 신들이 있었고 산 밑에는 사람들이 살고 있었다.

어느 날 신들이 지상에 내려와 보았더니 인간들의 지혜로운 성장이 빨라 마침내는 신들을 앞지를 것 같은 인상을 받았다. 걱정스러워진 신들이 모여 어떻게 하면 인간들을 계속 신들의 지배 밑에 머물게 할 수 있을까를 협의·연구했다.

그래서 찾아낸 방법이 땅 위에 사는 사람들을 두 쪽으로 갈라놓아 한쪽은 남성으로 만들고 다른 한쪽은 여성으로 만들었다는 것이다. 그 이전까지는 사람들 모두가 완전한 성을 지니고 살았던 것이다.

그 다음부터 사람들은 잃어버린 짝을 찾기 위해 시간과 정력을 낭비하게 되었고 마침내는 신들을 따를 수 있는 지혜와 능력을 잃게 되었다는 것이다.

남녀간의 성의 구별과 그로 인한 애모심은 그렇게 강렬한 것이다. 남성은 여성이 있기에 인간적 삶을 누리며 여성은 남성을 전제로 생존의 의미를 깨닫게 되어 있는 것이다.

따라서 인간은 자기를 알기 시작하면서부터 죽을 때까지 성적인 애모심을 갖게 되어 있다. 죽음보다도 사랑을 택한 선례들은 얼마든지 있었다. 남성만의 세계도 상상할 수 없으나 여성만의 세상도 예측할 수가 없을 정도이다.

이렇게 간절한 애모심에서 일어나는 호기심을 억제하거
나 이와 무관하게 자녀들을 이끌어 가거나 교육을 한다는
것은 무리인 동시에 과오인 것이다.

옛날부터 동양의 선조들은 '남녀7세부동석'이라고 해서
결혼하기 전까지는 남녀의 접촉을 막는 것이 지상책이라고
생각해 왔다. 지금도 중동 지방에 가면 그에 가까운 이성
간의 윤리를 강조하고 있다.

그렇다고 해서 문제가 해결되는 것은 아니다. 그것은 부
정적인 사고 예방책이지 건설적인 방법은 되지 못한다. 어
떤 종교에서는 성을 지나치게 죄악시했는가 하면 또 어떤
종교에서는 성을 지나치게 미화시키는 경우도 있었다. 둘
다 적절한 방법도 아니었고 소망스러운 방향도 되지 못했
다.

성은 인격적인 사랑의 순화에서 서서히 긍정적인 방향으
로 이끌어 가는 것이 좋다는 게 오늘의 일반적인 추세이
다. 남녀 문제는 자연스러우면서도 소망스러운 선택의 결
과에서 평가되어야 한다는 것이 정론으로 되어 있다.

우리는 이러한 호기심이 섞인 이성간의 숨겨진 관계를
해결짓기 위해 두 가지 문제를 교육적으로 제기해 보려고
한다. 그 하나는 성교육의 문제이며 다른 하나는 남녀 공
학의 과제를 어떻게 이끌어 가는가 함이다.

성교육의 문제는 전문인들에게 맡겨 두고 그들의 지도를
따르는 것이 좋겠다는 견해들이 많다. 그러나 딸들의 성교
육은 우선 어머니의 의무이며, 아들들의 성에 관한 가르침
은 아버지가 일차적으로 책임져야 할 문제인 것이다. 부모

와 자녀간의 성에 관한 대화와 지도는 꼭 있어야 한다.

　몇해 전 여자 고등학생들이 단체로 캠프를 간 일이 있었다. 한 여학생이 자기 친구에게 "저 위쪽에 남학생들이 있는데 여기서 수영을 하면 임신하는 것이 아니냐?"고 물은 일이 있었다. 특수한 경우라고는 하겠으나 그렇게 성에 관해 무지하다는 것은 어머니와 선생들의 책임일 수도 있다.
　미국에서는 어머니들이 딸에게 월경과 임신 시기를 얘기해 준다. 무슨 일이 있어도 임신은 큰 책임을 동반하기 때문에 조심해야 한다는 것을 알려 주는 것이다. 의사들이 에이즈에 관해 환자들에게 얘기해 주기 이전에 아버지는 아들에게 에이즈에 관한 실상과 예비 지식을 주는 것이 책임일 수도 있다.

　미국에서 개원하고 있는 의사를 통해 들어 보면 상당히 개방적으로 성교육을 실시했음에도 불구하고, 어린 미혼모들의 수가 급증하고 있다는 것이며, 그 원인은 학교에서 배운 성교육이 실제에 있어서는 효과를 거두지 못하고 있다는 얘기였다.

　어쨌든 이런 내용들을 포함한 성교육을 통하여 이성에 대한 무지스러운 호기심을 해소시켜 주는 노력이 필요하다. 너무 급진적인 교육 즉 청소년들이 경험하고 있는 위치보다 앞선 교육도 좋지 않으나 너무 뒤진 교육도 시기를 놓치는 위험성을 안고 있다. 적절한 시기의 알맞는 성교육은 필수적인 것으로 인정받고 있다.
　이러한 성교육은 생리적인 영역에만 그쳐서는 안 된다.

애정과 애욕에 관한 정서적인 관리도 필요한 것이다. 성은 애욕의 현상이기 때문에 정서적인 비중이 크게 차지하고 있다.

이러한 문제를 교육적인 분위기에서 도움을 주며 해결하기 위해 남녀 공학의 문제가 제기되곤 한다.

우리 나라에서도 가능하다면 초등학교 때부터 대학까지의 학교 교육이 남녀 공학이었으면 한다.

지금은 학생들 자신이 공학을 선호하기 때문에 별로 문제가 되지 않으나 처음 공학 제도를 도입할 때는 어려움이 많았다. 특히 딸들은 보호를 받아야 한다고 생각하는 학부모들이 공학을 꺼린 일이 있었으나 대학에서는 공학을 하는 것이 소망스러운 방향이라고 모두가 인정하고 있다.

미국에도 여자들만의 명문 대학이 있다. 그런데 그 대학을 나온 여성들이 사회적 진출에 앞서지 못하며, 지나치게 남성 사회를 모르기 때문에 불행을 겪는 경우가 많다는 지적이기도 하다. 오히려 남자 친구들과 적절한 인간적 접촉을 갖는 것이 남성을 이해하는 데 도움도 되며 결혼의 상대를 선별하는 데 필요하다는 결론이었다.

나 자신도 여자 대학을 나온 학생과 공학에 다닌 학생들을 비교해 본다. 역시 공학의 경험이 있는 여성들이 훨씬 풍부한 남성관과 사회 의식을 갖는 것이 사실이다. 물론 여자 대학에 다니면서도 남자 친구를 사귈 수 있었다면 문제는 다르다. 그러나 중학교 때부터 여성들끼리 자라 대학을 나온 여성들은 남성을 친구로 사귀기 어려우며 남성에 대한 식별력과 비판력을 갖지 못하고 결혼 문제에 뛰어드는 경우가 자주 있다. 남녀 관계는 적절한 과정과 선별 및 선택이 중요한 것이다.

그런데 문제는 중고등학교 시기에 있다. 언젠가는 남녀 공학 제도로 가는 것이 자연스러우면서도 소망스러운 추세이다. 단지 그 절차와 방향을 어떻게 이끌어 가는가 함이 문제이다.

외국에서는 초등학교의 공학 제도가 그대로 연장되니까 문제가 적다. 우리는 중학교 때부터 갈라놓기 때문에 상대방 이성에 대한 관심과 호기심이 더 커지도록 되어 있다.

솔직히 말해서 사춘기의 학생들이 남몰래 애정어린 쪽지나 편지를 교환하는 것이 도움이 되는지, 아니면 대학생이 될 때까지 금지시키는 것이 좋은지는 누구도 가리기 어렵다. 내 친구 교수들의 딸이 대학에 들어간다. 남자 친구에게서 전화가 오면 “너는 공부는 안 하고 연애만 하느냐”고 나무란다. 그러다가 2년쯤 지나면 오히려 “너는 아직 남자 친구도 없냐? 졸업이 내일모레인데……”라고 걱정한다. 교육자인 아버지조차 실제로는 갈팡질팡하는 것이다.

이런 여러 가지 문제를 종합해 볼 때 초등학교에서 중학교 과정까지는 남녀 공학을 이어 가는 것이 좋을 것 같다. 서로 친구로서의 우정을 갖추면 되는 것이다.

그것을 고등학교까지 연장시키는 것이 시기상조라고 생각한다면 남학생 클래스와 여학생 클래스로 구별하는 공학 제도가 좋을지 모른다. 가정이나 직장에는 남자만의 사회도 없고 여자만의 가정도 소망스럽지 못하다. 그렇다면 클래스가 다른 남녀 공학은 용납되어 좋을 것이다.

그래도 남학생만의 고등학교와 여학생만의 고등학교가 이왕 진행되고 있다면 단체적으로 남녀 학생들이 서로 만나며 대화를 즐길 수 있는 기회를 만들어 주는 편이 아쉽다. 남학교에 여학생을 초대하거나 여학교에 남학생을 초대해서 친구와 같이 사귈 수 있는 기회를 만들어 주는 편이 먼 후일을 위해서는 도움이 된다.

나는 한때 군 정신 교육 지도를 맡아 보면서 이성 문제로 사고를 낸 군인들의 대부분이 군에 들어올 때까지 여성 접촉이 없었던 젊은이들이라는 사실을 알게 되었다. 모든 남녀 관계는 우정에서 애정에의 길이 필요하다. 이 우정적 사귐이 없었던 군인들이 여성을 대하게 되면 곧 사랑을 고백하거나 결혼을 전제로 삼으며 성적 욕망을 애정으로 착각하는 경우가 많다.

부모나 스승들이 가장 주의를 동반한 관심을 쏟아야 할 기간은 고등학교에서 대학 1학년쯤의 4, 5년인 것이다. 그 이하나 그 이상의 나이가 되면 부모의 말을 듣거나 자신이 적당히 처리하는 것이 보통이다.

그러나 이 이상의 문제는 다음 부분에서 취급하기로 하자.

제 4 장
누구나 행복과 성공을 누릴 수 있어야 한다

친구를 사귀는 일에 관하여

옛날부터 "어진 아내를 갖는 사람은 행복하며 좋은 친구를 갖는 사람은 성공한다"는 말이 있다.

남성 중심의 사고인 것 같다. 그러나 애정에서 행복을 찾고, 우정에서 보람을 찾으며 사는 것이 인생이다. 가정은 행복의 보금자리가 되어야 하고 사회는 성공의 장(場)이 되어야 하는 것이 우리 모두가 뜻하는 바이다.

그래서 지혜로운 부모나 성의있는 선생은 청소년들의 우정과 애정에 관해 좋은 지침을 주어야 한다. 좋은 친구와 선한 사귐을 가지며, 이성간의 아름다운 사랑을 찾아 갖도록 이끌어 주어야 한다. 그것이 글을 배우고 지식을 넓히는 것보다 더 중요한 교육인 것이다. 인성 교육이란 인격적 사귐에서 이루어지는 것이다.

어린이들은 비교적 일찍 부모의 슬하를 떠나 친구를 사귀며 우정에서 즐거움을 느끼도록 되어 있다. 누구나 초등학교 5, 6학년 시절의 친구들을 오래 기억하면서 살아간다. 친구네 집에 놀러 갔다가 할 수 없이 집으로 돌아오지만 내일은 아침부터 친구를 찾아가고 싶은 마음을 품고 잠들곤 한다. 때로는 싸움도 하고, 내가 좋아하는 친구가 다른 애와 가까워질 것 같아 맘졸이기도 하는 것이 모두 친구와 깊은 관심을 갖고 살아간다는 증거인 것이다.

이렇게 정을 주고받는 동안에 즐거움도 느끼며 서로가 원하는 것이 무엇인지 알면서 자라게 된다. 정(情)의 공감대가 이루어져 서로의 성장을 돕게 되는 것이다. 그래서 잠시 만났다가 헤어진 친구보다는 오랫동안 같이 지낸 친구가 더 정깊은 인상을 남겨 주도록 되어 있다.

나같이 나이가 들었음에도 불구하고 고향의 옛날 소꿉친구들을 만나면 초등학교 시절의 얘기로 잊고 있던 즐거운 회상을 되살려 본다. 60년 전의 친구가 어제 함께 지냈던 것 같은 정의 가까움을 느끼게 해준다.

이런 기간의 자녀를 둔 부모들은 서로의 우정을 아름답게 이끌어 주며, 서로를 돕고 위해 주는 친분을 갖도록 도와주면 된다. 서로를 비교해서 우월감이나 열등감을 갖지 않도록 해주며, 다른 친구를 나쁘게 얘기한다든지 싫어하는 감정을 갖지 않도록 이끌어 주는 것이 좋다. 친구들의 좋은 점을 칭찬해 주며, 실수를 저질렀을 때는 서로가 그런 잘못을 되풀이하지 않도록 깨우쳐 주면 된다. 가장 중요한 것은 착하고 아름다운 감정을 갖도록 유도해 주는 일이다.

조심할 것은 너무 많은 친구를 갖는 것도 도움이 되기 어려우나 한두 친구만에 빠지는 것도 피하는 것이 좋다.

또 친구들과의 시간이 너무 긴 것도 부담스러워지나 짧은 시간만을 강요하지 않는 것이 좋다. 공부하는 시간인데 찾아오지 말라든지, 네 친구는 나쁜 애니까 사귀지 말라는 식의 부정적 지시는 삼가야 한다. "30분쯤 놀고 와서 공부할까"라고 지적해 준다든지 "한 시간 이상 지나면 서로가 피곤해지니까, 내일이나 모레에 다시 만나 놀도록 해보면 어떨까" 정도로 자제하는 습관을 키워 주는 것이 바람직스럽다. "그 친구는 좋은 면도 많이 있지만 이런 점들은 배우지 않도록 하는 것이 좋을 것 같다" "어제 집에 왔던 S라는 친구는 성격도 좋아 보이고, 서로 도움이 될 것 같더라"는 도움말을 해주는 것도 좋을 것이다.

우정을 통한 교육적 의미를 높이기 위해서는, 친구의 단점보다는 좋은 점을 찾아 칭찬해 주며, 친구가 어려움에 처했을 때는 서로 돕는 지혜를 일깨워 주어야 한다.

오래 전 일이다.

어느 날 여러 어린것들이 함께 모인 자리에서 나의 실수를 얘기해 준 일이 있었다.

내 중학교 때 친구의 딸이 내가 있는 대학의 치과 대학에 응시해 합격을 했다. 그 딸애는 소아마비 장애자였기 때문에 아버지의 각별한 사랑과 보호를 받아 왔다.

그런데 사업에 실패하고 고생하던 친구는 딸의 입학 등록금을 낼 준비가 되어 있지 못했다. 결국은 등록 마감 시간을 앞두고 나를 찾아와 하소연을 하는 것이었다. 남과 같이 건강만 하다면 단념시키겠다는 딱한 사정이었다.

나는 할 수 없이 언제까지라는 약속을 받고 월급에서 가불을 해 친구 딸을 등록하도록 도와주었다. 그러나 그 친

구의 사정이 풀리지 못해 결국은 내가 변상을 하는 결과가
되었다.

그런 사연을 얘기했더니 아내와 애들은 모두가 "왜 그런
실수를 했느냐?"고 나무랐다. 그래서 나는 "이 다음에 너
희들이 그런 경우를 맞게 된다면 어떻게 하지?"라고 물었
다. 애들은 쉽게 대답을 하지 못했다. 한참 있다가 한 애
가 "그거 참 곤란한 일인데, 경제적 여유가 있으면서 도와
주지 않을 수도 없고, 그렇다고 대신 빚을 갚는 것도 좋지
않고……"라는 것이었다.

바로 내가 듣고 싶은 대답이 그것이었던 것이다. 세상은
수학의 공식과 같이 풀려지는 것이 못 된다. 우정의 문제
도 그렇다. 여러 가지 어려운 문제들이 다가왔을 때 어떻
게 도움을 줄 수 있는가를 미리부터 생각케 해주는 것이
아쉬운 것이다.

그러나 애들이 자라 중학교에 다니게 되면 우정의 선택
은 서서히 스스로 열어 나가게 된다. 가까이 있고 오래 같
이 지냈기 때문에 친구가 되기보다는 생각이 비슷하고 관
심이 같기 때문에 가까워지고 그 정신적인 공감대가 우정
을 깊이 해주게 된다.

이때 조심스러이 협조해 주어야 하는 것은 저속한 관심
이나 정신적으로 빈곤한 친구들과의 사귐은 삼가도록 해주
는 것이 좋다. 친구를 잘못 만났기 때문에 불행해졌다는
것은 이 기간의 문제이다.

가장 어려운 문제의 하나는 용돈을 지나치게 많이 갖고
있는 애들끼리 친구가 되는 일은 언제나 도움이 못 된다.
필요 이상의 돈을 갖는다는 것은 좋은 방향의 결과보다는

바람직스럽지 못한 길로 빠져 들게 하는 때가 더 많다. 필요 이상으로 자주 오락 장소를 찾는다든지 호기심에 끌려 유흥가를 드나드는 일은 불행스러운 결과를 초래할 수도 있다.

비판적인 생각은 해보지 않고 술담배를 가까이 하기도 하며, 환각제를 경험해 보다가 중독이 되기도 한다. 그런 애들은 대개의 경우 교양과 정신적 관심이 없는 친구들끼리 모였을 때 저질러지는 불행스러운 결과를 만든다. 특히 조심해야 하는 것은 우정이나 애정을 잘 이해하지 못하면서 이성간의 성관계에 일찍 빠져 드는 일은 경계해야 한다. 그 수가 많지는 않으나 일찍부터 습관적으로 성행위에 젖어 든 학생들이 있다. 그들의 대부분은 정신적 관심과 과제가 없는 친구들끼리 모이는 데서 발단되기가 쉽다. 만일 그 애들이 끝까지 정신적 관심에서 소외된다면 불행한 생애를 스스로 택하는 결과가 될 것이다.

백인의 가정에서는 초등학교 때부터 고등학교를 끝낼 때까지는 용돈을 주어서 키운다. 그 용돈이 대단히 적은 편이다. 그 이상 필요한 돈은 벌어서 쓰게 한다. 돈보다는 일이 중하다는 생각을 주기 위해서이며, 필요 이상의 돈을 갖게 되면 그 돈 때문에 잘못되는 경우가 생길 수도 있다. 통장에 들어가 있는 돈은 괜찮다. 적금이 되기 때문이다. 그러나 호주머니에 들어가 있는 현금은 쓰고 싶고 써야 한다는 유혹을 일으킴으로써 낭비나 탈선의 원인이 될 수도 있다. 가난한 부모보다는 재산이 있는 부모는 자녀들을 더욱 엄격히 키우는 것이 좋다.

나는 중학교 2학년 때부터 문학, 종교, 민족 의식 등을 갖춘 친구들을 찾아 지냈기 때문에 지나치게 실속없는 걸 부림으로 살았던 것 같다. 그래도 지금 생각해 보면 그중의 몇이 작가나 시인이 되고 목사도 되었고, 일제 시대에 민족주의 정신을 계속 지니고 살았던 것으로 본다. 행복했는지는 잘 모르겠으나 보람있는 우정이었다고 생각해 본다. 윤동주 씨 같은 친구는 그때부터 신앙과 시를 꿈꾸면서 지냈고, 우리들 중에 여럿이 철은 없었지만 민족 의식을 지키기 위해 밤샜던 것으로 기억하고 있다. 테너로 알려져 있던 이인범, 좋은 작가의 한 사람인 황순원 선배들이 모두 변함없는 애국심을 지녀 온 것을 보아서도 짐작할 수 있는 일이다.

가능하다면 자녀들과 제자들이 정신적인 과제에 관심을 갖는 친구들과 우정을 가져 건전한 삶의 길을 열도록 이끌어 주는 것이 좋을 것이다. 대개의 경우 사회의 정신적 지도자가 되는 인물들은 중고등학생 때 문제 의식과 애국심이나 신앙심을 갖고 자란 이들이다. 씨가 뿌려져야 곡식이 자라고 열매가 맺게 되어 있는 것과 마찬가지일 것이다.

고등학교를 나올 때쯤 20세를 맞게 된다. 그때까지 문제 의식과 자아 의식이 없이 지냈다면 정신적 장래는 기약할 수가 없다. 그런 장래를 위해서 뜻이 있는 친구들을 사귀도록 이끌어 주자는 것이다.

그와 반대로 정신적 내용이 빈곤하며 문제 의식이 전연 없는 친구들끼리의 사귐은 서로를 위해 도움이 되지 못한다. 공부도 잘하고 교양은 있으면서 문제 의식이나 정신적

과제를 모르는 친구들간의 우정을 나무랄 필요는 없다. 중
고등학생의 70% 정도는 그런 성격의 우정을 갖고 지낸다.
그래도 먼 후일을 위해서는 정신적 과제와 문제 의식을 갖
춘 친구를 사귀는 것이 바람직스럽다. 뜻이 있는 선생이라
면 좋은 서클 활동을 통해 그런 제자들을 키워 줄 수도 있
을 것이다. 경험해 본 학생들은 그것이 전체 학교 교육보
다도 소중했다는 사실을 잘 알고 있다. 그 속에서 뜻있는
인물들이 배출될 수 있기 때문이다.

어렸을 때의 우정은 가까이서 오래 지낼수록 풍부해지나
중고등학교 시절의 우정은 정신적 유대를 두터이 했던 친
구들과 지속시키게 되며, 그 우정은 평생 동안 계속할 수
가 있다.
민족 운동을 함께한 친구들에게서 볼 수 있으며, 신앙적
동지가 되는 것도 그때부터의 일이다. 나는 지금도 같이
있지는 못하나 몇 명의 평생 친구를 잊지 못하고 있다. 중
고등학교 때 뜻을 같이했던 친구들이다. 서로 존경하고 위
해 주며 그들이 하는 일들은 이웃과 사회에 대한 봉사임을
의심치 않는다.

그래서 사회적 존경도 받으며 업적을 남기는가 하면 그
런 친구를 갖게 되었다는 사실을 평생 동안 감사히 생각하
는 것이 보통이다. 만일 이런 사실을 체험한 사람들이 있
다면 서클 활동은 대학 때보다도 고등학교 때 잘 이끌어
주어야 할 것이다. 그 시기에 찾아 가진 꿈과 이상이 대학
때 성숙되고 후일에는 사회적 결실을 거두게 되는 것이다.

그렇게 본다면 사회는 뜻있는 우정의 결실로 이루어진다고 볼 수도 있겠고 자녀들이나 제자들의 우정을 가려서 키워 주는 일의 중요성을 알게 될 것이다.

이성 관계를 어떻게 이끌어 줄 것인가

한 인간이 일생을 살아가는 동안에 가장 많은 관심을 쏟는 것은 이성간의 애정 문제이다.

어떤 사랑을 갖는가에 따라 인생의 의미가 달라지며 행복의 내용에도 변화가 오게 된다. 그리고 이 문제는 학교 교육의 문제이기도 하나 가정에서 소망스러운 길을 찾아야 하는 것이다. 가정은 사랑의 보금자리로 되어 있기 때문이다.

여기에 무엇보다도 중요한 것은 건전한 애정 윤리를 보고 배우도록 해주는 일이다.

여러 가지 형태로 나타나는 부모의 불행과 고통스러운 가정 생활을 보는 자녀들이 "나는 이 다음에 결혼을 하지 않겠다"는 생각을 갖게 하는 일이 없어야 하겠다. 물론 모든 일이 뜻대로 되는 것은 아니다. 그러나 자녀들에게 불행의 원인을 만들어 주어서는 안 된다. 사랑이 있는 가정은 행복스럽다는 기대와 가능성을 갖도록 이끌어 주며 그것이 자연스러운 현상이라는 사고는 누구나 갖도록 해주는 것이 부모들의 의무인 것이다.

솔직히 말해서 청소년들은 가정에서 부모들이 어떤 생활을 하고 있는지를 보고 그 뒤를 따르도록 되어 있기 때문에 그 점에 있어서는 부모들이 각별히 조심스러이 모범을 보여 줄 수 있어야 한다.

행복스럽게 사는 부모 밑에서 자란 자녀들은 크게 노력함이 없이 그 좋은 점을 살려 갈 수 있으나 불행한 부모 밑에서 성장한 청소년들은 그 불행스러운 위치에서 출발할 수밖에 없어진다.

나는 얼마 전 일류 대학까지 나오고 의사가 된 남편이 결혼한 지 얼마 안 되는 부인을 구타했다는 사실에 접하고 놀란 바가 있다. 그 원인이 무엇인가고 살펴보았더니 그 의사의 아버지가 자녀들이 보는 앞에서 부인을 구타하는 습관이 있었다는 것이다.

한번 손찌검을 하게 되면 그것이 쉽게 습관이 되고 마침내는 가정을 파국으로 이끄는 원인이 되기도 한다. 그와 반대도 성립된다. 선량한 가정에서 자란 한 교수가 결혼을 했다. 부인도 대학을 나온 교육자의 집안에서 자랐다. 그런데 그 어머니가 습관적으로 히스테리컬하게 남편에게 바가지를 긁고 괴롭히는 것이었다.

그것을 보고 자란 딸은 비록 대학 교육까지 받았으나 남편에게 폭언으로 대들며 교양이 있는 여성으로서는 할 수 없는 행동을 하는 것이었다. 결국 남편은 정신과 의사와 상의하는 고통스러운 상황으로까지 번지게 된 것이다.

이런 상황 속에서 자란 어린이들이 행복하고 즐거운 애정 관계를 유지하며 건설적인 가정을 꾸며 갈 수 있겠는가.

이 모든 일들은 노력만 하면 얼마든지 좋은 방향으로 이끌어 갈 수 있는 일이며 부모들도 사랑과 가정 문제에 있어서는 꼭 모범을 보여 줄 의무가 있는 것이다.

우리는 지금 고등학교까지의 교육 문제를 다루고 있기 때문에 그 이후의 과제는 취급치 않아도 좋을 것이다. 그러나 현재의 교육적 관심이 자녀와 학생들의 일생을 좌우하기 때문에 다음과 같은 몇 가지 문제도 취급해 보게 되는 것이다. 애정 문제에 관한 교육적 이해를 돕자는 것이 우리들의 뜻이기 때문이다.

청소년 시절에는 지나치게 일찍 그리고 깊이 애정 관계에 빠지는 것도 좋지 않고, 필요 이상으로 그 시기와 거리를 멀리하는 것도 바람직스럽지는 못하다. 문제는 이 필수적인 과제를 어떻게 적절한 시기에 선하고 아름다운 방향으로 이끌어 가는가 함에 있다. 가장 갈등과 모순이 적은 이상적인 방향과 방법을 모색해 보는 것이 우리에게 주어진 책임인 것이다.

우리 모두에게 있어서와 마찬가지로 청소년들의 애정에도 그것이 사랑의 문제이기 때문에 복합성을 안고 있다.
그 하나는 신체적인 욕망이며, 그와 더불어 있는 것은 정서적인 갈망과 갈등이다. 그리고 후일에 깨닫게 되는 인간 및 인격적인 사랑인 것이다.
이 셋은 언제나 공존하고 있으나 청소년 기간에는 신체적인 욕구와 정서적인 갈망이 그 중심이 된다. 그 둘의 갈

172

등 기간을 우리는 사춘기라고 부른다. 그 사춘기를 어떻게
지혜로이 극복하는가 함이 본인들은 물론 지도를 책임맡은
학부모와 선생들의 과제인 것이다.

모든 것이 생각대로 되며 원칙대로 이루어지는 것은 아
니나 한 가지 가능성은 모색해 볼 필요가 있을 것이다.

그것은 애정의 절차와 순서에 관한 것이다.
남녀 공학을 했거나 종교 단체 등을 통해 좋은 경험을
쌓은 청소년들은 비교적 문제가 적다. 그러나 정상적이며
개방적인 남녀 관계를 겪지 못한 청소년들에게는 우선 우
정의 단계가 필수적임을 일깨워 주어야 한다. 동성 친구를
사귀듯이 남녀간에도 우정의 기간은 필요하다. 친구가 되
어 사귀어 보다가 정이 들고 사랑하게 되면 그것은 자연스
러운 방향으로 가게 된다.
그런데 처음부터 남녀 관계는 애정 관계이며 그것은 결
혼을 전제로 한 것이라는 성급한 사고는 불행스러운 결과
를 초래할 수가 있다. 물론 우리가 바라는 대로 풀려지는
것은 아니다. 어른들도 첫눈에 반했다는 얘기를 한다. 어
떤 심리학자의 보고에 따르면 첫눈에 반하는 데 빠르면 8
초가 걸린다는 얘기이기도 하다. 그러나 그것은 성숙된 남
녀 관계에서 이루어지는 것이 보통이다. 이상적인 이성은
이런 인물일 것이라고 생각하고 있었는데 그런 상대를 대
하게 되면 짧은 시간에 호감을 느낄 수도 있을 것이다.

그런 경우가 되더라도 청소년들에게는 좀더 사귀어 보고
친구로서의 우정 기간을 가지라고 권하는 것이 좋다. 좋게

보이는 점도 비판게 해주며 나쁘게 보이는 점도 시정해 주
면서 서로 위해 주는 우정 관계를 상당한 기간 갖도록 도
와주어야 한다. 복수의 이성 친구를 갖는다고 해도 그것이
우정인 경우 나무랄 필요가 없다. 동성 친구를 갖는 것과
같은 성격에서 인정해 주면 되는 것이다.

　여러 과정을 거친 후에 한 친구와 서로 좋아하거나 사랑
하려는 눈치가 보이면 꼭 부모에게 그 사실을 얘기하고 도
움과 협력을 청하도록 해야 한다. 엄마는 딸에게 "네가 좋
아 보이는 남자 친구가 생기면 언제나 나에게 이야기해 달
라. 내가 도와주고 싶으니까……"라고 얘기해 두어야 하
며, 아버지는 아들에게 "혹시 네가 좋아하거나 너를 좋아
하는 여자 친구가 생기면 언제라도 집으로 데리고 와야 한
다. 나와 엄마가 조언을 해주고 싶으니까……"라고 미리부
터 예비 지식을 주는 것이 좋다.

　그러면서 상호간의 좋은 점은 인정해 주고 부족한 면은
시정토록 바른 안목을 갖게 해주는 것이 아쉽다. 또 자녀
들이 서로 사랑하는 관계에 들어가더라도 공부에는 지장이
없도록 하며, 서둘지 말고 서로 도와주면서 지내는 기간을
갖도록 한다. 외국에서는 그 기간을 약속된 기간이라고 보
고 있다. 대내외적으로 우리는 서로 좋아하는 사이라는 것
을 숨기지 않는다. 그래서 일어날 수도 있는 삼각 관계를
방지하기도 하며, 사랑이 어떤 것인가를 서서히 체험하게
한다. 이때 가장 조심할 것은 제3자가 없는 단둘만의 은밀
한 접촉은 삼가도록 하는 일이다. 완전히 금지할 수는 없
으나 공개적으로 만나는 기회를 많이 만들어 주는 것이 좋
다. 특히 딸들에게는 그 점을 조심스러이 타이르는 것이

중요하며, 그것이 숙녀다운 예절임도 알려 주어야 한다.

　미국 같은 나라에서는 남녀가 둘이 있을 때는 꼭 문을 열어 놓도록 한다. 우리의 만남은 공개적이며 오해를 받고 싶지 않다는 뜻이다. 남녀간 데이트의 한 예절로 여기고 있다.

　가장 걱정스러운 것은 남녀 중 어느 한쪽이 성경험이 있는 애들은 단둘의 밀회를 바라게 되며 성행위를 사랑으로 착각하고 유도해 가는 일이 자주 있다. 그 때문에 고통과 피해를 입는 여성들이 적지 않다. 20여 세가 되면 스스로 판단할 수 있으나 10대가 가장 위험한 시기이다. 딸들에게는 거듭 주의를 갖도록 노력해야 할 것이다. 미혼모의 대부분이 그런 과정에서 생기며 후일에 불행스러운 결혼 생활을 하게 되는 원인을 만들기도 한다. 이는 인격적 책임 이전의 사랑과 성관계에서 비롯되는 결과이다. 우리 주변에는 적지 않은 남녀들이 애정은 곧 성관계와 합치되는 것으로 착각하고 있다.

　그리고 결혼과 가정의 행복스러운 의의와 책임도 서서히 깨닫도록 해주어야 한다.

　한때 영국의 다이애나 왕세자빈의 결혼이 세계적 관심을 모은 일이 있었다. 그때 미국의 어머니들은 딸들에게 "왕세자빈이 되기 위해서는 의사의 신체 검사를 받아야 하며 순결성을 지니고 있어야 세자빈으로 선발될 수 있다. 그래서 여성의 순결은 소중한 것이다"고 우회적으로 이야기해 주는 일들이 있었다.

　소망스러운 것은 성관계는 인격적으로 사랑의 책임을 질

수 있을 때부터 그 뜻을 얻는 것으로 보아야 하겠다. 우리
나라에서도 통계를 보면 남녀가 한 방에 머물게 될 때, 술
을 마시고 감정적인 분위기에 휩싸였을 때 혼전의 성관계
가 벌어지는 것이 절대 다수라는 수치가 나오고 있다.

그러나 사랑의 인격적 책임을 지게 된다면 그 뒤부터는
본인들의 판단과 선택에 따를 수밖에는 다른 길이 없는 것
이다. 책임이 있다면 자신들과 사회적인 규범에서 평가되
어야 한다.

한번 쑥스러운 질문을 받은 일이 있다. 모 여자 대학 2
학년 학생의 질문이었다.
"우리 학생처장께서는 모든 남성은 믿을 바가 못 되니까
강도나 사기꾼처럼 대하도록 하며, 결혼 후에도 감시를 소
홀히 해서는 안 되고 결혼 전에는 절대로 가까이 해서는
안 된다고 자주 말씀하십니다. 왜 그런지 남성들을 대하는
것이 두려워집니다"라는 것이었다.
나는 웃으면서 "그 교수님 남편이 좋은 분이 못 되었던
모양이군요. 존경받는 남성들도 없지 않은데……"라고 대
답해 주었다. 그 학생처장은 어린 여학생들에게 그렇게 경
고해 두는 것이 피해가 적을 것으로 믿었던 것이다. 또 그
런 남성들이 적지 않은 것도 사실이다. 그러나 서로 믿고
위해 주는 남녀들도 얼마든지 있다는 사실도 망각해서는
안 될 것이다.

우리가 이런 문제에 깊은 관심을 갖는 것은 누구나 다
겪어야 하는 성장 과정에서 지혜로운 선택과 행복한 삶을

이끌어 갈 수 있도록 도울 책임이 있기 때문이다. 이런 문제는 덮어둘 수도 없고, 너무 많은 관심을 쏟아 다른 면의 손해를 가져와도 안 되는 것이다.

아직 우리 나라에서도 이에 적절한 규범도 없으며 청소년들을 위한 공식적인 권고 사항들이 주어지지 못하고 있다. 학부모들이나 선생님들이 좋은 협의를 거쳐 많은 사춘기 이후의 청소년들이 바르고 행복한 생활의 질서와 성교육의 정도를 깨닫도록 계속 노력해야 할 것이다. 사회의 변화와 청소년들의 성장에 비하면 우리 교육 책임자들의 연구와 노력이 뒤떨어지고 있는 것이 사실이다.

학생들의 흡연과 폭력에 관하여

최근 선생들과 학부모들이 맘쓰는 문제 중에는 흡연과 학원 폭력 사건들이 있다.

통계를 얻어 발표하는 것보다도 흡연율이 늘어나고 있으며 폭력 사건도 여전히 번져 가고 있는 실정이다. 우려스러운 것은 점점 저학년으로 파급되고 있으며, 과거와 달리 여학생들에게도 문제가 되고 있다는 점이다.

몇해 전 외국에 나간 일이 있었다. 교포들이 그리 많지 않은 곳이었다.

내가 잘 아는 청년의 부인에 관한 고민스러운 이야기를 들었다.

그 청년은 종교 가정에서 자랐기 때문에 술담배를 모르고 살았다. 친구들과 어울리게 되면 가벼이 술잔을 나누는 정도였고 담배는 일체 금하고 있는 분위기에서 살았다.

양가 부모들의 친분이 두터웠기 때문에 서로 알고 지냈으며, 부모들의 지원을 얻어 결혼을 한 것이다.

결혼하고 얼마 안 되었을 때에 외국으로 이민을 오게 된 것이다. 집에서 관여하는 회사의 지사가 있기도 했다.

이 남자는 어딘가 아내와의 거리가 가깝지만은 않다는 느낌을 갖기 시작했다. 무엇인가를 숨기고 있는 것 같았다. 일주일에 두세 번 여자 친구들끼리 모였다가 집에 돌아오면 왜 그런지 서먹함을 느끼곤 했다.

크게 의심한 것은 아니지만 알아보았더니 여자 친구들이 모이면 가벼운 술도 마시고 담배를 피우곤 하는 것이었다. 자기가 흡연을 한다면 큰 문제가 아니었겠는데 담배를 피우는 사람이 전연 없은 가정에서 자랐기 때문에 적지 않은 고민이 되었다. 그러고 보니까 자기가 없을 때는 집에서도 몰래 담배를 피운 흔적이 있었다. 사실 그 부인은 고등학교에 다닐 때부터 흡연을 했고 지금은 담배를 끊기가 어려운 정도로 되어 있었던 것이다.

어쨌든 그 일이 계기가 되어 부부간에 언쟁이 생기고 거리감을 점차 느끼기 시작했다. 한국으로 돌아올까 하는 계획도 세워 보았으나 부인의 친구들이 모두 부유한 가정들이었기 때문에 더 흡연과 음주에 빠져 들지 않을까 싶은 우려도 가시지 않았다.

그런데 문제는 그 부인이 "무슨 남자가 술도 안 마시고 담배도 피우지 못하는지 모르겠다. 그러니까 마음이 좁고 옹졸해지며, 친구 부부와 같이 화려하게 지내 보지도 못한다"라는 태도로 변한 것이다.

나는 객지에서 겪는 그 청년의 하소연을 들으면서 어떤 도움말을 줄 자신이 없어졌다. 나 자신이 그 청년과 비슷한 과거를 살았기 때문이다. 그렇다고 당신 아내가 잘못되어 있다고 말할 수도 없고 당신도 함께 담배를 피우면 되지 않느냐고 권할 수도 없는 일이었다.

그래서 결국은 당신도 좀 특수한 가정에서 자랐고 부인도 약간 치우친 환경에서 자랐을 뿐이니까, 아내로 하여금 숨기지 말고 집에서 담배를 피우되 오히려 밖에서는 피우지 말도록 하라고 말했다. 남편은 이해할 수 있으나 남들은 여성들의 흡연을 오해할 가능성이 많겠기 때문이었다. 그리고 임신을 하고 어머니가 되려고 할 때는 아기를 위해서라도 금연을 권고해서 담배를 끊는 데 도움을 주라고 말했다.

그리고 남자가 피우지 않는 담배를 여자가 피우기 때문에 잘못되었거나 탈선한 것으로는 생각지 말라고 권고해 주었다. 오히려 아내와 함께 다른 방향에서 즐길 수 있는 기회를 자주 만들어 영화나 연극도 보고, 가장 좋은 것은 함께 운동을 하는 일이 효과적인 것이라고 얘기해 주었다.

담배는 큰 문제가 아니다. 그러나 그 때문에 생기는 불행의 원인이 도사리고 있었던 것이다.

나 같은 사람은 담배를 모르는 가정에서 자랐다. 그래서 지금 우리 가정에는 담배를 피우는 식구가 없다. 한 사위가 담배를 피울 뿐 금연이 불문율로 되어 버렸다.

내가 가도록 되어 있는 세브란스의 의사들도 젊었을 때는 담배들을 피우는 이가 있다. 그러나 40 이전에 모두 담배를 끊는다. 건강에 너무 해악이 크다는 사실을 잘 알고 있기 때문이다.

미국 보스톤에 가면 금연을 호소하기 위해, 담배를 피우지 않는 사람의 폐와 담배를 피우는 사람의 폐를 비교해 전시해 둔 곳이 있다. 금연자의 폐는 깨끗한데 흡연자의 폐는 꼭 연기를 뿜어 내는 굴뚝의 내부와 같이 되어 있다.

그것을 본 아내와 자녀들은 아버지에게 금연을 강권한다. 사랑하는 남편과 아버지의 생명이 단축되는 것을 알면서도 방치해 둘 수는 없지 않겠는가.

　나는 의학적인 상식은 빈곤하다. 그러나 나보다도 건강하던 친구들이 폐암으로 일찍 세상을 떠나는 경우를 보면 역시 담배를 많이 피우던 이들이다. 그리고 같은 나이인데도 불구하고 일찍 귀가 멀어지는 친구들도 담배를 즐기는 친구들이다. 담배를 피우지 않는 친구들은 비교적 건전한 청각을 유지하고 있다. 그래서 과량이 아니면 술은 괜찮으나 담배는 금해야 한다는 운동이 세계적으로 일어나고 있다.

　이런 얘기를 하는 이유는 두 가지가 있다. 부모나 선생들이 혹시 자신은 담배를 피우더라도 자녀나 제자들에게는 담배를 안 피우는 것이 좋다는 예비 지식은 꼭 주어야 한다. 그것은 호기심도 아니며 담배를 피운다고 해서 조금도 잘난 것이 못 된다는 예비 지식을 주기 위해서이다. 청소년들 중에는 남보다 일찍 술담배를 하는 것을 먼저 어른이 되었다는 과시욕과 연결짓는 경우가 있다. 그것이 좋은 것은 못 된다는 합리적인 대화를 하는 것이 좋다. 그렇다고 술담배를 죄악시하는 것 같은 좁은 생각은 갖지 않아야 한다.

　미국에 있는 한 한국 목사가 고등학교에 다니는 딸애가 담배를 피우며 술도 마시는가 하면 때로는 마리화나를 입에 댄다는 사실을 알게 되었다. 그 딸애는 친구들과 사귀는 동안에 별로 큰 죄책감없이 취미삼아 접근했던 것이다.

미국에서는 흔히 있는 일이다.

그러나 아버지는 완고한 신앙을 가진 목사였고 교인들의 이목도 있기 때문에 딸애를 지나치게 나무랐다. 큰 범죄 사건이라도 되는 듯이 절대로 용납할 수 없다고 선언했다.

얼마 후 그 딸애는 그 충격에 놀라 스스로 목숨을 끊는 결과가 되었다. 사랑하는 딸의 죽음을 맞이한 부모의 마음이 얼마나 아팠겠는가. 그 부모는 50여 년 전 한국적 의식 구조를 벗어날 수 없었고 그 딸은 미국의 자유스러운 친구들과의 즐거운 사귐을 따랐을 뿐이었다. 관념적 차이가 이렇게 무서운 것이다.

이런 사실들은 제자나 자녀들의 흡연 문제를 걱정하는 선생과 부모들에게 사랑이 있는 지혜로운 선택과 판단을 요청하는 과제들이다. 그러나 청소년들을 흡연을 하지 않는 방향으로 이끌어 가는 일은 중요하다. 그러기 위해서는 가능하다면 부모나 스승들이 담배를 피우지 않거나 피우더라도 시간과 장소를 가리는 것이 예절이 될 수도 있다.

나와 같은 과에 봉직하고 있던 한 교수는 담배를 즐기는 편이다. 그러나 연구실 밖에서는 피우는 일이 없었다. 연세대학교가 금연을 원하고 있다는 사실을 알기 때문에 그 규례를 잘 지키는 모범을 보여 주고 있었다.

최근에는 어디 가든지 금연석이나 금연 공간이 늘어나고 있다. 금연 표시가 있는 곳에서는 누구든 담배를 피우지 않는 것이 도리인 동시에 예절이 된다는 것도 존중해야 할 자세인 것이다.

　요사이 다른 나라와 더불어 우리 주변에서도 문제가 되고 있는 것은 청소년들의 폭력 사건이다. 학원에 있어서도 예외는 아니다. 중학생들 사이에서도 문제가 되고 있으며 여학생들간에도 자주 일어나고 있는 문제이다.

　폭력의 문제도 그렇다.

　우선 지도층과 어른들의 문제부터 처리되어야 한다. 국회 의원들이 폭력을 일삼는 경우가 있다. 그런 국회 의원은 반드시 낙선을 시키거나 선거 구민들이 소환하는 절차가 있어야 한다. 폭력을 정당화하는 사회가 용납되어서는 안 된다.

　매일같이 가정에 파고드는 TV의 드라마에는 으레히 폭력물이 등단한다. 그것도 잔인할 정도의 폭력 장면이다. 사실 사회 생활을 하다 보면 그런 폭력 사건은 흔히 있는 것이 아니다. 그러나 TV를 보면 폭력이 예사로운 일로 취급되고 있다. 그 결과가 청소년들에게 어떤 영향을 주리라고 걱정을 하는 이들은 별로 없다. 작가들은 그것도 예술이라고 말할지 모른다. 물론 보기에 따라서는 예술적 요소를 갖지 않는 것은 아니다. 그러나 예술의 가치는 정서적 공감과 순화를 외면해서는 안 된다.

　지금도 독일에 가면 TV 드라마에 폭력물이 나오는 장면을 보기가 어렵다. 1차 세계 대전과 2차 세계 대전을 일으켰기 때문에 국민 정서 속에서 폭력이나 힘에 의한 해결 관념을 없애야 한다는 국민들의 공감대에서 온 것이다. 우리도 삼가야 할 문제가 아니겠는가.

　어른들은 폭력을 일삼고 있으며, 매일같이 폭력적인 영상물을 보게 해주면서 청소년들이나 학생들에게만 폭력을 문제삼는다면 그것 자체가 사회적 모순이 아니겠는가.

어째서 청소년들이나 학생들에게 폭력 사태가 발생하는가.

사실 그 밑에 깔려 있는 것은 청소년들의 가치관이다. 중고등학교 때부터 종교적 신앙 생활을 해온 청소년들은 대개의 경우 폭력을 쓰지 않는다. 폭력은 악이거나 무슨 문제를 해결하는 선한 방법이 못 된다는 교훈을 믿고 있기 때문이다. 사회의 모든 면에서 선악 관념을 꼭 요청할 필요는 없을지 모르나 폭력은 악이라는 가치 의식은 어려서부터 갖게 해주어야 한다.

윤리적 교육이란 이것도 좋고 저것도 좋다는 판단이 아니다. 우리가 하는 모든 행위에는 선과 악의 가치 평가가 따르기 때문에 스스로 판단해서 선은 따르고 악은 거부해야 한다는 생각을 어려서부터 갖도록 해주어야 한다. 지금 우리 청소년들에게 문제가 되는 것은 죄의식이 없다는 사실이다. 프랑스나 일본 중고등학생들 사이에서 벌어지는 소위 '이지메' 사건이 그 일례이다. 죄의식은 누가 주는 것이 아니라 스스로 갖도록 이끌어 주어야 한다. 가정에서는 물론 학교에서도 선과 악의 가치관을 갖도록 이끌어 주어야 한다.

그리고 우리 사회는 청소년들의 위법이나 폭력의 기회를 제공하지 말아야 한다. 우리에게 윤리 의식은 있으나 형식적이고 법은 있으나 지켜야 한다는 의식이 빈곤하다. 어른들이 형식적 전통 의식을 강조하고 자신들은 법을 지키지 않기 때문에 청소년들도 자연스러이 그 뒤를 따르곤 한다.

뿐만 아니라 폭력을 다스리기 위해 폭력을 쓰는 일은 삼가야 한다. 공화당 정권 때, 학칙을 어기거나 사회적 물의를 일으키는 학생들은 퇴학이나 제적을 시키도록 했다. 1년에 학교에서 쫓겨나는 청소년들이 수천 명에 달하곤 했다. 학교는 번거로운 문제에서 풀려날 수 있을지 모르나 그 청소년들이 사회적으로 저지르는 사회악은 어떻게 해결지을 수 있는가. 학교에서 고쳐야 할 정신적 환자를 중환자로 만들어 사회 문제를 야기시키는 결과가 되었던 것이다.

지금도 그 문제를 해결하기 위해서는 사랑이 있는 교육이 선행되어야 한다. 우리는 자녀들이 말을 듣지 않는다고 해서 가정에서 내쫓는 법은 없다. 학교에서 힘에 의한 해결을 찾는 것은 바로 그런 과오를 범하는 결과가 된다. 문제 학생이 생겼다든가 폭력을 저지르는 학생이 생긴다는 것은 먼저 학부모와 선생들의 지도력 부족임을 자인해야 한다.

폭력을 막으며 축소시키는 또 하나의 길은 대화의 습관을 키워 주는 일이다. 미국을 비롯한 선진 사회에서는 대화가 풍부히 벌어지고 있기 때문에 힘으로 해결하려는 직접적인 수단을 쓰지 않는다. 사실 사회 생활을 하다 보면 대화로 해결짓지 못할 문제가 거의 없다. 대화보다 폭력을 앞세우는 개인이나 사회는 후진 국가의 현상이다.

한때는 우리 축구 선수들이 동남 아시아에 가 우승하게 되면, 그곳 선수들이나 응원단들에게 얻어맞고 오는 예가 있곤 했다. 그러나 지금은 그런 폭력을 쓰는 일 자체가 비난의 대상이 되고 있다. 만일 우리 사회가 윤리적으로나 정신적으로 성장하게 되며 어른들과 부모 및 선생들이 확고한 가치관을 갖고 살아가게 된다면 청소년들도 폭력을 부끄러워하며 사회적으로 배척하는 시기가 올 것이다.

운동 경기에서 '룰'을 어기면 벌을 받듯이 단체 생활이나 사회 생활에서 폭력을 쓰는 것은 건전한 사회의 '룰'을 어기는 것과 같다는 사고와 의식 구조를 심어 주어야 하는 것이다.

오래 전 내 후배 교수가 자동차의 백밀러를 뜯어 가는 중학생을 쫓아가 잡았는데 그 집에는 훔쳐 온 백밀러가 20여 개나 있었다는 것이다. 그 교수가 어린 중학생 아버지에게 이럴 수가 있느냐고 따졌더니 그 아버지는 "그런 것쯤을 가지고 떠들어대느냐"는 식으로 오히려 이상하다는 표정을 짓더라는 것이다.

지금 우리 학생들이나 청소년들의 폭력 행위를 보는 기성 세대의 가치관이 마치 그 중학생의 아버지와 비슷해졌기 때문에 폭력 문제가 가시지도 않으며 해결되지도 못하는 것이다. 내 자식들이 피해를 입지 않는 한 그것은 대수로운 문제가 아니라고 여기고 사는 데 문제가 있는 것이다.

폭력 문제는 겉으로 나타난 현상의 문제가 아니라 가치관의 기초가 무너진 데서 오는 결과인 것이다.

종교 교육은 필요한가

오래 전 LA에 갔을 때였다.

서울에 있을 때부터 잘 아는 K목사의 가족과 같이 차를 타고 거리를 지나고 있었다.

차 밖으로는 폭우가 쏟아지고 있었다. 거리가 온통 물바다가 되어 있었다. 후에 보도된 바에 따르면 몇십 년 만의 홍수였다는 것이다.

내 옆자리에 앉아 있던 K목사의 어린애가 열심히 기도를 드리고 있었다. 가는 곳까지 무사히 가게 해주시고, 비를 그치게 해달라는 기도 같았다.

집에 돌아왔을 때 내가 "아들애가 어느 학교에 다니느냐"고 물었더니 기독교 교육을 하는 초등학교에 다닌다는 얘기였다.

미국에서는 대부분의 어린애가 공립 학교에 다닌다. 물론 비용이 들지 않는다. 그 대신 사립 학교를 선택할 경우에는 상당히 많은 학비가 필요하다. 그런데 K목사는 애들에게 일찍부터 신앙심을 키워 주고 싶으니까 보수적인 교회가 이끌어 가는 사립 학교를 택했던 것이다.

공립 학교에서는 종교 교육을 시키지 않는다. 신앙심을

키워 주고 싶은 가정에서는 교회에 나가 교회 학교 교육을 받도록 이끌어 준다. K목사가 사립 학교를 택한 또 하나의 이유는 대개의 경우 사립 학교에는 흑인 어린이가 없거나 있어도 아주 적은 편이다. 그리고 경제적 여유가 있는 애들이 모이기 때문에 가정 교육의 간접적 혜택도 받을 수 있다.

일본은 종교 교육을 실시하는 학교가 많지 않다. 그래도 뜻이 있는 학부모들은 중고등학교 때 종교 교육을 하는 사립 학교를 택하는 일이 자주 있다. 특히 딸들의 장래를 생각하는 가정에서는 부모가 특정한 종교를 믿지 않더라도 종교 교육을 선호하는 경향이 있다. 여성들의 종교적 분위기는 바람직스러운 것으로 여기기 때문이다.

쉽게 말하면 민주주의는 선택의 폭을 넓히는 데 있으므로 종교 교육도 하나의 선택 여건으로 되어 있는 셈이다.

교복 문제도 그렇다. 영국에 가면 교복을 제정해서 입게 하는 학교도 있고, 자유로운 복장을 하는 학교도 있다. 본인 학생이나 학부모들은 자기가 원하는 학교를 선택하면 되는 것이다. 교육의 획일성은 사회의 획일성을 만들기 때문에 소망스러운 것으로 보지 않는다.

나 같은 사람은 일생에 한 번은 사립 학교에 다니는 것을 권하는 편이다. 내 친구들 중에는 초등학교에서 중고등학교까지 공립 학교를 다니고 대학까지 국립 대학을 거친 이들이 많이 있다. 모두가 우수한 이들이다. 그런데 이상한 것은 그들의 대부분은 정부에 대해서나 사회 현실에 있어 긍정적인 면에 치우쳐 비판이나 부정적 위치를 찾아 누리지 못한다.

오래 전 일본에서는 동경대학 교수들의 대부분이 국수주의적 애국심을 넘어서지 못하고 있었다. 한 저명한 윤리학 교수는 태평양 전쟁이 끝나고 민주주의를 체험하면서 비로소 자신이 얼마나 국수주의적 사상의 노예가 되어 있었던가를 뉘우치면서 자기 저서 중의 한 권은 후배 교수와 제자들에게 창피해서 내놓을 수가 없다고 후회한 바가 있었다. 대부분의 국립 대학 교수들이 같은 위상을 따르고 있었다.

그런데 같은 동경대학의 교수들 중에서 제국주의 일본 정책을 비판·반대한 사람들은 이상스럽게도 크리스천 교수들이었다. 태평양 전쟁이 끝난 뒤 교수들의 투표에 의해 선출된 총장들이 정부로부터 박해를 받았고 대학에서 추방되었던 교수들이다. 남바라 시게루 교수가 그러했고 야나이하라 다다오 교수가 그런 인물이었다.

그들은 기독교라는 다른 밭에서 자랐기 때문에 일본의 현실을 비판해 볼 수 있었으나 공립 학교에서 국립 학교를 거쳐 왔던 교수들은 학문을 했고 학자는 되었으나 사상과 정신적 지향점이 없었기 때문에 고급 공무원과 같은 성격을 갖고 자란 어용 교수가 되었던 것이다.

미국의 민주주의가 빠르게 성장한 것은 사립 대학들이 주립 대학보다 더 개성이 있고 앞선 교육을 할 수 있었기 때문일 것이다.

오래 일본의 영향을 받아 온 우리에게도 그런 면이 없지 않다. 공립 학교와 국립 대학만을 거치게 되면 야인으로서의 정신이나 정부와 현실에 대한 비판력을 상실하기 쉽다. 내가 잘 아는 선배 한 사람이 있다. 그는 수재 소리를 들을 정도로 공부를 잘했기 때문에 일제 때는 일본인 중학교를 다녔다. 그리고 경성제대를 나왔다. 교수가 되었고 사회 활동도 많이 하고 있다. 그런데 놀라울 정도로 사회에 대한 비판 의식이 없고 사상적 주견은 찾아볼 길이 없다. 물론 자연 과학 영역을 공부하고 있으니까 그럴 수도 있을 것이다. 그에게는 학생들이 왜 반정부 운동을 일으키는가를 얘기할 필요도 없으며, 야당 활동은 언제나 마땅치 못한 것으로 받아들여지고 있다. 관권은 언제나 정당하며 언제 어떤 정권 밑에서라도 조용히 심부름을 할 수 있는 편이다.

그를 평하는 내 친구는 저 교수는 사립 학교를 다녀 보았든지 어떤 정치적 이데올로기에 참여한 경험이 있었다면 지금과는 달라졌을 것이라고 평하곤 한다. 아주 혹평한다면 그런 사람은 일제에 살거나 공산 치하에 사는 것은 크게 문제가 안 된다. 열심히 공부하고 일해서 성공하면 그것으로 족한 것이다.

물론 그런 사람이 나쁘다는 것은 아니나, 그러나 사람들이 모두 그렇게 된다면 그것은 우려스러운 일이다. 그리고 지성인들이 다 그렇게 된다면 그 사회의 장래는 병들게 될 수도 있다. 군사 정권에서도 비판없이 참여하는 학자들이 되겠기 때문이다.

나는 그런 경향을 많이 보아 왔기 때문에 사립 학교에 한 번쯤은 다녀 보는 것이 좋겠다는 생각을 하고 있다. 나와 같이 여러 애들을 키워 보는 사람은 사립 학교의 정신적 전통과 인생에 미치는 의미를 뚜렷이 느끼고 있다. 중요한 것은 공부가 아니라 어떤 인간이 되는가 함이 문제이기 때문이다. 나는 지금도 사립 학교를 일관하게 다닌 것을 후회하지 않는다. 중고등학교 때 1년을 공립 학교에 다녔으나 교육적으로 도움이 되었다고는 생각지 않는다.

그러나 먼저 얘기로 돌아가자.

나는 우리 주변에서도 종교 교육을 원하는 가정이나 본인들은 종교 교육을 선택할 수 있는 길을 열어 주어서 좋다고 생각한다.

종교 교육을 받은 학생과 받지 않은 학생들 중에 어느편에 더 폭력 학생이 많은가를 비교해 보라. 불교나 기독교 학교에 다니는 중고등학생과 일반 학교에 다니는 학생 중 어느편에 흡연이나 음주 학생이 더 많은지 조사해 보면 좋을 것이다.

물론 일률적으로 종교 학교이기 때문에 꼭 그렇다고는 말할 수 없다. 그러나 같은 교육이 실시된다면 종교 교육을 추가했다고 해서 손해가 되는 일은 없을 것이다. 내가 잘 아는 일본의 정치가 한 사람은 자신은 무종교이면서 딸들은 일찍부터 천주교 학교에 보내고 있었다. 그는 각료로 있을 때에도 야스쿠니 신사 참배를 적극 반대하고 있었다. 그 점에 있어서는 자기보다도 딸들이 더 정당하고 적극적이었다고 술회하고 있었다.

그런데 여기 문제가 있다.

어떤 중고등학교에서는 교육 목적보다도 선교 목적을 앞

세우는 경우가 있다. 그런 학교에서는 학생들에게 신앙적인 분위기를 강조하며, 신앙을 가진 학생은 불신 학생들보다 더 좋은 학생이라는 선입 관념을 넣어 주기 쉽다.

내가 관심이 있는 어떤 중고등학교에 가면 선생들이 ××선생이라고 부르지 않고 ×× 장로라든지 ×× 집사라는 칭호를 쓰는 때가 있다. 나는 그런 성격의 종교 교육은 바라지 않는다. 신앙은 언제 어디서나 강요할 수도 없고 강요당해서도 안 된다. 신앙은 하나의 성실하고 경건한 선택인 것이다. 종교 학교는 특히 중고등학교에 있어서는 가장 소중한 하나의 선택이며 사랑이 있는 권고라고 생각해서 좋을 것이다. 종교적인 정서와 신앙적인 분위기를 제공해 주며 후일에 선택할 수 있는 기회를 만들어 주어야 한다. 학교의 근본적인 목적은 인간다운 삶을 영위할 수 있는 교육에 있기 때문이다.

가장 조심해야 할 점은 기독교 학교에 다녔기 때문에 기독교를 멀리하게 되었다는 학생이 생겨서도 안 되며, 불교 학교에 다녔기 때문에 위선적인 사고를 하게 되었다는 학생들이 생겨서는 안 된다. 그것은 종교 교육이 가장 삼가야 하는 과제인 것이다.

오래 전 일이다. 나는 딸들을 이화여고에 보냈고, 내 조카뻘 되는 애들은 경기여고에 다녔다. 지금 두 편 애들을 비교해 볼 때마다 역시 내 선택이 좋았다고 생각하고 있다. 이화는 전통적으로 기독교 교육을 실시해 오고 있다. 그 신앙적 분위기가 딸들의 정서와 폭넓은 인간성을 키워 주는 데 큰 도움을 주었다. 이화를 나온 딸들은 지금도 동창들의 모임을 잘 이어 가고 있으며 모지지 않은 인간 관계를 지속시키고 있다. 열성있는 신앙 생활은 하지 않아도 종교적인 정신적 분위기를 살려 가곤 한다. 여타의 중고등학교에 비해 교육적으로 추가되는 면은 있어도 손해를 본 것 같지는 않다.

특히 서클 활동과 인간 및 우정 관계에 있어서는 훨씬 풍요로움을 간직하고 있다. 아마 봉사 단체에 가담해 사회를 돕는다든지 사회 사업 영역에서 활동하는 원동력은 역시 신앙적 정신력이 뒷받침해 준 것이라고 생각한다.

내 두 아들은 공립 중고등학교에 다녔다. 다 장단점이 있다.

그러나 두 아들도 교회에 다녔기 때문에 학교에서는 종교적 영향을 받지 못했으나 교회에서 부족한 부분을 보충할 수 있어 다행이라고 생각한다. 지금도 종교적 권고는 옳았다고 생각하며 강요하지 않은 신앙적 선택은 좋은 결과를 가져왔다고 생각한다. 온 가족이 제각기 다른 생활과 활동을 하고 있어도 신앙적 공감과 공동체 의식을 갖게 되었다는 것은 감사하고 싶은 마음이다.

이상한 것은 종교 교육을 받은 애들은 사립 학교이기 때문에 평생 동안 애교심을 갖고 사는데, 공립 학교의 교육을 받은 애들은 애교심이 적다. 애교심이 적다는 것은 정신적 전통을 이어받지 못했다는 증거일 수도 있다. 공립 학교는 우수한 국민을 키우는 데 뜻이 있으나 사립 학교와 종교 교육은 서로 위해 주며 섬길 수 있는 국민성까지 추가해 주지 않았는가 싶은 생각이 들기도 한다.

나는 지금도 사회 생활을 하면서 두 가지 사실을 경험하
곤 한다.

연세대학을 나온 많은 학생들이 "대학에 다닐 때 들었던
강의 내용은 다 잊어버렸지만 채플 시간에 들었던 교훈들
은 아직도 기억에 남아 있다"는 고백을 해온다. 역시 지식
은 시간이 흐르면 사라질 수 있으나 삶의 교훈은 일생 동
안 남아 있게 되는 것이 사실이다.

내 제자들 중에는 종교적 신앙을 가진 이들도 있고 그렇
지 않은 제자들도 있다. 학교에 있을 때는 크게 구별되지
않았으나 자라서 어른이 되고 사회 활동을 할 때는 큰 차
이가 있음을 발견하게 된다.

그래서 가능하다면 종교 학교의 교육은 뜻깊은 선택이라
고 믿고 있다.

학교 교육과 독서 생활

우리 나라의 대표적인 한 기업체 연수원에 가면 "두 권의 책을 읽은 사람은 한 권의 책을 읽은 사람을 이끌어 간다"는 글귀가 붙어 있다.

독서를 하는 민족이 책을 읽지 않는 민족을 지배한다는 뜻과 통하는 내용일 것이다.

여러 해에 걸친 통계에 따르면 한국 사람의 평균 독서량은 1년에 60쪽 정도인데 비해 일본인들의 독서는 3천 쪽이 된다는 것이다. 우리보다 50배의 독서를 한다는 뜻이다.

우리 나라 사람들의 4분의 1은 일년 동안에 한 권의 책도 읽지 않는다는 뜻이다.

얼마 전 한 기업체의 대졸 신입 사원에게 강의를 한 일이 있었다. 대학에 있을 때 대표적인 세계 문학 중에서 7권쯤의 책을 읽은 이가 몇이나 되느냐고 물었더니 거의 없었다는 것을 알고 놀랐다. 내가 50여 년 전 일본에서 대학에 다닐 때 전철을 타고 옆자리에 앉아 있는 고등학교 학생들 중 상당히 많은 수가 대표적인 세계 문학을 읽고 있었다.

그 독서의 차이가 오늘의 한국과 일본의 격차를 만들었을 것이다. 세계 문학을 읽은 청소년들이 학원 폭력배가 되며 사회 질서를 무너뜨리는 행동을 쉽게 할 수 있다고는 생각되지 않는다.

일본을 포함한 모든 선진 국가에서는 학교에 다닐 때부터 익힌 독서의 습관이 사회인이 되었을 때까지 연장되어 독서하는 국민으로 성장하게 되는 것이다. 그런데 우리는 책을 읽지 않는 학교 생활이 대부분이기 때문에 사회에 나와서는 거의 독서와는 무관한 생활을 하게 되어 있다.

입학 시험이 학교 교육의 전부가 되면서부터는 "공부할 시간도 없는데 책읽을 시간이 어디 있느냐?"는 어리석은 얘기를 어디서나 듣는다. 학생들만이 그렇다면 이해가 되겠다. 선생들까지도 같은 말을 할 때는 어안이 벙벙해질 수밖에 없다. 교육을 몰라도 너무 모르는 선생들이 학생들을 지도하고 있는 것이다.

최근에는 논술 고사가 입시 과목으로 등단하게 되니까, 학부모들까지도 논술 특강에 참여하면서 법석을 떨고 있다. 논술 고사의 비법이 있는 것이 아니다. 좋은 책을 많이 읽으면 필요한 지식을 갖추게 되고, 나도 그 생각을 정리해 써보고 싶다는 의욕이 생긴다. 그렇게 해서 쓰는 것이 글이 되고 논술이 되는 것이다.

독서는 하지 않으면서 좋은 논술을 쓰고 싶다는 욕심은 잉태하지 않고 출산을 기다리는 것같이 어리석으며 씨를 뿌리지 않고 수확을 얻으려고 하는 농부와 같이 철없는 생각이다.

지금 우리 주변에서 떠들고 있는 논술에 관한 얘기들은 물에 들어가기 전에 수영 방법을 가르치는 것같이 일방적이다. 물에 들어가 수영을 하면서 그 방법도 배워야 하는 것이다. 독서가 논술의 어머니라는 사실을 알아야 한다.

얼마 전에 철학과 교수들이, 지난번 서울대학에서 출제한 논술 문제는 ABCDF 중에서 F학점에 해당한다고 혹평한 일이 있었다. 지나친 평은 아니었을 것이다. 얼마나 타당성이 적은 논술 문제였기에 대표적인 신문의 사설에서까지 그 맹점을 지적했겠는가.

거기에는 이유가 있다. 우리는 대학 입시의 논술 분야를 국어과 교수들의 과제로 생각하고 있다. 사실은 국어과 선생들이 훌륭한 논술을 쓰는 사람들이 아니다. 논술의 필자는 학문과 사상 모든 분야에 있다. 차라리 국문학 교수라면 모르나 국어과 교수에게는 논술의 지엽적인 방법이 주어졌을 뿐이다.

그래서 신문에 실리는 사설이나 논설이 대표적인 논술이 된다고 보는 이들도 있다. 그러나 대학의 논술은 신문의 논술보다 더 논리적이어야 하며 학문적 요소가 가미되어야 한다. 가곡을 부르는 사람과 가요를 부르는 사람에게 음악적인 격차가 있는 것과 비슷할지 모른다. 최근의 신문 논설은 대중 독자의 구미에 맞추어야 하기 때문에 고전 음악보다는 유행하는 가요적인 면이 너무 강하다.

그렇다면 누가 논술을 이끌어 갈 수 있으며, 또 그 길은 무엇인가.

우리 사회가 안고 있는 여러 가지 과제에 관하여 남보다 앞서는 사고를 할 수 있는 사람이 그 내용을 객관성있게 논리적으로 서술할 수 있을 때 가능해진다.

주어진 문제에 관하여 독창성이 있는 사고를 할 수 있기 위해서는 우선 그 내용을 알아야 한다. 광범위하면서도 근본적인 지식을 얻기 위해서는 먼저 읽어야 한다. 그리고는 읽은 내용을 자기 생각으로 정리해야 한다. 적어도 읽은 내용보다는 앞서는 사고를 해야 한다. 그 내용을 논리적으로 서술하는 것이 논술이다.

그 순서는 읽고 생각한 후에 쓰는 것이다. 이때 논증성이 있는 책을 읽고, 논리적으로 비판·사고한다면 자연히 논리적인 서술을 하게 되는 것이다. 그러니까 무엇보다도 앞서는 것이 독서이다. 재료가 없으면 조각을 할 수가 없다. 조각하기 위한 재료에 해당하는 것이 내용의 섭취이고 독서인 것이다. 읽지 않고 쓴다는 것은 학창 시절에는 불가능한 것이다.

이렇게 본다면 학교 교육과 독서는 떼놓을 수 없는 것이다. 어떻게 보면 학교 교육은 스승이 없이도 공부하며 연구할 수 있는 능력을 키워 주는 일이며, 스스로 연구한다는 것은 문헌을 읽는 일이다. 그리고 새로운 생각과 사상을 창출해 내면 되는 것이다.

이때 문제가 되는 것은 교과서로 대표되는 교재와 교재를 넘어선 독서의 관계인 것이다.

초등학교 시절에는 교과서의 내용이 제한되어 있기 때문

에 교과서 이외의 책을 많이 읽게 된다. 학습에 보충이 되는 책들도 있고 동화, 동시 같은 취미적인 독서들도 하게 된다. 그리고 5, 6학년 정도가 되면 자신의 진로와도 관계되는 독서를 어느 정도는 선택할 수도 있다. 자연에 관한 취미가 풍부한 아동들도 있고 예술적 상상력을 키워 가는 어린이들도 있다.

대개의 경우 교과서의 분량보다는 몇 배나 되는 책을 읽는 것이 보통이다. 초등학교 시절은 병아리로 깨어나기 이전의 계란과 같아서 자각이 없는 자아 형성의 기틀이 되는 것이 취미 위주의 독서인 것이다.

그러다가 중고등학교에 가게 되면 한 인간으로서의 자질과 국민으로서의 자각을 위한 독서가 있어야 한다.

중고등학교에 다닐 때 주어진 교재나 교과서에 집중하는 것은 좋으나 그것으로 그친다면 주어진 학습의 3분의 1이나 2분의 1밖에는 하지 못하는 결과가 된다. 나머지 반이나 3분의 2는 스스로가 채워 나가야 한다. 그것이 넓은 의미의 독서인 것이다. 교과서에서 몇 편의 시를 읽었다고 하자. 그것으로 그친다면 그것은 아무것도 아니다. 그것을 계기로 적어도 몇 사람의 시들은 읽어야 시에 대한 이해와 예술성을 깨닫게 되는 것이다. 역사 교과서는 역사에 대한 안내서에 지나지 않는다. 그것을 기초로 여러 권의 역사책을 읽어야 역사를 이해하게 되는 것이다.

공자의 『논어』 중에서 몇 편을 읽었기 때문에 공자를 이해했다거나 동양의 윤리를 공부했다고는 볼 수가 없다. 『논어』를 비롯한 몇 권의 동양 고전을 읽고 났어야 동양의 전통적 윤리 의식을 이해할 수 있는 것이다.

그래서 세계 어느 선진 국가에 가든지 중고등학교 시절
에는 그 나라의 전통적인 문화와 역사는 반드시 배우고 읽
도록 해준다. 그리고 대표적인 역사적 인물의 자서전이나
전기는 꼭 읽도록 유도해 준다.

예를 들면 고1학년 동안에 읽을 만한 책을 여러 권 제시
해 주고 그중에서 5권 내지 6권은 꼭 읽도록 이끌어 준다.
미국 같으면 성경의 몇 부분이라든지, 아메리카의 민주적
건설의 공로자 중 한 사람인 B.플랭클린의 『자서전』 같은
책은 빼놓지 않는다. 그것들이 아메리카의 전통적인 사상
과 문화의 기틀이 되어 왔기 때문이다.
말하자면 교과서나 교재는 독서를 통해 더 풍부한 지식
을 얻도록 이끌어 주는 기초 역할을 담당하는 것이다.

나는 몇해 전 한 미국의 고등학생이 여름 방학을 이용해
한국에 와서 '왜 한국 학생들이 반미 감정을 갖는가?'를
조사하며, 또 다른 고3 학생이 '우리 가족에 미친 미국 선
교사들의 영향'을 살피는 것을 보고 적지 않은 충격을 받았
다. 우리 애들은 수능 시험에 매달려 아무 일도 못 하고
있는데 저 애들은 연구 활동을 위해 많은 책을 읽고, 그
결과를 제출함으로써 대학 입학의 능력을 인정받는 것이
다. 나 같은 사람이 언젠가는 없어질 수능 고사를 빨리 폐
지하는 것이 좋다는 주장을 하는 것은 청소년들을 시험 준
비생으로 만들지 말고 독서를 통해 창의적인 사고를 하도
록 이끌어 주자는 데 그 뜻이 있는 것이다. 입시를 위한
교육이나 성적을 올리기 위한 학교 생활을 인간적 성장을
위한 방향으로 바꾸어 주며 창조성을 갖춘 인물로 키워 주

는 수준까지 끌어올려야 하는 것이다.

미국이나 유럽의 대학들은 기초 교양 교육에 큰 비중을 두고 있다. 전공 학습은 대학원에서 밟도록 되어 있기 때문이다. 그래서 학부 4년 동안은 폭넓은 교양 독서에 집중시킨다. 우리 대학생들에 비하면 10배 정도의 독서를 하도록 이끌어 준다. 내가 잠시 다녀온 한 대학에서는 한 강좌 학점을 따는 데 1,800쪽 이상의 책을 읽도록 되어 있었다. 그렇게 하지 않고는 학점을 딸 수가 없는 제도로 되어 있는 것이다.

나는 내가 체험한 중고등학교 생활이 가장 옳거나 이상적이었다고는 생각지 않는다. 학교 공부보다도 독서에 더 많은 시간과 노력을 바쳤고, 방학은 독서의 기간으로 정해 놓고 있었다. 중학 3학년 후에 1년을 휴학할 때는 무척 많은 책을 읽었다. 그때 철학적 저서들을 읽었기 때문에 후일에 철학을 공부하는 계기가 되기도 했다.

지금 회고해 보면 중고등학교 때 과외로(그 당시에는 과외 공부는 없었다) 취미 활동을 했고 관심있는 분야의 독서를 했던 학생들이 후일에 사회적 기여를 하는 인물로 성장했던 것 같다. 윤동주 시인이 그러했고 황순원 작가도 같은 길을 택했다. 대개의 경우 의사가 되었거나 법관이 된 사람들은 학교 공부가 중심이었다. 그러나 후일에 정신적 영역을 담당한 친구들은 모두가 독서의 취미를 살려 나갔던 사람들이다. 같은 의사가 되고 법관이 되었다고 해도 정신적 여유와 풍부성이 있는 이들은 젊었을 때의 독서에서 그 정신적 자산을 얻은 것이 보통이었다.

　독서를 하는 사람들은 학교에서 배우는 공부로서는 얻을
수 없는 문제 의식과 사상적 풍부성을 더할 수 있기 때문
인 것이다. 사회의 지도자가 된다는 것은 정신 및 사상적
과제를 갖는 사람들이며 그 과제의 내용은 대개의 경우 청
소년 기간의 독서에서 얻어지는 것이다.

외국어는 어느 정도 필요한가

외국어를 할 수 있다는 것은 일생을 살아가는 동안에 필요한 정신적 도구를 갖추는 것같이 중요한 일이다.

대개의 경우, 강대국에 태어난 사람들은 외국어의 필요성을 덜 느낀다. 그러나 약소국에서 자란 사람들이 국제 사회에 진출하기 위해서는 강대국의 언어를 배우는 것이 절실해진다. 유럽에 가보면 작은 나라의 국민들은 한두 가지의 외국어는 다 하도록 되어 있다. 자기 나라말만 가지고서는 충분한 사회적 활동을 할 수가 없기 때문이다. 화란이나 벨기에 사람들은 모두가 독일어나 불어를 하도록 되어 있다.

우리도 작은 국가로 성장해 왔기 때문에 옛날에는 한자 문화를 따라야 했고 일제 시대에는 일본어를 강요당하기도 했다. 내가 어렸을 때는 영, 독, 불이 비슷한 비중을 갖고 있었다. 오히려 화학, 약학, 의학을 위해서는 독일어를 공부해야 했고 문학 미술 등을 전공하는 이는 프랑스어를 더 비중있게 선택하곤 했다.

그러다가 최근에 이르러 영어 문화권이 세계적 영향력을

행사하게 되면서는 영어가 필수적인 외국어로 등단하기 시
작했다. 정치나 경제적 영도력만이 아니라 자연 과학이나
사회 과학 분야는 물론 일상 생활에 있어 영어만큼 보편적
인 영역을 차지하는 외국어가 없기 때문이다.

　그래서 영어는 해야 하며, 할 바에는 남보다 더 잘해야
한다는 필요성이 강하게 대두되는 현실이 되었다. 사실 국
제 무대에 있어서는 우리말보다는 영어를 구사할 수 있어
야 편리하며 유능성을 인정받게 된 실정이다.
　그 영어도 옛날과 같이 문법을 익히고 독서를 하면 된다
는 식으로는 충분치 못하다. 영어의 생활화가 요청되어 온
것이다. 듣고 말하는 것과 더불어 읽고 쓸 수 있는 영어가
필요해진 것이다.
　그러기 위해서는 영어의 조기 교육이 소망스러워졌다.
그러면서도 한국에 있어서 한국 선생을 통해 공부하는 것
보다는 현지에서 직접 미국인이나 영국인을 통해 배우는
것이 효과적이라는 사실을 인정치 않을 수 없게 되었다.

　그러나 여기에 문제가 없는 것은 아니다.
　일찍부터 영어를 공부해 만일 영어를 한국어보다도 더
잘하게 된다면 이 다음에 그 사람은 한국에서 훌륭한 시인
이나 작가가 되지는 못한다. 영어를 한국어보다 더 잘하게
된다는 것은 생각을 영어로 하게 되며 따라서 최상의 한국
어를 구사할 수도 없어진다. 가장 훌륭한 한국어를 사용하
기 바란다면 외국어를 한국어보다 더 잘해서는 안 되는 것
이다.
　우리 주변에도 그런 사람들이 자주 있다. 김은국 씨가

『순교자』라는 작품을 썼다. 그것은 영어로 씌어졌기 때문에 영문학에 속한다. 한국 문학은 아니다. 또 그 작가는 영어를 한국어보다 더 잘하는 편이다. 적어도 가장 우수한 한국어의 시를 쓰거나 작가가 되려는 사람은 역시 우리말과 글을 더 잘해야 하는 것이다.

그리고 영어를 영어답게 잘하기 위해서는 발음을 일찍 익히도록 하는 편이 좋다. 7, 8세 때가 가장 좋다고 말한다. 그 기간에 영어나 외국어를 배운 어린이들은 적어도 발음만은 원어를 사용하는 어린이들과 차이가 없어진다. 미국에 가면 초등학교에 다니는 어린이들이 이민 1세인 부모들의 영어 발음이 왜 저러냐고 불만을 말한다. 어려서부터 사용하지 않았기 때문이다.

그리고 가장 풍부하고 고상한 어휘를 사용하기 위해서는 대학 학부 4년을 미국에서 보내는 편이 좋다. 그 4년 동안에는 가장 폭넓은 독서를 하게 되며 지성인으로서의 풍부한 개념적 소양을 쌓을 수 있기 때문이다.

한국에서 대학을 나오고 대학원부터 미국에 가서 공부한 사람은 발음도 우수하지 못하나 풍부한 어휘 구사나 표현을 하지 못한다. 영어를 잘 아는 사람들은 저 사람이 학부를 미국에서 보냈는지 아닌지를 곧 발견해 낸다. 역시 품위와 격조가 있는 영어를 사용하기 때문이다.

다른 외국어에 있어서도 마찬가지 현상이 나타난다. 한국에 있을 때부터 독일어나 프랑스어 책을 잘 읽은 사람도 직접 독일이나 프랑스에 가면 듣기나 말하기는 참으로 어렵다. 생활어가 되지 못하고 독서 어학이 되었기 때문이다.

　그래서 앞으로의 외국어는 읽기 듣기 쓰기를 모두 고르게 갖추어야 한다. 6·25 때 있었던 일이다. 우리 나라 외국어 대학의 교수와 학장을 지낸 사람이 미군 장교와 대화를 하게 되었는데 의사 소통이 되지 못했던 것이다. 아마 영어 문법을 따진다면 그 영어학자는 어떤 미국인보다 앞섰을 것이다. 그러나 듣기와 말하기에는 완전히 뒤지는 영어 공부를 했던 것이다.

　그렇다고 해서 미군 부대를 따라다녔다든지 미국인들 밑에서 일했기 때문에 몇 마디를 잘 알아들으며 필요한 대화를 한다고 해서 그것이 곧 영어다운 영어가 되는 것은 아니다. 독서와 대화가 동시에 이루어지는 외국어라야 수준을 갖춘 외국어 공부가 되는 것이다.

　대개의 경우 여성들은 남성들보다 회화에 빨리 익숙해지며 능숙해진다. 남성들은 회화에 있어서는 여성들에게 뒤지는 것이 보통이다. 여성들은 발음의 모방이 잘되며 사고력보다는 이해력에서 앞서는 때문일 것이다.

　부부가 함께 외국에 가서 공부하는 경우가 있다. 강의실에서 교수의 강의를 이해하는 데는 남자의 편이 앞서나 집에 돌아와 이웃과 생활을 할 때는 여성들이 더 수월하게 외국어를 사용하는 경우가 대부분이다. 같은 기간 동안 외국에서 공부하고 살았을 때의 경우이다.

　외국어를 습득하는 데 가장 중요한 요소의 하나는 중단하지 말고 계속하는 일이다. 일단 중단하게 되면 과거에 습득했던 것들을 돌이켜 기억해 내야 한다. 그러나 매일

206

계속하는 사람은 모래탑을 쌓아 올리는 것같이 허물고 다시 쌓는 수고를 하지 않아도 된다.

자녀들에게 외국어를 잘하도록 이끌어 주려는 부모는 중단없이 계속하도록 도와주며 그런 여건을 만들어 주어야 한다.

한 가지 외국어를 습득하게 되면 한 가지보다는 두세 가지의 외국어를 더 필요로 하는 경우가 생긴다. 서양의 학문을 하기 위해서는 영·독·불 중 둘쯤은 읽을 수 있어야 한다. 요사이는 회사원으로 외국에 주재하게 되거나 외교관으로 임지에 거주하기 위해서는 둘쯤의 외국어는 필수 조건이 되어 있다.

대개의 경우, 우리 나라 사람들은 중국어나 일본어 중 하나는 할 수 있어야 하고 영어나 불어 또는 스페인어 중 하나는 할 수 있다면 좋을 것이다. 지금도 외교 언어로는 불어가 중요하며 많은 사람이 사용하는 것으로는 스페인어가 필요하다고 생각하는 사람들이 있다.

반세기 전에만 해도 그런 생각을 하는 사람들이 많이 있었다. 그러던 것이 최근에는 외교계에서도 영어, 가장 많이 사용하는 서양어도 영어로 바뀌고 말았다. 우리가 제1 외국어 하면 쉽게 영어를 생각하는 것은 최근의 추세인 것이다.

그러나 누구나 다 하는 영어를 서툴게 하는 것보다는 어떤 특정한 외국어를 전문적으로 해낼 수 있어 희소 가치를 노리는 것도 중요한 선택이다. 지금 우리들 중에 아랍어나 러시아어를 아주 훌륭히 할 수 있는 이가 있다면 영어나 일본어를 하는 것보다 얼마나 필요성이 많아질지 모른다.

일본인들은 세계 모든 나라의 언어를 공부할 수 있도록 이끌어 주며 필요도에 따라 관직이나 회사의 직책을 맡도록 해주고 있다. 여러 해 전, 내 대학 후배가 일본 대사관에 와 근무한 일이 있었다. 그 후배는 우리말을 잘 이해하며 우리 책을 읽고 있었다. 내 책도 읽고 있었을 정도였다. 어디서 배웠느냐고 물었더니 대학 밖에서 배웠으며 외교관이 된 후에는 외무성에서 더 공부할 수 있었다는 것이었다.

지금은 영어 중심의 외국어에 치우쳐 있으나 앞으로는 많은 외국어 중에서 자신의 진로와 활동 분야에 따라 선택할 수 있고 그것이 인생을 성공적으로 살아가는 한 계기가 되어서 좋을 것이다. 남들이 다 하는 영어보다도 남들이 못 하는 외국어의 희소 가치를 가벼이 여겨서는 안 된다.

그러나 착각을 해서는 안 되는 일이 있다.

외국어 자체가 교육의 목적이 될 수도 없으며, 어학이 곧 학문인 듯이 잘못 생각해서는 안 된다. 미국이나 독일에 가면 누가 더 영어를 잘하며 누가 더 독일어를 잘하는가에 관심을 갖게 된다. 그러나 어떤 외국어든지 그것은 더 좋은 삶을 위한 수단과 방편이다. 외국어 자체가 목적은 아니다.

50년대와 60년대에 미국 대학에 가면 영어 발음이 서투른 교수들의 인기가 더 높았다. 2차 대전 때 유럽에서 망명해 온 세계적인 학자들의 대부분이 유창한 영어를 사용하지 못했다. 불어식 발음의 영어를 하거나 독일어식 발음의 영어를 했는가 하면 때로는 미국 학생들도 어색할 정도의 영어를 하는 이가 많았다.

미국에서도 큰 교회에 가면 미국식 영어보다도 영국식 영어를 쓰는 목사의 설교가 더 높은 평을 받았다. 영국 목사들의 설교가 좋았다는 뜻이다. 아인슈타인이 프린스톤에 머물고 있을 때 그의 서툰 영어를 나무라는 사람은 없었다. 세계적 신학자인 P. 틸리히의 영어 발음도 처음에는 알아듣기 힘들었을 정도였다.

인도나 필리핀 사람들은 영어로 생활하고 있다. 그러나 그 영어를 영어다운 영어로는 보지 않는다. 내용이 없는 영어를 유창하게 지껄이는 것보다는 서툴더라도 미국 사람이 귀담아들으려고 노력할 정도의 내용을 갖추고 있다면 그 또한 소망스러운 일이 될 것이다.

그래서 영어는 지식을 얻고 영어 문화권을 이해하는 데 필수 조건이기는 하나 영어 자체가 목적은 아닌 것이다. 영어를 잘한다고 해서 영국 문학자가 되는 것도 아니며 사상가나 학자가 되는 것도 아니다. 외국어는 거기에 도달하기 위한 하나의 수단과 과정으로서 필요한 것이다.

만일 누군가가 나에게 물었다고 하자. "당신네 어린애들이 영어를 한국어보다 더 잘하기를 바라느냐?"고. 그러면 나는 대답할 것이다. "영어를 잘하는 것은 소망스럽지만 한국어는 누구에게도 뒤지지 않았으면 좋겠다"고.

제 5 장
인생은 100리 길이다

과외 공부는 어느 정도 도움이 되는가

이전에는 과외 공부 같은 것은 없었다. 정규적인 교육도 보편화되지 못하고 있었던 때였다.

그러던 것이 최근에는 과외 공부가 사회 문제로 등장할 정도로 그 비중이 커지고 있다. 사교육비가 국가 경제를 병들게 할 정도이며, 정규적인 학교 교육이 위축될 정도로 학원 교육과 개인 교사가 교육을 침범하고 있을 정도이다.

이렇게 정규적인 학교 교육 이외의 수업과 교육을 통틀어 과외 공부라고 한다면, 과외 공부는 과연 필요한 것인가. 필요하다면 어느 정도가 좋은가를 묻지 않을 수가 없다.

왜 이렇게 과외 수업이 성행하게 되었는가.

그 원인의 하나는 교육 정책의 잘못이다. 지금까지 입학 시험 제도를 교육부가 담당해 오면서 과외 공부는 필요악으로 번지게 되었다. 또 하나의 원인은 학부모들이 올바른 교육을 모르기 때문에 내 아들 딸들을 경쟁에서 이기도록 만들겠다는 잘못된 욕심으로 오늘의 현실을 만든 것이다.

만일 이 두 가지 과제가 정상적으로 해결되지 못한다면

과외 공부는 사라지지 않을 것이며, 자녀들의 교육 때문에
이민을 가야겠다는 부끄러운 현실도 바로잡을 수가 없을
것이다.

 그렇다면 교육부가 한 일은 무엇인가. 정규적인 학교 교
육을 바르게 이끌어 학교 이외의 공부는 극히 제한된 소수
에게 도움이 되는 방향으로 정상화시켜야 한다.

 그때 무엇보다도 앞서는 것은 입시 위주의 교육 풍토를
개선하며 지식의 다소에서 평가하는 획일적인 입시 제도를
인간적 능력 평가로 전환시켜야 한다. 모든 입시 과제는
대학과 교육 당사자들에게 맡기면 되는 것이다.

 당장 해야 할 일은 전국적으로 실시되는 수능 시험을 폐
지하는 일이다. 지금 생각해 보면 큰일인 것 같아도 언젠
가는 폐지될 것을 그 피해가 더 커지기 전에 없애자는 것
뿐이다. 수능 시험의 두세 점 차이를 갖고 입학의 당락을
결정한다는 일 자체가 정당화될 수 있는가. 서울대학에서
도 내신 성적이 좋았던 학생은 입학 후에도 공부를 잘하는
데 수능 시험의 성적이 좋았던 학생은 입학 후에 좋은 성
적을 얻지 못하는 통계였다는 발표가 있었다.

 지극히 당연한 사실을 뒤늦게나마 발표했다는 것이 다행
이라고 할까. 그만큼 우리 교육이 잘못되어 있는 것이다.
입학 시험의 공정성이란 무엇인가. 공정성이 획일성을 낳
고 획일성은 지능 성적의 평가에 의존하게 된다. 그동안에
인간적 성장이 병들고 창의성을 동반하는 개성은 무시되
며, 70만 명을 성적순으로 나열하는 식의 비인간적 교육을
만든 것이다.

대학도 개성이 있는 대학으로 발전 성장해야 하며 입시는 대학에 전적으로 일임해야 한다. 교육부는 모든 대학이 우수한 대학으로 발전할 수 있도록 도우면 되는 것이다. 경제의 정상적인 발전을 위해서는 금융 기관의 자율성을 높이며 기업들의 자유로운 시장 경쟁에 맡겨야 하듯이, 교육도 일찍부터 모든 기능과 책임을 학교로 돌리는 일을 했어야 되는 것이다.

왜 과외 공부는 사라지지 않는가. 학부모들의 불필요한 욕심에서이다.

지금도 거리를 지나가다 보면 속셈 학원이라든지 때로는 웅변 학원 같은 간판이 눈에 띄는 일이 있다. 무엇 때문에 아무 도움도 안 되는 속셈 공부나 웅변 연습 같은 것을 시키는지 도무지 이해가 가지 않는다. 거의 백해무익이라고 보아야 하겠다. 그 시간과 노력을 정상적인 교육에 바친다면 얼마나 좋겠는가.

대단히 미안하나 알아두어야 할 일이 있다. 대부분의 학원이나 과외 공부를 전담하는 선생들이 학교의 선생들보다 앞서 있을 리가 없으며 또 교육적 이해도와 협력성에서 도움이 되지 못한다는 점도 부모들은 알아야 한다.

학교에서 받고 있는 정상적인 교육이 가장 중하며 그 이상의 교육이 필요없다는 사실을 인식해야 한다.

예를 들면, 예능 분야의 과외 공부나 외국어의 과외 공부는 필요하다는 생각은 일반화되어 있다. 시간과 능력에 여유가 있는 학생들이 그런 과외 공부를 하는 것은 우리 현실로 미루어 보아 용납될 수 있을 것이다.

그런데 한 어린이가 음악 과외 공부를 받았다고 하자. 이 어린이는 실력과 지도력이 부족한 선생에게서 과외 공부를 했기 때문에 이 다음에 정말 좋은 선생에게서 지도를 받으려고 할 때는 버림을 받는다. "너는 지금까지 공부한 것을 다 버려야 음악 공부를 제대로 할 수 있는데, 그 잘못된 습관 때문에 나는 가르칠 수 없다"고 거절당하는 경우가 얼마나 많은지 모른다. 그 어린이는 음악의 소질이 풍부했다. 그러나 잘못된 과외 지도 교사 때문에 그 소질을 병들게 만들었던 것이다.

미술의 경우도 그렇다. 기초를 갖추어 주지 못하고 그림에 뛰어들게 했을 때 받는 피해는 너무나 크다.

여기 정구를 배우려는 한 사람이 있다고 하자. 정식으로 정구를 쳐본 일이 없는 선생에게서 제멋대로 배우게 되면 그 사람은 그 습관 때문에 좋은 선수로 자라지 못하게 된다. 스스로 불행을 자초한 결과가 된 것이다.

과외 공부도 그렇다. 선생이나 학원을 잘못 선택하게 되면 그 때문에 받아야 할 정상적인 교육의 피해가 너무 커지게 된다.

그래서 외국에서는 소질과 개성에 따라 정규 과목 이외의 공부를 더 하고 싶은 경우에는 학교에서 과외로 지도하도록 한다. 그때 과외 수업을 맡는 선생은 능력과 자질에 있어 손색이 없는 사람들이 초청을 받는다. 우수한 지도력을 갖춘 사람이 담당한다.

그렇게 하면서도 여름 방학이 되면 저명한 선생들을 모시고 특별 캠프를 갖도록 해준다. 대개의 초등학교 어린이들은 테니스 캠프 같은 데 가서 기초 훈련을 받으며, 미술 캠프, 음악 캠프, 외국어 캠프 등을 열어 준다.

그곳을 다녀오는 학생들은 학교에서 공부했던 것 위에 더 많은 수련을 질적으로 쌓아 올릴 수가 있다. 그때의 지도 교사들은 전문가들이 뽑혀 오도록 되어 있다. 때로는 명성있는 전문가들이다.

그것이 과외 공부인 것이다. 과외 공부가 목적이 아니고 보충적 성장을 위한 한시적 선택인 것이다.

서툰 의사에게 환자를 맡길 수 없듯이 학부모들은 선생과 학원 선별에 각별히 조심을 해야 한다. 능력을 갖추지 못한 의사에게 자녀들의 건강을 맡길 수는 없지 않겠는가.

우리 나라 과외 공부의 큰 비중을 차지하는 곳은 재수생들을 위한 입시 학원이다.

거기에는 두 가지 목적이 있다. 하나는 대학에 가기 위해서이며 다른 하나는 명문대에 가려는 목적이다.

그 학원의 수가 엄청나게 많아졌기 때문에 입시 학원에 들어가기 위해 또 시험을 보아야 할 정도가 되었다. 그래서 명문 학원이라는 평가를 받게 되며 입시 계절이 되면 "입시 전문가의 통계와 평에 따르면" 하는 특수 전문인들까지 등단하게 되었다. 선진 국가에 가면 입시 전문가라는 말 자체가 존재하지 않는다. 우리 사회가 만든 기현상 중의 하나이다.

그렇게 되니까 1년 재수는 예사로운 일이 되었고 2년 재수생들까지도 당연한 듯이 생각하고 있다.

그러나 생각을 바꾸어 보라. 입시를 위해 꼭같은 공부를 2년이나 3년씩 반복한다는 것이 본인과 사회를 위해 얼마나 큰 손실인가. 한창 성장하고 자랄 수 있는 청소년 기간을 같은 자리에 오래 머물게 한다는 것은 상상할 수 없이 큰 손실인 것이다. 1류 대학에 못 가게 되면 2류 대학에 가서 1년 더 정상적인 교육을 받는 것이 당연하지 않은가.

전에도 언급했으나 독일 대학에서는 교수를 따라 대학을 선택하며, 미국에서는 과를 따라 선별한다. 그런데 우리는 명문대라는 관념 때문에 교수나 과와는 상관없이 대학을 선정한다. 그 결과는 원하지 않는 과에 가서 공부를 못하는 불행을 만든다. 재수에서 2년을 낭비하고 대학에 가서 4년을 즐겁지 못하게 보낸다면 그 인생에 미치는 손실이 얼마나 막대한가.

재수 때문에 잃어버리는 시간과 정력을 대학에서 쓸 수 있도록 해야 한다. 그리고 스스로의 소질과 개성에 맞는 방향을 택하게 되면 어느 대학에 가든지 성장과 성공을 거둘 수 있는 것이다.

물론 우리의 관습과 제도가 하루아침에 바뀌며 정상화될 수는 없다. 그러나 그 길이 정당하기 때문에 언젠가는 가야 할 길인 것이다. 그리고 솔직히 말하면 지금은 대학 교수의 질적 수준은 평준화된 지 오래다. 오히려 서울의 명문대 교수들이 학문과 실력에서 뒤지고 지방 대학 교수들의 수준이 점차 높아져 가고 있다. 선배들보다 우수한 학자들이 지방 대학으로 흩어져 갔기 때문이다. 교육과 학문의 질적 내용을 따진다면 명문 대학을 선택하는 것이 오히려 잘못된 길이 될 수도 있다.

결론으로 돌아가도록 하자.

과외 공부를 신중하게 선별해서 좋은 선생 밑에서 도움

을 받도록 해야 한다. 그 분야에 있어서는 학교 선생보다
도 우수한 실력과 지도력을 갖추고 있을 때에만 자녀들을
맡겨야 한다.

그리고 한 학생에게 한 가지 정도의 과외 공부로 제한해
야 한다. 두세 가지씩의 과외 공부는 학교 교육을 산만하
게 하며 학생들의 성격과 진로에 도움을 주지 못한다.

과외 수업의 과목은 학생들의 여력과 특성에 맞는 것을
택함이 좋다. 대개의 경우는 예능 분야나 어학 분야가 바
람직스럽다. 그외의 과목은 학교에서 공부하도록 이끌어
주어야 한다. 여러 가지를 다 잘할 수 있도록 욕심을 내는
것은 그 애들의 장래를 그릇치게 만드는 결과가 된다. 인
생에도 두 마리 토끼를 따르는 우를 범해서는 안 된다.

지금 벌어지고 있는 과외 공부는 먼 후일에 가서 교육적
폐단과 실패를 남길 소지가 너무 많다. 그리고 사회적 지
도자가 되기 원하는 사람은 자력으로 성장하는 인물이다.
남의 도움으로 자라는 사람은 유능한 지도자가 되지 못한
다.

과외 공부를 하더라도 주입식이거나 의존하는 교육이 아
닌 자발적이며 자력으로 성장하는 데 도움이 되는 한도에
서 필요한 것이다.

따라서 과외 공부는 적을수록 좋고 많을수록 손해가 되
는 것이 보통이다. 과외 공부를 많이 받은 학생일수록 창
의력을 갖춘 큰 인물이나 지도자가 되기 어렵다는 인식을
새로이 해야 할 것이다.

다시 한 번 학원 폭력에 관하여

얼마 전 한 방송국에서 학원 폭력을 근절하기 위한 대책 마련을 위해 장황할 정도로 긴 시간을 할애한 일이 있었다.

과제는 주로 이렇게 만연되어 있는 학원 폭력을 어떻게 억제할 수 있는가 함에 있었다. 중병에 걸려 있는 환자를 놓고 처방책을 강구하는 발언들이었다.

그런 관습이 정치·사회면에서 언제나 벌어지고 있다.

그래서 한때는 범죄와의 전쟁이 선포되기도 했다. 그러나 범죄는 줄어들지 않고 있다. 그것은 마치 매달려 있는 연추를 밀치면 반동이 오고 더 강하게 밀치면 더 큰 반동이 오는 것 같은 역효과를 가져오는 현상과 비슷한 결과가 되었다.

청소년 및 학원 폭력을 처방하는 것도 비슷한 결과를 유발하지 않을까 걱정스럽다. 경찰이나 검찰까지 동원된다면 그것은 힘으로 해결짓자는 자세로까지 번진 것 같다.

선진 국가에서는 이런 문제를 어떻게 처리하는가.

오래 전 뉴욕에서 겪은 일이다. 어떤 범죄 행위가 유행성 질병같이 번지고 있다. 언론과 사회는 그 범죄 행위를 들추어내고 시민들로 하여금 문제 의식을 갖게 해준다. 그러고는 그 원인이 어디에 있는가를 추적해 살핀다. 몇 가지 원인이 발견되면 그 원인들을 제거해 버린다. 뿌리를 뽑는다는 것은 원인을 제거한다는 뜻이다.

얼마의 세월이 지나게 되면 자연히 극성스러웠던 범죄 행위가 사라지게 된다. 그러면 시민들은 그때 그 범죄 문제로 고생했는데 이제는 다시 옛날로 돌아온 셈이라고 위안을 받는다.

모든 사회 문제와 더불어 학원 폭력도 그렇다. 지금 우리는 원인은 제거하지 못하거나 원인을 제공하면서 결과만 치료하려고 애쓴다. 그래서 자연히 사라질 수 있는 사회병도 더 오래 지속되는 반대 현상을 만들어 내는 경우가 생긴다.

그 발견된 원인 중의 하나는 어른들의 반사회적이며 비도덕적인 범악 행위이다. 다시 말하면 청소년들에게 금하고 있는 범죄 행위를 무책임하게 저지르고 있는 어른들을 먼저 다스려야 하는 것이다. "벌은 어른들에게, 사랑은 청소년들에게"라는 표어를 공언하는 사회가 되어야 하는 것이다.

철없은 국회 의원들이 의정 단상에서 폭언과 폭력을 일삼는 일, TV 프로에서 폭력을 소개해 주며 미화하는 장면들, 만화나 비디오에서 폭력을 즐기게 하는 상술, 심지어는 청소년들을 돈벌이의 도구로 삼는 범죄 행위, 이런 것들이 시정되지 않으면서 학원 폭력만 억제하자는 것은 불어오는 바람을 휘장으로 막아 보려는 우를 범하는 것과 마찬가지이다.

둘째로 문제가 되는 것은 가치관의 붕괴와 공백 상황이다. 기성 세대가 오래 지켜 오던 선악 가치는 붕괴되고 어린이들과 청소년들에게 안겨 주어야 할 가치 의식이 전무한 상태이다.

어느 가정에서도 무엇이 선이며 무엇이 악이라는 사실을 알려 주는 부모가 없는 실정이다. 학교의 선생님들은 이것은 할 수 있는 일이고, 이것은 해서는 안 되는 일이라고 가르쳐 주지 못한다. 어린이들에게 교회에 가라고는 권면하나 친구와 이웃들을 위해 무엇을 할 것인가는 얘기해 주지 않는다. 나와 같이 절에 가자고 권하는 불교도는 있어도 어떻게 친구와 약한 사람을 위해 줄 수 있을까를 상의하는 종교인들은 없다.

감각적이며 흥분적인 본능으로 달리는 청소년들에게 이성적으로 사고하며 대화를 통해 객관적 가치를 찾으려는 모범을 보여 주는 기성 세대가 없다.

오히려 기성 세대들은 신세대들의 뒤를 따라가면서 비위를 맞추는 일에 급급하며 정치인들은 선거표를 얻기 위해 도덕적 규범까지도 흔들어 버린다. 존경받을 만한 어른도 지성인도 없어지고 말았다. 박정희 대통령이 충효의 정신을 강조했듯이 오늘의 대통령도 효가 교육의 근본이라는 메아리없는 북을 치곤 한다. 이 모두가 가치관의 붕괴와 공백에서 오는 현상들이다.

그렇다고 해서 학원 폭력을 치료만 하다가 그치고 마는 무책임한 상태로 내버려둘 수는 없지 않는가. 그 병의 원인이 되는 교육적 결함은 어디 있는가. 학교 교육에서 다시 출발해야 할 과제는 무엇인가.

이야기 하나를 소개하자.

20년쯤 전에 일본에서 있었던 일이다.

어떤 중고등학교의 교사가 근무하던 학교에 사표를 내고 나왔다. 그리고는 동경 변두리의 공한지에 쓰다가 버린 낡은 버스를 끌어모아 교실로 만들었다. 폐차된 버스 한 대가 교실 하나씩으로 바뀐 셈이다.

이 교사는 여러 중고등학교에 연락을 취했다. 당신네 학교에서 문제를 일으키고 퇴학을 당한 학생을 알려 주거나 이리로 안내해 달라는 청이었다.

여러 학교에서 퇴학을 당한 학생들이 몇 명씩 모여들기 시작했다. 이 선생은 뜻있는 동지들의 도움을 얻어 이들 학교에서 쫓겨난 제자들을 재교육시키기 시작했다. 어떤 학생은 옛날 학교로 복귀시키기도 하고, 다른 학교로 전학을 도와주기도 했다. 학부모와 함께 제자들의 장래를 같이 걱정해 주는 일을 계속했다.

그 결과로 이 버스 클래스를 통해 많은 청소년들이 선한 방향으로 재출발하는 계기가 되었고 그 사실이 사회적으로 알려지게 되었던 것이다.

그 당시 일본에서도 중고등학교의 폭력을 비롯한 범죄 문제가 사회적으로 크게 관심의 대상이 되었었다.

어떻게 소망스러운 교육이 실천될 수 있는가를 모색하는

여론이 높아졌던 것이다.

언론에서는 교육부의 책임자들, 저명한 교육학자들, 교육계의 원로들, 학교의 교장들, 교육 평론가들의 의견을 수렴하다가 이 버스 클래스를 운영하는 선생에게도 물었다. 이 여러 가지 문제를 해결하는 가장 좋은 방법이 무엇인가고.

그때 이 선생은 명쾌한 한 가지 해답을 했다. '미니 스쿨' 운동을 실천해야 한다는 것이다. 일본 경제가 이만큼 성장했으면 교육 투자를 크게 늘려 지금의 큰 학교들을 두 학교 또는 세 학교로 나누어 작은 학교로 만들며 앞으로 세우는 학교들은 작은 규모의 학교로 변신시키지 않으면 지금의 문제는 해결되지 못한다는 확고한 주장이었다.

이상한 것은 그렇게 많은 교육 전문가들의 판에 박힌 견해들이 있었는데도 불구하고, 이 '작은 학교'를 제창하는 버스 클래스 선생의 의견이 받아들여져 결론을 얻는 계기가 되었던 것이다.

그 뒤 일본에서는 '미니 스쿨' 운동이 활발하게 전개되었다. 뒤늦게 우리 나라에서도 그 문제가 논의되었으나 운동장의 크기와 유무, 최소한 학교 운영의 기초적인 조건 등을 얘기하다가 그친 것으로 기억하고 있다.

그러면 이 작은 학교가 해결지을 수 있는 과제는 어떤 것인가.

한마디로 말하면 사랑이 있고 인간적 교류가 있는 교육을 하자는 것이다. 선진 국가와 같이 한 클래스의 학생이 24명 정도가 되고, 전체 학생수가 3백 명을 넘기지 않게 한다면 어떻게 되는가. 선생과 학생은 서로가 서로를 충분히 이해하게 되며 교감이나 교장 선생님도 전교생을 다 알게 될 정도로 작아졌기 때문에 학교는 가정과 같이 사랑이 있는 분위기로 바뀔 수 있게 된다.

옛날 내가 중고등학교에 다닐 때는 한 클래스에 50명이 단위였다. 그리고 전체 학급수가 10개뿐이었다. 그리고도 매일 아침에 예배를 겸한 전교생의 모임이 있었기 때문에 사제간의 관계는 물론 학생들간에도 서로 잘 알고 지냈다.
특히 기숙사까지 있었기 때문에 한 방에 상하급생이 함께 지내는 형제애 같은 분위기가 형성되었다.
우리 반 친구들의 취미나 소질뿐만 아니라 상급생 중에 문학을 즐기는 형들이 있었고 하급생 중에 음악 소질이 탁월한 이가 함께 섞여 살곤 했었다.
이런 인간적 유대와 사랑의 교류가 말없는 교육의 기틀을 만들고 있었던 것이다. 따뜻한 인간 관계가 있었고 사랑이 있는 교육이 실천되었던 것이다.
선진국 특히 유럽이나 미국 같은 나라에서는 규모가 큰 학교를 보기 힘들다. 24명씩이 반별로 공부를 하고 있다. 그러니까 선생과 제자간은 물론 친구들과의 친교가 자연스러우면서도 서로의 개성과 장단점을 잘 이해하면서 자란다. 너는 대학에 가는 것보다는 직장을 택해 기술자가 되는 것이 좋겠다는 선생의 의견이 있으면 서슴지 않고 그 뜻에 따른다. 애정이 있는 권고이기 때문이다.

이렇게 서로 알고 사랑이 교류되는 생활과 교육이 벌어지기 때문에 자연히 비밀이 없어지며 공동체 의식을 느끼게 된다. 그리고 대학에 가서는 시간과 여건이 허락되지 않으므로 중고등학교 때 서클 활동을 통한 인간 관계를 풍부히 이끌어 준다.

한마디로 말하면 공감과 사랑이 있는 교육을 할 수 있게 된다. 그 생활이 폭력은 물론 범죄 행위를 줄여 가는 계기가 되는 것이다.

중소 도시에 가면 범죄 행위가 적으나 대도시에는 범죄가 많은 것은 대도시일수록 인간적 사귐과 사랑의 교류가 약화되기 때문이다. 서로가 서로를 잘 알면서 살아 보라. 악을 저지를 기회와 여건이 생기지 않는다. 그러나 종일 거리를 쏘다녀도 아는 사람 하나 없는 대도시는 범죄율도 그만큼 높아지는 법이다.

그래서 '작은 학교' 운동을 성사시켜 사랑이 있는 교육을 하자는 것이다. 그렇다고 해서 학교가 작아진 뒤에야 사랑이 있는 교육이 가능해지는가. 그렇지는 않다. 학교가 작아진다는 것은 그 여건을 만들어 주는 계기가 되는 것이다. 지금은 규모가 큰 학교라고 하더라도 모든 선생들이 가르치고 성적을 따지는 위치에서 사랑이 있는 교육을 추가하며 버림받고 있는 제자들을 위해 마음쓸 수 있다면 문제는 새로운 방향으로 해결될 수도 있는 것이다.

모든 선생들이 폭력을 일으키고 있는 제자들을 내 자녀와 같이 사랑해 보자. 그 제자들은 폭력에서 돌아설 수 있을 것이다.

교육은 사랑이다. 제자들에 대한 애정이 끊어진 선생은 이미 교육을 그만두는 편이 옳을 것이다. 자식을 위해 주

지 않는 부모가 이미 부모의 자격을 상실한 것과 마찬가지
인 것이다.

　나는 50 평생을 교육에 바치면서 한 가지 깨달은 바가
있다. 한마디로 말하면 "사랑은 지혜를 낳는다"는 뜻이다.
　진정한 사랑만 있다면 폭력을 근절할 수 있는 지혜로운
방법은 언제나 뒤따르게 마련인 것이다.

대학에는 꼭 가야 하는가

세계에서 교육열이 가장 높은 나라는 한국이라고 말한다.

그러나 그것은 교육열이라기보다는 오히려 교육에 대한 욕심이라고 보는 편이 옳을 것이다.

그 교육에 대한 욕심 중의 하나가 대학에는 꼭 가야 한다는 욕망인 것이다.

지금 우리 나라는 세계에서 인구에 비해 대학이 가장 많은 나라 중의 하나로 알려지고 있다. 해마다 대학을 지망해서 수능 시험에 응하는 젊은이가 70만 명 정도가 되고 있다. 그러니까 길만 열린다면 대학에 가지 않으려는 젊은이는 없다고 보는 편이 좋을 것 같다.

세계에서 교육 수준이 가장 높고 고른 나라들은 유럽 지역이다. 유럽에서는 대학에 등록금이 없다. 오히려 대학에 적을 두고 있는 이들은 사회 보장의 혜택을 대학 교육 이외에도 더 받고 있는 실정이다.

나는 독일에 가게 되면 식사는 대학 식당에서 하는 때가 있다. 일반 식당의 반값 정도가 된다. 나라에서 보조해 주고 있기 때문이다.

나는 제자들 중에 학비가 어렵거나 장학금을 받지 못하는 학생이 있으면 독일이나 프랑스로 가도록 권한다. 미국은 등록금이 비싸기 때문이다.

화란 같은 나라는 최근까지 전국에 대학이 하나밖에 없었다. 그러니까 대학에 가는 학생의 수가 얼마나 적겠는가. 여학생이 대학에 간다는 것은 거의 없는 셈이다. '저 여자는 대학을 나왔을 것이다'하는 생각은 직업을 보고 알도록 되어 있다. 의사, 변호사, 교수가 되었다면 대학을 나온 사람들이다. 그래도 그들의 삶의 질과 수준은 우리와 비교가 안 될 정도로 높다.

선진국에서는 고등학교 졸업반이 보통 24명 정도로 되어 있다. 그중 대학을 지망하는 학생은 평균적으로 10명 미만이다. 나머지 학생들은 대학에 가지 않는다. 또 선생이 너는 꼭 대학에 가지 않아도 좋을 것 같다고 하면 순순히 따른다. 자기 장래를 위해 그 편이 좋을 것으로 받아들인다.

물론 선진 국가에서는 의무 교육이 대체로 고등학교로 되어 있다. 일본도 그러하다.

그런데 우리 고등학교 출신과 유럽에 있는 나라들의 고등학교 졸업생들을 비교해 보면 우리는 여러 면에서 많이 뒤지곤 한다. 그 애들은 고등학교에서 사회인으로 자라고 일할 수 있는 기초 교양과 소질을 갖추도록 이끌어 준다. 그러나 우리는 대학에 가기 위한 입시 준비로 끝내기 때문에 고등학교 교육은 독립된 교육이 못 된다. 대학 입시의 준비처이며, 수능 시험을 보기 위해 지식 훈련을 쌓는 데 그치고 만다. 그러니까 같은 고등학교를 나왔다고 하더라도 우리는 그들에게 뒤지고 있으며, 우리의 생활 수준은 그 내용과 행복도에 있어 비교가 되지 못한다.

백인 사회에 있어서는 미국의 젊은이들이 비교적 대학을 선호하는 편이다. 그러나 우리와는 비교가 안 될 정도로 대학 지망자가 적다.

미국도 사립 대학에 비하면 주립 대학(우리 식으로 말하면 국립 대학)은 등록금이 아주 적다. 부모가 세금을 내고 있는 주에서 대학에 가면 학비가 거의 없는 셈이다. 미국 대학생들은 학부 4년을 기숙사에 들어가야 하기 때문에 생활비가 더 큰 비중을 차지한다. 그래도 대학을 많이 지원하지는 않는다.

미국에서는 정부가 젊은이들의 대학 진출을 권하는 셈이다. 고등학교를 나온 청년들이 3, 4년 동안 어떤 삶을 선택하는 편이 가장 소망스러운가를 살펴보았을 때 그래도 그 기간은 대학 생활을 하는 것이 가장 좋다고 보기 때문이다. 여유가 있고 잘사는 사회에서 가능한 일이다.

그래도 고등학교를 나오면 한 사회인으로 살아갈 수 있다고 믿기 때문에 일찍 직장을 구하는 젊은이들이 더 많이 있다.

그러면 누가 대학에 가는가. 지적인 전문직을 원하는 사람들이다. 후에 의사, 법관, 변호사, 교수, 전문 연구원이 되려는 사람들은 대학을 택한다. 그렇지 않은 젊은이들은 대학보다도 직업을 먼저 택하고 그 직업에서 전문인이 되기를 원한다. 필요한 공부는 그 후에 해도 되는 것이다. 따라서 사회적으로 활동하는 절대 다수의 사람들은 고등학교를 나오고 전문직을 갖춘 사람들이다.

그들은, 사회는 다양한 기능과 역할을 요청하고 있으며 그중에는 대학과 지적 능력을 필요로 하는 직책도 있으나 그렇지 않은 직책이 더 많이 있고 거기에서 전문인으로 성공하면 된다는 생각을 갖고 있다.

또 어째서 대학을 선택하지 않는가. 대학 공부를 하는 일이 대단히 어렵기 때문이다. 하루에 네 시간 정도씩밖에는 자지 못하고 공부를 해야 따라갈 수 있다. 한 과목을 수강하기 위해서는 1,500페이지 이상의 독서를 강요하는 학교가 대부분이다.

그러고도 학점 미달이 되면 용서없이 쫓겨난다. 대단한 각오와 소질과 취미를 갖지 않은 학생은 대학에 도전하지를 못한다. 내가 잘 아는 한 젊은이가 한국에 온 일이 있었다. 내가 "너희 대학은 대단히 공부를 시키는 대학인데 어느 시간에 조정 경기 선수가 되도록 노력했느냐"고 물었더니 매일 새벽 5시부터 세 시간씩 연습을 했다는 것이다. 그러니까 그 대학에서는 운동 선수는 우등생이 못 되면 학교에 붙어 있지를 못한다.

이에 비하면 우리 대학생들은 대학에 놀러 가는 셈이다.

4년 내내 운동권이었던 학생도 졸업은 한다. 외국 같으면 상상할 수가 없다. 당장 학점 미달로 쫓겨나기 때문이다. 미국이나 유럽에서는 대학다운 대학에는 총학생회 같은 것이 없다. 필요도 없으며 공부 때문에 학생 운동이나 활동을 할 여유가 없다. 미국에서도 대학에 가면 우리가 흔히 말하는 서클 활동이 없다. 거기서 시간을 빼앗기게 되면 학점을 딸 수가 없을 정도이다.

이렇게 본다면 우리 나라의 대학생들은 가장 아쉽고 소중한 기간을 놀러 다니는 셈이다. 그렇게 졸업을 했기 때문에 사회가 요청하는 일을 감당할 자질과 능력을 갖추지 못한다. 그러니까 대학인다운 대학 생활을 하지 못한 채 대학을 나오니까 학벌을 갖춘 실업자가 늘어나며 대학 출신은 많으나 쓸모있는 사람은 없다는 비판을 받는다.

요사이는 어떤 기업체에서 대졸 신입 사원을 선발할 때 그 경쟁률이 50대1, 70대1이 보통이다. 그런데 뽑혀 오는 사람들을 보면 5대1 때나 10대1 때보다 앞서는 이가 없다. 양산(量産)만 했을 뿐이지 질적인 성장이 없었기 때문이다. 외국에서 고등학교를 나온 사람이 더 유능할지 모른다. 그래서 수없이 많은 대학이 설립되고 수십만의 대학 출신이 쏟아져 나오고 있으나 사회에는 별로 도움이 되지 못하며, 대학을 나온 사람들이 인생을 행복과 성공으로 이끌어 가지 못한다. 그만큼 많은 교육 투자를 한 우리가 여전히 정신적 후진 국가의 영역을 넘어서지 못하고 있는 것이다.

그래서 우리도 대학은 하나의 필수 과정이 아니라 선택 과정이라는 생각을 보편화시켜야 하겠다.

그렇게 생각한다면 고등학교를 나온 젊은이들이 4년제 대학보다는 전문 대학을 거쳐 직업에서 전문인이 되고 필요한 교양과 자기 성장의 노력은 평생 동안 계속할 수 있으면 되는 것이다.

72년 때의 일이다.

나는 미국에 갔다가 자동차 정비 기술자로 일하는 고향 후배를 만났다. 고등학교를 나와 월남전 때 기술 자격을 얻고 5명의 가족이 미국으로 이민을 갔었다.

한달 수입이 1,800달러 정도였다. 기술자였기 때문이다.

그런데 연세대학교에서 영문과·법학과·교육학과를 나온 제자들의 수입은 600달러 선을 밑돌고 있었다. 미국에서는 노동을 해도 기계를 취급해야 하기 때문에 그들은 고정된 직업을 가질 길이 없었던 것이다.

부인들이 간호사이고 간호사는 기술자이므로 이민을 갈 수 있어 따라갔던 것이다. 간호사인 부인의 수입이 천 달러 정도이므로 기본 생활에는 지장이 없으나 남편인 내 제자들의 생활은 바람직스러운 바가 되지 못하고 있었다.

그것이 선진 국가의 추세이며 우리도 머지 않아 그런 사회 풍토로 바뀌게 될 것이다. 공부는 후에도 할 수 있으나 직장을 갖는 것이 선결 조건이 되는 때가 오고 있는 것이다.

또 이러한 전문 기술자나 그 분야의 전문인들은 직장에서 명예 퇴직이나 감원의 대상이 되는 일도 거의 없게 되는 것이다.

덴마크는 세계에서 가장 살기 좋은 나라로 평가되고 있다. UN에서 해마다 선발하는 삶의 질이 가장 높은 나라로 계속 뽑히고 있을 정도이다.

덴마크에 우리와 같이 많은 대학이 있는 것도 아니며 의무 교육을 마친 젊은이들이 대학을 선호하지도 않는다. 그 대신 그 나라에서는 교육세를 많이 받고 지역 사회 학교를 보편화시키고 있다. 고등학교를 나온 젊은이들이 직장 생활과 사회 생활을 하다가 필요를 느낄 때는 언제나 지역 사회 학교로 가 원하는 수업을 받도록 되어 있다. 우리 식으로 말하면 야간 대학에 해당하는 셈이다.

거기에서는 무슨 공부든지 할 수 있다. 필요한 기술 교육은 물론 역사·사회학·철학 등도 공부할 수 있다. 가을부터 여름이 되기 전까지 8개월씩을 공부하게 해준다. 고등학교를 나온 젊은이들만이 아니다. 필요를 느끼는 노인네들까지도 참여하도록 되어 있다.

왜 그 나라가 세계에서 가장 살기 좋은 나라가 되었는가. 국민 성장이 가장 고르게 높아졌기 때문이다. 결국은 국민이 자라는 것만큼 사회와 국가도 자라게 되어 있다. 중요한 것은 대학의 수가 아니다. 국민들이 얼마나 고르게 성장했는가 함이 문제인 것이다.

미국 같은 나라가 세계에서 가장 살기 좋은 나라에 끼지 못하는 것은 백인들의 성장은 세계에서 가장 높은 편이나, 흑인, 멕시코인들, 동양인들의 성장이 뒤지기 때문인 것이다.

캐나다도 세계에서 가장 살기 좋은 나라로 꼽히고 있으며 지난번 UN 조사에서는 일본이 세번째로 올라왔었다. 캐나다, 일본 모두가 국민 성장이 고르게 높아진 국가들이다. 그 점에서는 미국이 캐나다나 일본을 따를 수 없도록 되어 있다. 국민들이 자란 만큼 좋은 사회로 자랄 수 있기 때문이다.

그런데 문제는 우리에게 있다. 그렇게 많은 대학을 갖고 있으면서도 국민 성장은 유치할 정도로 뒤지고 있기 때문

이다. 학교는 많아도 교육다운 교육이 이루어지지 못하고
있으며, 교육의 파행성이 인간 성장을 저해하고 있기 때문
이다. 학교에서 글은 배웠으나 살아가는 기초 교양이 부족
하며 대학을 나온 사람들이 사회 생활의 기본 자질을 갖추
지 못하고 있는 실정이다.

꼭 알아야 할 상식 한 가지

뜻이 있는 사람은 이런 말을 할 것이다.

"프로이트(S.Freud)를 모르는 사람이 신부가 되고 목사나 스님이 된다면 그것은 신도들과 종교계를 위하여 크게 불행한 일이다."

"프로이트의 정신 분석학을 공부하는 것이 페스탈로치나 어떤 교육학자의 학설을 공부하는 것보다 중요할 것이며 프로이트를 모르면서 선생이 된다는 것은 있을 수 없는 일이다."

"한국의 어머니들이 프로이트의 이론을 안다면 노이로제 환자는 훨씬 줄었음에 틀림이 없다."

에리히 프롬이라는 사상가는 세계적으로 많은 영향을 끼친 철학자이다. 그는 우리 시대에 가장 큰 영향력을 미친 사람은 사회 문제에 있어서는 K.마르크스였고 인간 이해에 있어서는 S.프로이트였다고 말하고 있다.

인간을 이해하지 못하면서 종교 지도자가 되고 교육자가 된다는 것은 있을 수가 없다. 그 인간 이해의 가장 큰 문제를 풀어 준 사람이 곧 프로이트였던 것이다.

우리는 그 사람의 학설을 다 설명할 수는 없다. 그러나 핵심적인 한 가지를 교육적 견지에서 소개한다면 이런 것이다.

바다 위에 남산만큼 큰 빙산이 떠 있다고 하자. 빙산을 모르는 사람은 눈에 보이는 떠 있는 부분이 빙산의 전부인 것으로 착각한다. 그러나 바닷속에는 떠 있는 부분의 몇 배나 되는 빙산의 큰 부분이 잠겨 있는 것이다. 단지 그것이 보이지 않기 때문에 없는 것으로 착각할 뿐이다. 그러나 빙산을 잘 아는 사람은 더 큰 몸통에 해당하는 잠겨진 부분에 관심을 쏟는다.

우리들의 정신 작용을 이루는 의식 구조가 바로 그런 성격의 것이다.

우리는 스스로 생각을 하며 옆사람과 대화를 갖는다. 그리고 그 내가 아는 앎의 기능이 의식의 전부인 듯이 쉽게 생각해 버린다. 그러나 사실은 그 알려진 의식 작용보다 몇 배나 더 크고 강한 의식 기능이 밑에서 숨겨진 채 작용하고 있다. 오직 알려지지 않고 스스로도 파악할 수 없기 때문에 없는 것으로 착각하고 있는 것이다.

그 깔려 있는 의식, 나타나지 않고 알려지지 않은 의식 작용을 프로이트는 무의식 또는 잠재 의식이라고 보았다. 그러니까 의식 작용의 주체와 중심이 되는 것은 우리가 자각하고 있는 의식이 아니고 그것을 움직이는 잠재 의식 또는 무의식인 것이다.

그리고 이 의식 중에서도 내가 나를 극복하며 초월하려고 하는 초아 의식은 의식의 극히 작은 부분을 차지할 뿐이다. 인간이 동물과 다르다는 점은 잠재 의식이나 무의식보다는 의식 작용이 앞서 있으며, 의식의 작은 부분을 차지하는 초아 의식이 작동하고 있다는 점이다. 그 초아 의식이 욕망과 본능을 억제하고라도 값있는 선택을 해야 하며 때로는 나를 희생시켜서라도 이웃과 사회를 도와야 한다는 판단을 내릴 수 있는 작용을 하는 것이다.

그런데 왜 문제가 생기는가.
목사나 스님들은 신도들에게 이 지극히 작은 초아 의식을 향해 설교나 설법을 한다. 그러면 신도들은 곧 받아들인다. "옳습니다. 그렇게 해야 하겠습니다." "나에게 손해가 오고 피해가 있더라도 하느님이나 부처님의 뜻을 따라 순종하겠습니다"고 공감하며 수긍을 한다. 그 내용은 초아 의식을 통해 그대로 의식층으로 전달된다. 그래서 회개를 했다든지, 깨달음이 있었다고 스스로 인정해 버린다.

그러나 그 밑에 깔려 있는 강대한 무의식층이나 잠재 의식은 움직이지 않는다. 자각도 없으며 변화도 생기지 않는다. 그런데 이 잠재(무) 의식은 본능, 욕망, 생명욕으로 이루어져 있다.

그러니까 설교나 설법은 들었을 때에만 기억에 남을 뿐 곧 본능과 욕망이 더 강하게 작용하여 결국은 초아 의식과 의식층의 내용을 소멸시켜 버리게 된다. 그래서 설교를 하던 신부도 여성 관계에 빠지거나 결혼을 하게 되며, 불법을 강론하는 스님 자신이 본능과 욕망의 노예로 되돌아가는 경우가 생긴다. 불교에서는 그 잠재(무) 의식과의 투쟁을 죽을 때까지 지속해야 한다고 가르치기도 한다.

그러면 현대인들의 대부분이 걱정하고 있는 노이로제라는 병은 왜 생기는가. 이 초아 의식과 의식층이 요청하고 있는 내용과 잠재 의식이 갖고 있는 욕망과의 갈등이 심해져 해결의 길이 막혀 버릴 때 생기는 것이다. 그 갈등이 심해질수록 병세도 강해지게 마련이다.

정신과 병원에 가보면 환자들의 상당수가 종교인들이다. 절에서 기원을 드리는 사람이나 기도원에 모여서 피곤스러울 정도로 신앙적 해탈을 갈망하는 많은 사람들이 노이로제에 걸린 사람들이다. 내가 잘 아는 정신과 의사는 자기가 취급하는 환자의 60~70%는 종교인들이라는 사실을 알려 주고 있었다.

아마 불교의 기본 수양 과정인 8정도(正道)나 4선(禪)의 뜻을 아는 사람들은 이 심리학적인 학설을 대부분 수용할 것이다. 종교는 보이지 않는 잠재(무) 의식을 배제한 초아 의식의 상태에 항상 머물고 싶으나 그것은 인간의 본성을 모르는 불행을 초래할 뿐이다.

그렇다면 이러한 내용이 우리 자녀들과 학부모 및 선생들에게 어떤 교육적 의미와 과제를 안겨 주는가.

어머니들이 자기가 젊었을 때 갖고 있던 이상과 꿈이 좌절되었기 때문에 그 꿈을 하나밖에 없는 딸에게서 복구시키려고 무리한 요청을 한다. 너는 어떻게 해서든지 나와 같이 되지 말고 네 이상을 실현시켜야 한다. 그러기 위해서는 우수한 대학에 가야 하며 학과에서 최고 성적을 얻어야 한다고 강요한다.

처음에 딸은 그 욕구에 따라 노력해 본다. 그러나 다른 학생들과 비교해 보았을 때 그것은 어렵고 불가능하다는 사실을 느끼기 시작한다. 그리고 자신의 삶과 개성과 희망이 무너져 버리는 비참함을 깨닫게 된다. 어머니의 삶을 대신 사는 것 같은 허무감을 갖는다. "나야 엄마 때문에 공부하지"라는 말이 나온다.

그런 고뇌가 계속된다. 그러나 신체가 왕성하게 자랄 때는 그것이 병이라는 것을 느끼지 못한다. 신체의 성장이 늦어지면서는 그 갈등이 서서히 병적인 현상으로 발전해 노이로제가 된다. 심하게 되면 정신과 의사의 오랜 치료를 필요로 하게 된다.

흔히 현대인들이 우려하고 있는 스트레스가 그렇다. 내가 바라지도 않으며 해결할 수도 없는 정신적 억압이 가해지게 되면 도저히 스스로를 지탱할 수 없는 상황에까지 이른다. 그때 잠재 의식이나 욕망의 발로가 범죄성을 띠게도 되며 심하게 되면 자살로 이어지기도 한다. 동물은 자살하지 않는다. 정신적 욕망도 없으며 신체적 공포 이외에는 정신적 갈등을 동반하지 않기 때문이다.

그리고 이러한 스트레스와 갈등은 어렸을 때 일찍 형성되고 그 영향은 오래 계속된다.

최근 우리는 동성 연애 문제를 크게 우려하고 있다. 왜 그렇게 되는가.

여기 동성애에 빠진 한 남자가 있다고 하자. 성년이 되면서 여성을 사랑하고 결혼을 해 행복한 가정을 꾸미면 되는데 왜 같은 남성을 사랑하게 되었는가고 묻는다. 그 남자는 이유가 있는 것이 아니라고 말한다. 그저 좋으니까 사랑하는 것뿐이라고 대답한다.

그러나 "어렸을 때 부모가 다 있었나? 부모님의 사이가 좋았나?"라고 물으면, "아닙니다. 우리 어머니가 얼마나 히스테릭했다구요. 아버지는 항상 어머니 때문에 고통을 겪었구요. 나는 어머니가 싫었지요. 때로는 무섭기도 했구요"라고 대답한다.

이 어렸을 때부터 가졌던 어머니에 대한 증오감과 공포심이 여성들에 대한 증오와 공포로 번진 것이다. 마음에 드는 여자 친구가 생겨 사귀어 보려고 노력을 해본다. 여자 친구가 대수롭지도 않게 하는 얘기나 행동에 대해 지나치게 민감한 반응을 보이며 부정적인 자극을 받는다. 그래서 여자 친구에게서 어머니에게서 받았던 증오심이나 공포심을 느끼게 되는 것이다.

결국은 여자 친구보다는 마음놓고 사귀며 대화할 수 있는 동성에게 애정을 느끼고 찾게 되는 것이다.

대개의 경우 알코올 중독자를 아버지로 두고 유년기를 보낸 딸들은 남성과의 사랑에서 실패하고 동성애에 빠지는 경우가 많다. 아버지에 대한 공포심이 남성들에 대한 공포심으로 번지며 심지어는 어른이 된 뒤에도 남성에 대한 분노로 발로되는 때가 있다.

이런 감정들이 역으로 작용하게 되면 증오와 분노가 살인으로까지 확대될 수도 있다. 이유없는 살인인 듯이 착각하기 쉬우나 그 원인은 어렸을 때 얻은 것이다.

문제는 이런 원인들이 일찍 잠재적으로 발생했다가 성년으로 바뀌면서 나타나는 데 있는 것이다.

그래서 흔히 있는 부부 싸움도 재고해 보아야 한다. 애들이 어렸을 때는 부부 싸움을 보여 주어서는 안 된다. 그 충격이 너무 커서 도자기에 금이 가는 것같이 씻을 수 없는 피해를 줄 수 있기 때문이다. 그러나 애들이 자라 어느 정도 인간 관계를 이해하게 되면 부부 싸움도 좀 보면서 자라는 것이 도움이 된다는 것이다.

딸들이 성장해 결혼을 한 뒤, 부부 싸움은 어느 정도 있게 마련이다. 그때 "나는 자라면서 아버지와 어머니가 다투는 것을 한 번도 본 일이 없는데 벌써부터 싸우게 되는 것을 보니까 행복한 부부가 될 희망이 없겠다"고 단념하는 것보다는 "이제 보니까 우리 부모님도 그래서 의견 충돌이 있고 싸우곤 했구나"하는 여유를 갖도록 해주는 것이 좋을 것이라는 견해들이다.

물론 사람이 다 같은 것은 아니다. 그러나 예민하거나 내성적인 성격을 가진 어린이들은 남달리 그 충격이 크기 때문에 주변 사람들의 조심스러운 주의와 협조가 필요해진다. 남자보다는 여자들의 경우가 그렇다.

그렇다고 해서 이 프로이트적인 해석이 절대적이라든지 해결의 가능성이 없을 정도로 심각하다고 생각할 필요는 없다.

그 내용에 대한 무지는 불행을 초래할 수 있어도 인간은 스스로를 더 높고 값있는 삶으로 이끌어 갈 수 있는 또 다른 방도들을 갖고 있는 것이다.

그 문제를 상세히 언급할 여유는 없으나 다음의 두세 가지 과제는 더 뜻있게 받아들일 수 있을 것이다.

잠재(무) 의식을 완전히 조정하거나 극복할 수는 없을지 모른다. 그러나 어렸을 때부터 어떤 행동을 하든지 "먼저 생각해 본 뒤에 행동을 하라"는 습관을 키워 주어야 한다. 생각한다는 것은 의식층을 강하게 작용토록 돕는 일이다. 그래서 본능과 욕망에 따르는 과오를 억제할 수 있으며 흥분과 격정에 따라 행동하는 만행에서 벗어날 수가 있다.

동물은 생각없이 행동한다. 의식 작용이 없기 때문이다. 어리석은 사람은 행동을 먼저 저지르고 후에 생각한다. 그래서 선하고 의로운 생활을 할 수가 없다. 지혜로운 사람들은 먼저 목적과 방법을 충분히 생각한 뒤에 행동한다. 그것이 인간다운 행위와 고귀한 삶으로 우리를 이끌어 가는 것이다.

같은 데모를 했는데 어째서 한편은 인정을 받지 못하고 다른 편은 인정을 받는가. 철없는 사람들은 흥분 상태에서 우선 데모를 한다. 그리고는 그 일이 옳았는지 서로 상의해 본다. 그 다음에야 다른 사람의 선동에 넘어갔다는 사실을 알게 된다.

그러나 선진 사회의 데모는 같은 문제를 가지고 충분히 대화를 해본다. 그 뒤에 시시비비의 판단을 내린다. 그 과정을 거친 뒤에 행동으로 옮기는 것이다.

그래서 같은 군중의 움직임에도 불구하고 어리석은 군중의 데모가 있고, 사회의 잘못을 바로잡는 지혜로운 데모가 구별되는 것이다.

개인과 사회 생활에 있어 생각이 앞서고 행동이 뒤따르는 생활을 습관화시키면 같은 일에 대한 윤리적 성과를 높일 수 있는 것이다.

또 하나의 길은 인간은 사회적 동물이라는 점이다. 나무가 홀로 자랄 때는 굽어지기 쉽다. 그래서 버팀목이 필요해지기도 한다. 그러나 나무가 숲에서 함께 자라게 되면 자신도 모르는 사이 바르게 자라 재목 구실을 할 수가 있다.

사람도 그렇다. 한 사람 한 사람씩을 생각하게 되면 프로이트의 견해가 지배적인 것 같아도 가족, 친구들, 선한 사회의 정서와 질서 속에서 자라게 되면 자신도 모르는 동안에 바르고 선한 생활을 이끌어 갈 수가 있다. 그래서 사회는 계속 윤리적 규범으로서의 질서를 키우며, 질서를 소중히 이끌어 가게 되는 것이다. 후진 사회란 개인들이 제멋대로 행동하며 사는 곳이지만 선진 국가는 선한 질서가 그들의 삶을 옳고 바람직스러운 방향으로 이끌어 가게 되는 것이다.

그리고 한 가지 더 중요한 과제는 프로이트의 견해가 과학적 근거를 갖고 있으며 받아들일 수 있는 이론이기는 하나 인간은 또 그 모든 여건을 극복하고 더 값진 삶으로 향상시킬 수 있는 자질과 능력도 갖추고 있는 것이다.

그것은 사랑과 위해 줌이라는 자연스러운 공존의 원리인 것이다. 사랑은 모든 어려움을 가볍게 해줄 수 있으며 서로 위해 주면서 산다는 것은 인간의 삶을 가장 높은 위치로까지 끌어올릴 수가 있는 원동력이 되는 것이다. 사실 참다운 종교가 갖고 있는 위력은 여기에 있는 것이다.

우리가 교육의 본질과 성공적인 교육의 길은 사랑에 있다고 보는 이유가 여기에 있다. 인격적인 사랑의 교류와 위해 주는 마음, 이것이 모든 난관을 극복하고 참다운 교육을 완성시키는 첩경이 되는 것이다.

사람들은 인성 교육을 말한다. 인성의 완성은 성실한 자아 개발과 더불어 사랑이 있는 사귐에서 이루어지는 것이다.

인생은 100리 길이다

　나는 이런 생각은 누구나 한 번은 해보아서 좋을 것으로 믿는다. 특히 젊은 세대들을 위해서이다.

　인간의 일생을 100리 길이라고 생각하자. 100리 길을 다 간 사람에게는 성공이 있고 행복이 뒤따른다.

　그런데 그 100리 길 가운데 초등학교에 다니는 것이 10리 기차를 타고 가는 것에 해당하고, 중학교를 끝낸다는 것은 20리를 기차로 가는 것과 같다. 의무 교육이 고등학교가 된다면 모든 청소년들은 30리까지는 기차를 타고 가도록 되어 있다.

　대학에 안 가거나 못 가는 사람은 기차에서 내려 나머지 70리는 누구나 스스로 걸어가야 한다. 100리를 가도록 되어 있기 때문이다. 대학에 가는 사람들은 10리를 더 기차를 타고 가는 결과가 된다. 그러나 나머지 60리는 반드시 걸어가야 성공과 행복이 뒤따른다.

　선진 국가의 젊은이들은 대부분이 고등학교를 나온 뒤 스스로 노력해서 70리를 가는 것으로 생각하고 있다. 직장과 사회 생활을 통해서이다.

그런데 우리 젊은이들은 그렇지 못하다. 고등학교를 졸업하고 대학에 못 가거나 안 가는 이들은 "나야 대학에도 못 갔는데……"라는 체념적인 사고 때문에 나머지 70리 길을 고스란히 포기해 버린다. 10리 더 기차를 타지 못했다고 해서 70리는 포기한다면 그렇게 잘못된 일이 어디 있는가.

대학을 나온 사람들은 또 다른 과오를 범한다. "나야 대학까지 다 나왔는데……"라는 생각으로 가야 할 60리를 단념해 버린다. 그러면 그 결과는 어떻게 되겠는가.

둘 다 어리석고 잘못된 생각이다. 그것이 우리를 불행하게 만들었으며 많은 대학을 설립하고도 후진국의 불행을 벗어나지 못하는 원인이 되는 것이다.

차라리 그렇게 될 바에는 대학이 없거나 적었을 때의 우리 선배들이 걸어온 발자취를 더듬어 보는 편이 좋을 것이다.

우리만이 아니다. 미국도 그러했다. 만일 미국인들에게 당신네들이 가장 존경하는 지도자들이 누구였는가고 물었다고 하자. 조지 워싱톤, 벤자민 프랭클린, 아브라함 링컨, 카네기, 발명가 에디슨 같은 사람을 꼽을 것이다.

그중에 대학을 나온 사람이 누구인가. 워싱톤은 교회의 주일 학교를 다녔고, B.프랭클린도 학교 교육을 받은 경력이 없었다. 그는 펜실베니아 대학을 설립했고 미국의 독립 선언문을 기초했는가 하면, 그 당시의 대표적인 과학자였고 저술가였다. A.링컨도 학교 교육을 받지는 못했다. 카네기도 그러했다. 에디슨은 초등학교 4학년까지 다녔을 뿐이다.

그러나 그들은 90리나 100리를 스스로 걸어간 인물들이
었고 그들에 의해 아메리카가 건설되었던 것이다. 필라델
피아의 펜실베니아 대학에 가면 B.프랭클린의 동상이 두
개 있다. 그 하나는 설립자로서의 존엄스러운 동상이고 다
른 하나는 어린 소년이 청운의 꿈을 안고 시골에서 필라델
피아로 올라오는 모습의 동상이다.

이렇게 본다면 이전에는 대학이 없었더라도 뜻있는 청소
년들이 인생의 100리 길을 걷는 것을 당연한 것으로 여겼
던 것이다.

우리의 역사도 마찬가지였다. 옛날에는 모두가 그렇게
살았다.

지금도 그런 이들이 있다. 나는 우리 세대에 나와 같이
산 사람들 중 스스로의 노력으로 성공과 영광을 누리는 사
람을 여럿 보고 있다.

몇해 전 신문을 들추다가 K라는 공직자가 회갑 기념 논
문집을 후배들로부터 증정받았다는 기사를 보았다.

그는 내가 잘 아는 사람이다. 대구 시장으로 있을 때 처
음 만났다. 그후에 경상북도 도지사를 지냈고, 국세청장을
역임하고 토지개발공사 사장직을 맡았다. 얼마 쉬다가 정
부의 요청을 받아 새마을 본부 중앙회를 이끌어 왔다. 지
금은 모 기업체 연수원을 도와주고 있다.

그의 밑에는 언제나 대학 출신이 몇백 명씩 있었기 때문
에 사람들은 그도 으레히 대학을 나왔을 것으로 생각한다.
그러나 그는 옛날 지방에서 초등학교를 나왔을 뿐이다. 자
기는 중학교 이상 교육을 받지 못했기 때문에 자녀 교육에

자신이 없다는 얘기를 하곤 했었다.

그가 공직에 있으면서 기념 논문집을 받았다면 얼마나 공부하는 모범을 보여 주었겠는가. 대학을 나온 학자들도 어려운 일인데……

그런 사람이 90리를 자력으로 걸어간 사람인 것이다.

내가 잘 아는 N씨라는 이가 있었다. 내무부의 여러 공직을 거쳐 서울특별시 제1부시장을 지냈고, 수산협동조합 전국 연합회 이사장직을 맡기도 했다.

그는 고향이 경상도 벽지였다. 전해 듣기로는 초등학교를 나온 뒤 면사무소 급사 같은 일로 시작해서 18번 국가 고시를 보아 그런 중책을 맡기에 이르렀다. 대졸 부하들을 수백 명씩 거느리고 일해 온 셈이었다.

우리 나라에서 정상을 다투는 큰 제약 회사의 L이라는 회장이 있었다.

그도 시골에서 초등학교를 나온 뒤 서울에 와서 약국의 배달원으로 일하다가 행상을 했고 후에는 약국을 경영하게 되었다. 30 이전에 해방이 되고 일본 제약 회사들이 철수하는 것을 보면서 이제는 제약업을 할 때라고 생각을 굳혔다. 물론 지금은 우리 나라 최고의 제약 회사로 성장시켰다.

그를 아는 사람들은 "저분은 어깨너머로 약 공부를 했다"고 말하곤 했다. 사장이 되고 회장으로 있을 때에도 언제나 배우는 자세였고 나에게도 자주 기업의 윤리성이나 사회적 의미를 묻곤 했었다.

남자들만 그런 것은 아니다.

우리 나라에서 노벨 문학상 후보자를 추천한다면 누가 일인자로 뽑히겠는가를 논한 때가 있다. 쉽게 화제에 오른 사람은 『토지』의 작가인 P여사였다.

그러나 그도 대학 출신이 아니다. 진주여고를 졸업한 뒤 계속 작가 활동을 해온 사람이다.

얼마 전에 방송에서 들은 이야기다.

우리 나라에서 가장 대표적이며 화가들이 전시회를 갖기 원하는 화랑은 H화랑이라고들 한다. 오래 전부터 여론 조사에서 제1위를 차지하는 곳이다. 미술 대학 교수들도 끼여들지 못하는 정평있는 화랑이다.

지금은 우리 나라에서도 화가가 인정을 받기 위해서는 훌륭한 화랑에서 전시회를 가져야 하는 프랑스의 풍습을 따르도록 되어 있기 때문이다.

그 H화랑의 경영자는 여자이다. 미술 대학을 나온 이가 아니라, 학력은 고등학교나 또는 그 이하인지도 모른다. 일찍 인사동의 어떤 화랑에서 일하게 되었다. 여성들은 남성들보다 예술 감각이 빠르고 앞서는 법이다. 거기서 일하는 동안에 그림을 감상했고, 연대의 측정, 진품과 모조품의 식별, 가격의 적정선 등을 습득하기 시작했다.

결혼과 더불어 직장을 떠나게 되면서 개척한 화랑이 우리 나라 최고의 화랑으로까지 올라가게 된 것이다. 미국에도 지점이 있으리라는 얘기였다.

왜 이런 얘기를 우리 청소년들과 주변 사람들에게 나누고 있는가.

두 가지 이유 때문이다. 그 하나는 학교보다 중요한 것
은 어떤 교육을 받는가 함이다. 학교는 교육다운 교육을
위해 있는 것이다. 교육다운 교육은 무엇인가. 각자의 자
기 성장인 것이다. 인생의 100리 길을 우리 모두가 성장할
수 있는가 함이 문제인 것이다.

나는 지금도 여러 친구와 사회적으로 활동하는 사람들을
대할 때마다 성공과 행복을 누리는 사람은 개성을 찾아 계
속 노력한 사람들임을 인정하곤 한다.
며칠 전에 만났던 S대학의 원로 교수도 처음에는 대학을
나온 뒤 공직에 몸담았었다. 그러나 대인 관계나 일처리에
어려움을 느끼면서 외국에 가서는 학문의 길을 택했다. 그
러면서 자기에게는 좁아 보이지만 치밀한 학문의 길이 옳
았고 30년의 노력이 헛되지 않았다고 고백하고 있었다.
여러 해 전에는 우리 나라에서 인정받는 기업체의 젊은
회장을 만났다. 그는 대졸 신입 사원들에게 자기는 선천적
으로 사업에 대한 관심과 소질이 있었기 때문에 대학을 중
퇴하고 형이 운영하는 기업체에서 수련을 쌓았고, 필요한
영어와 경영 기술을 습득한 것이 오늘의 번영을 이루어 놓
았다는 고백을 하고 있었다. 20년간 한 가지 일에 몸을 담
으면 학자나 예술가는 못 되지만 기업가는 될 수 있다는
자신감을 토로하는 것이었다.
인생의 승부는 일생에 걸쳐 이루어지는 것이며 멀리 앞
을 보고 계획을 세워 추진하면 실패는 있을 수 없다는 것
이 각계에서 성공한 사람들의 진술이었다.

우리가 이런 문제를 재론하는 것은 상당히 많은 부분 인

생의 성공적인 진로가 대학 교육을 필요로 하지 않는다는 사실이다.

특별한 전문직을 갖기 원하는 사람들은 대학을 다니는 것이 좋다. 그러나 그 밖에 누구나 노력만 하면 목표에 도달할 수 있는 직업에서는 꼭 대학이 필요한 것은 아니다.

한때 일본 정계를 주름잡았던 다나카(田中) 수상도 초등학교 출신이었는가 하면, 장관을 두 차례 지냈고 자민당의 거물이었으며 여러 번 국회 의원 선거에서 최고 득표를 얻기도 했던 마쓰우라(松浦)라는 친구도 초등학교 중퇴생이었고 그 부인 역시 초등학교 출신이었다. 그러나 두 사람 다 일본 사회에서 인간적인 존경을 받고 있었다. 사실 그 부부를 키워 준 것은 학교 교육이 아니라 기독교 정신이었다.

우리가 올바르게 받아들일 수만 있다면 진정한 불교도나 참다운 크리스천은 충분히 대학 교육 이상의 정신적 수양과 자기 성장을 가능케 할 수 있는 것이다.

미국의 초창기 민주주의 정신은 대학이 키워 준 것이 아니라 기독교회였음을 잊어서는 안 될 것이다.

문제는 대학에 있는 것이 아니다. 한 인간과 유능한 일꾼으로서 내가 얼마나 성장하는가가 문제인 것이다.

교육의 궁극적인 목표는 어디 있는가

지금까지 우리는 교육의 여러 가지 구체적인 문제를 취급해 왔다.

그러나 이 모든 것들을 포함한 교육의 궁극적인 목표와 목적은 어디 있는가.

우리는 우리 교육의 부끄러운 현실은 "학교에는 가지만 참다운 교육이 없고, 글을 배우고 지식의 축적은 있으나 인간적 성장이 없다"는 데 있다고 말했다.

교육의 궁극적인 목표는 자아의 성장과 인간다운 삶을 영위하는 데 있다는 기본적인 사실을 재인식할 필요가 있다. 그 뜻이 버림을 받게 되면 참다운 교육은 언제나 퇴색되는 불행을 만들게 되기 때문이다.

자기 성장은 몇 가지 기본 조건을 포함하고 있다.

그 하나는 지적 성장이다. 모든 사람이 갖추고 있는 지식은 나도 지니고 있어야 하며 그 지적 성장에서 앞서는 사람이 행복과 성공의 길을 열어 갈 수 있기 때문이다. 그래서 학교에서나 사회에서 계속 책임져야 할 과제는 더 많이 배우고 더 많이 아는 사람이 되자는 요망이다. "아는 것이 힘이다"라는 말은 언제 어디서나 통하는 교훈이다.

백을 아는 사람이 90까지의 일을 할 수 있고 70을 아는 사람은 60까지의 일을 할 수 있다면 우선 배우고 알아야 한다.

얼마 전에 들었던 이야기가 생각난다. 미국의 한 경영학자가, 중소 기업에서 성공하는 비결이 무엇인가고 묻는 사람에게 아주 쉬운 권고를 해주었다. "한달에 책을 한 권씩은 꼭 읽어라. 한달에 세 번씩은 다른 분야에서 일하는 사람과 점심 식사를 함께하면서 세상 이야기를 들으라"는 권고였다.

그것이 바로 일에 빠져 일에만 몰두하지 말고 지적으로 자라면서 일하라는 권고인 것이다.

물론 지적인 지도자가 되며, 학자가 되기 바라는 사람이 있다면 평생을 학문에 바쳐야 할 것이다. 그러나 현재의 삶과 일을 성공적인 방향으로 높여 가기 위해서는 계속 공부하고 지적으로 성장하는 책임을 소홀히 해서는 안 된다.

세상에서 가장 불행한 것의 하나는 무지하면서도 공부하지 않는 사람 밑에서 일하게 되는 일이다. 우리 나라의 정치가 바로 그 불행한 과정을 밟았던 것이다. 전두환, 노태우, 김영삼 대통령 모두가 지도자로서 갖추어야 할 지적 성장이 없었기 때문에 국민들은 불행해졌고 그들 밑에서 일한 사람들은 보람을 느끼면서 살지 못했던 것이다.

이러한 자기 성장은 학교에서 배우는 기초적인 지식에 그치는 것이 아니다. 출신 학교야 어떻든지 평생을 배우고 자라는 자세가 필요한 것이다.

참다운 교육은 그 가능성을 어렸을 때부터 키워 주는 것
이다.

자기 성장의 두번째 과제는 정서적인 균형과 풍부성이
다.

사람은 아는 것만으로 살지 않는다. 느끼며 희망과 의지
를 갖고 사는 일이 더 중요한 때가 있다. 그래서 학교에서
는 예능 분야와 도덕적인 교육을 소홀히 하지 않는다. 미
국에서는 대학의 입학 조건 속에 체육과 예능 분야의 풍복
성을 꼭 따지게 되어 있다. 건강하지 못한 사람이 행복하
게 일할 수 없고 예술과 정서적 자질을 갖추지 못한 사람
은 지도자가 될 수 없다고 보기 때문이다.

우리는 미술·음악·무용 같은 과목이 왜 필요한지 모른
다. 대학 입시 과목에 들어가 있지 않으면 학습의 필요가
없다고 잘못 생각한다. 그리고 일찍부터 그런 예능 분야를
전공하는 사람은 지적인 내용을 갖추지 못하기 때문에 원
만한 인간적 성장에 뒤지게 된다.

우리가 균형잡힌 정서를 지적하는 것은 지적인 성장과
정서적인 균형이 있어야 한다는 뜻과 모지거나 치우침이
없는 정서적 조화와 안정을 누리는 노력이 중요하다는 뜻
이다.

우리는 많은 연예인들이 건전한 애정 생활이나 결혼 생
활에서 실패하는 경우를 자주 보곤 한다. 비슷한 사례는
성년이 된 예술인들 사이에서도 발견하는 경우가 있다. 그
원인을 따지면 초·중·고등학교에 다닐 때부터 정서적인
성장과 균형을 상실한 데서 오는 것이다.

정서적 안정과 성장은 인간 관계에서 이루어지는 것이
다. 정서적으로 자라지 못한 사람들은 아름답고 선한 인간
관계에서 실패하기 때문에 일생의 불행을 초래할 수도 있
다. 그러나 정서적인 성장을 도모한 사람들은 행복한 삶을
만들어 내며 사회적인 대인 관계에 있어서도 기쁨과 행복
을 나누어 줄 수가 있는 것이다.

이 두 가지를 포함한 자기 성장은 결국 자아의 인간적
성장과 인격적 성장을 가능케 해준다. 그리고 사람은 자기
성장만큼 유능해지며 그 유능성만큼의 일을 하게 되어 있
는 것이다.
우리가 생각하는 소망스러운 교육은 이러한 자기 성장을
도우며 가능케 하는 데 그 궁극적인 목표가 있는 것이다.
이런 점들을 깨닫고 일생에 걸친 행복과 성공을 생각하게
될 때 우리는 오늘의 교육이 어떻게 이루어져야 할 것인가
를 모색하게 되는 것이다.

교육의 두번째 목적은 유능하게 일할 수 있는 자질과 능
력을 키워 주는 데 있다.
사람이 세상에 태어난 것은 일을 하기 위해서이다. 옛날
에는 부모의 재산을 물려받거나 부잣집에 태어나 놀며 사
는 것이 축복인 듯이 잘못 생각하는 사람들이 있었다. 그
러나 지금은 일없이 놀고 먹는 것은 잘못일 뿐 아니라 죄
악이라는 생각으로까지 여겨지고 있다.
인생이 평가를 받는 표준은 언제나 한 가지이다. "그가
이 세상을 사는 동안에 무슨 일을 얼마나 많이 했는가?"
에 달렸다. 무가치하고 안 해야 할 일을 했다면 그 사람은

사회적으로 버림받아 마땅한 사람들이다. 대개의 경우 교도소에서 세월을 보내는 사람이 그런 인간들이다.

그 대신 하는 일 없이 놀면서 세월을 다 보냈다면 그 사람은 불필요한 인생을 살았다는 결과가 된다. 특히 부유층 가정에 태어났다고 해서 무위도식하면서 향락적인 생활을 했다면 그 자신들은 어떻게 생각할지 모르나 사회적으로 보았을 때는 무가치한 삶을 산 것밖에는 없다.

인간은 사농공상 중 어떤 일이라도 좋다. 소질과 적성에 맞고 내 개성에 적합한 일을 할 수 있어야 행복하며 성공하는가 하면 자랑스러운 삶을 살게 되는 것이다.

사람들은 무엇 때문에 일을 하느냐고 물으면 돈을 벌기 위해서라고 대답한다. 그것은 옳은 생각이 못 된다. 그래서 돈이 있고 생활이 안정되면 놀아도 된다는 잘못된 사고를 갖게 되며 치부가 인생의 목적인 듯이 착각하기도 한다. 오히려 인생의 목적은 일에 있고 그 일의 대가로서의 수입이 정당한 돈의 가치를 갖는 것이다.

행복도 그렇다. 셋방에 살다가 전셋집으로 옮기고 다시 자기 아파트를 마련하는 동안에 행복을 누리는 것이다. 처음부터 물려받은 좋은 집에 산다면 가난에서 출발하여 맛볼 수 있는 행복은 모르게 되어 있다.

나는 내 친구가 6·25 이후에 3년이나 기다렸다가 전화를 놓은 뒤 얼마나 기뻐했던가를 지금도 기억하고 있다. 그 친구의 말이다. "내 아들 딸들은 전화가 있는 집에 태어났으니까 이런 즐거움을 모를 것이다"는 얘기였다.

비록 재산이 있고 경제적 안정을 갖춘 가정에서 출발했

256

다고 하더라도 더 값있고 보람있는 일을 계속 추진시켜 간
다면 그것이 행복의 조건이 되고 성공으로 가는 길이 될
것이다. 부유한 경제 여건 때문에 일을 안 하거나 적게 하
는 사람보다는 경제력을 쌓아 가면서 보람있는 일을 하는
사람에게 행복과 성공이 기다리고 있는 것이다.

　사람은 자기에게 있어서는 행복하고 사회에 있어서는 성
공하는 것이 소망스러운 것이다. 다른 사람이 할 수 없는
일을 개척하며 남들은 흉내낼 수 없는 새로운 일을 창조해
낼 수 있다면 그것이 곧 성공과 영광을 가져다 주는 삶이
되는 것이다.
　올바른 교육이란 후일에 유능한 일꾼이 되며 다른 사람
보다 앞서는 일을 할 수 있고 가능하다면 창의적이며 개척
적인 일을 할 수 있는 자질과 능력을 키워 주는 일인 것이
다. 그 일의 업종이 다양하기 때문에 개성에 맞는 다양한
일꾼을 사회에 배출하자는 것이 교육의 올바른 길인 것이
다.
　기술자가 될 사람도 있고 사업을 할 인재도 있고 정치를
할 인물도 있고, 특수한 분야의 연구원이 될 수도 있다.
소망스러운 것은 그 모든 분야에서 개척적이며 창의적 업
적을 남길 수 있는 유능한 인재를 육성하는 데 교육의 목
적이 있는 것이다.

　교육이 추구하는 또 하나의 궁극적인 목표는 이웃과 사
회에 도움을 주며 봉사할 수 있는 인물을 키우는 데 있다.
　개인뿐 아니라 사회 전체가 그런 방향을 택할 수 있는
정신적 분위기를 만들어야 하는 것이다.

지금 우리 사회를 불행과 파국으로 몰아넣고 있는 가장 걱정스러운 문제의 하나는 개인들의 이기적인 발상과 집단 이기주의의 팽창이다.

그래서 정당간의 원색적인 대립과 싸움은 그치지 않고 있으며, 노사간의 분별없는 투쟁은 파업을 상습적으로 벌이고 있는가 하면, 지역 감정과 학벌 대립까지 증폭되어 가고 있다.

이런 문제를 해결지어 주는 데 앞장서야 할 종교도 관념적 이기주의에서 헤어나지 못하고 있다. 심지어는 가장 이성적 판단을 내려야 할 대학까지도 집단 이기주의의 틀을 벗어나지 못하고 있다.

하나의 예를 들기로 하자.

우리 나라의 대학들은 모교 출신이 아니면 그 대학의 교수가 될 수 없을 정도로 끼리끼리 모여 사는 인사 행정을 관례화시키고 있다. 내가 잘 아는 한 교수는 옛날 서울에서 경기고등학교를 졸업하고 미국의 하버드 대학을 나왔다. 학위는 독일의 그 분야에서 가장 앞서는 교수 밑에서 취득했다.

그리고 서울에 돌아왔으나 오랫동안 교수직을 얻지 못했다. 서울에 모교가 없었기 때문이다. 결국은 서울대학이 교육부의 요청으로 공개 채용을 하게 되었을 때 채택되었다. 그것도 다른 사람과 비슷한 처지였다면 불가능했을 것이다. 비교가 안 될 정도로 탁월했기 때문에 가능했던 것이다.

어떤 대학에서는 모교 출신 교수 후보와는 비교가 안 될 정도로 우수한 학자가 있어도 모교 출신이 아니면 선발하지를 않는다. 그것이 집단 이기주의가 아니고 무엇인가. 가장 이성적인 집단인 대학이 그러면서 어떻게 이기적인 발상과 집단 이기주의를 극복할 수 있겠는가.

우리는 다른 나라도 그럴 것으로 잘못 생각한다. 그러나 그런 집단 이기주의가 대학 사회에서는 통하지 않는다.

하버드 대학 출신이 하버드 대학의 교수가 되는 일은 거의 불가능하다. 두 가지 이유 때문이다. 같은 대학에서 수학을 하고 같은 대학에서 교수가 되면 동질 사회가 형성되어 질적인 발전을 꾀할 수가 없기 때문이다. 더 큰 원인은 하버드 대학을 설립할 때 아메리카를 위해 봉사하는 대학을 원했던 것이지 우리끼리 잘살기 위해 설립한 것이 아니기 때문이다.

그래서 하버드 출신은 다른 대학의 교수로 진출하고 다른 대학 출신이 하버드의 교수로 오도록 되어 있는 것이다. 미국이나 선진 국가의 모든 대학들이 비슷한 판단을 내리고 있다.

그런데 우리 나라에서는 대학까지도 집단 이기주의를 극복하지 못하고 있는 실정이다.

그 원인이 어디에 있는가. 어렸을 때부터 서로를 위해주며 봉사하는 정신과 생활이 가장 소중하다는 교육적 가치를 상실했던 까닭이다. 그 잘못된 교육의 결과가 오늘의 사회적 불행과 국가적 퇴락을 만들기에 이른 것이다.

사람이 세상에 태어나 산다는 것이 무엇인가. 서로 위해주며 사랑함으로써 행복과 보람을 더해 가며, 봉사를 통해 보람과 존경과 영광을 누리도록 되어 있는 것이 그 목적이 아니겠는가.

그 떳떳한 인생의 길을 교육에서 알려 주지 못하며 학교 생활에서 배워 주지 못했기 때문에 온갖 사회악이 가시지 않고 있으며, 학교는 많이 있어도 삶의 내용과 질은 후퇴하는 결과를 가져오는 것이다.

여자 친구와 놀러 갈 유흥비를 마련하기 위해 살인을 저지르는 학생들이 생기며, 심지어는 부모를 살해하는 유학생들까지 발생한다는 것은 상상의 한계를 넘는 불행인 것이다.

만일 그들이 어렸을 때부터 이웃에 대한 사랑과 사회에 대한 봉사가 인생의 최고의 가치이며 보람과 존경과 영광의 대상이 될 수 있다는 교육을 받았다면 그렇게 탈선할 수야 있겠는가. 종교의 목적은 교회당을 늘리고 사찰을 크게 짓는 데 있는 것이 아니다. 사랑과 봉사가 인생의 최고의 가치임을 가르쳐 주는 데 있는 것이다. 교육의 목적도 마찬가지인 것이다.

만일 우리들의 교육계가 이 세 가지 목표만이라도 실천해 나갈 수 있다면 우리는 모두가 성장에 따르는 행복은 물론 일에서 오는 성공을 거두게 되며 봉사에 뒤따르는 보람과 영광을 누리게 될 것이다.

그런 교육으로 돌아가자는 것이 우리의 소원인 것이다.

저자소개

평북운산 출신
일본상지대학 철학과 졸업
미국 시카코, 하버드대학 객원 교수
연세대 철학과 교수 역임
현재 연세대학교 명예 교수

주요저서

「철학개론」「철학입문」「윤리학」
「고독이라는 병」「영원과 사랑의 대화」
「살아가는 데도 순서가 있어야 한다」
「길이 없는 것은 아니다」 외 다수

1998년 4월 5일 1판 1쇄 인쇄
1998년 4월 10일 1판 1쇄 발행
저 자 : 김 형 석
발행인 : 전 춘 호
발행처 : 철학과현실사
          서울시 서초구 양재동 338-10
          ☎579-5908, 5909
등 록 : 1987. 12. 5 제1-583호

값 7,000원
ISBN 89-7775-216-7 03800